2033년

박윤근 지음

청어

2033년

박윤근 지음

발 행 처 · 도서출판 청어
발 행 인 · 이영철
영　　업 · 이동호
기　　획 · 이용희
편　　집 · 방세화
디 자 인 · 이해니 | 이수빈
제작이사 · 공병한
인　　쇄 · 두리터

등　　록 · 1999년 5월 3일
(제1999–000063호)

1판 1쇄 인쇄 · 2019년 6월 10일
1판 1쇄 발행 · 2019년 6월 20일

주소 · 서울특별시 서초구 남부순환로 364길 8-15 동일빌딩 2층
대표전화 · 02-586-0477
팩시밀리 · 0303-0942-0478

홈페이지 · www.chungeobook.com
E-mail · ppi20@hanmail.net
ISBN · 979-11-5860-656-5(03810)

이 도서의 국립중앙도서관 출판시도서목록(CIP)은 서지정보유통지원시스템 홈페이지
(http://seoji.nl.go.kr)와 국가자료공동목록시스템(http://www.nl.go.kr/kolisnet)
에서 이용하실 수 있습니다.(CIP제어번호: CIP2019020799)

2033년

로마황제 콘스탄티누스가 기독교를 공인한 313년 당시 최강국가인 로마는 문명의 표준으로 기독교를 내세우며 오스만제국에 의해 동로마가 멸망할 때까지 천년의 팍스로마시대를 열게 된다.

이렇게 로마의 반도문명으로부터 영국의 지중해 문명과 미국의 대서양 문명에 이르기까지 1600여 년 동안 이 세상을 지배한 사상과 종교는 기독교였다. 이제 미국의 대서양 문명이 몰락의 길을 걸어가고 있고 새로운 태평양 문명의 시대가 열리고 있다. 태평양 문명의 시대에 이 세상을 지배할 사상과 종교는 불교다. 우리는 불교의 동체대비의 정신으로 70년간 분단된 남북한을 통일시켜 통일된 대한민국이 태평양 문명의 주역이 되어 세계최강국으로 우뚝 설 것이다.

믿지 않을 것이다. 이 말을 믿는 사람은 지금은 대한민국에서 나 말고는 없을 것이다. 아무리 통일이 된다 해도 어떻게 우리가 세계 최강국이 될 수 있을까. 미국이 아무리 해가지고 있다지만 그렇게 쉽게 몰락해 갈 것 같지 않고 설혹 그렇다 해도 중국몽을 갖고 눈부신 경제발전을 이룩한 중국이 장승처럼 버티고 있는데 어떻게 그럴 수 있을까. 당연한 비판이요, 조소일 수 있다.

그러나 냉정을 되찾고 차분한 마음으로 이 책을 읽다 보면 그럴 수도 있겠구나 하는 생각이 들것으로 나는 믿는다. 내가 몰랐던 세상, 나와 무관했던 세상을 만나게 되면, 아! 그럴 수도 있겠구나 하는 생각이 들 것으로 다시 믿는다. 이제 역사상 경험하지 못한 그 영광의 순간을 맡기 위해 지금 당장 무엇을 어떻게 해야 하는가를 소여한 문체로 감히 제언하고자 한다.

　　인간은 발 앞만 볼 수밖에 없고 5분 앞을 내다보지 못하는 깜깜한 사람들이다. 그래서 다툼이 있고, 미움이 있고 욕망이 생겨 못난 성질과 함께 평생을 함께 자란다. 다툼과, 욕망과 미움은 영원한 나의 동반자요 죽을 때 까지 헤어질 수 없는 다정한 나의 친구다. 우리네 생에 다툼과 미움이 없고 욕망과 어리석음이 없다면 이 세상 무슨 재미로 살 것인가. 생각하면 눈물이 앞을 가린다. 따지고 보면 사람목숨 100세 시대에 배설물을 안고 사는 우리네 인간들로서 욕망이란 게 인생의 진열된 상품 중에 가장 관심을 끄는 매력 있는 상품이 아닐 수 없다. 그러나 세상에서 바른말을 하고 사는 사람들은 그래도 이렇게 살 수만은 없다고 소리 지르며 사자처럼 포효한다.

뜻있는 사람들은 사람목숨 100세 마당에 펼쳐지는 여러 연출 중에 정치가 바르게 서면 좀 더 인간다운 삶을 설계할 수 있다고 합창을 한다. 소위 인간 세상에 지도층의 인사들이 백성을 위해 헌신하고 돈 많은 재벌들이 가난한 사람에게 자기 것을 나누어 주는 것을 보면, 민초들은 우리는 그걸 보고 똑바로 배워 민들레 홀씨처럼 세상에 작은 씨앗이 되리라고 다짐한다. 백성이란 이렇게 순진무구한 것이다.

그러나 아무리 문명이 사람목숨 100세 수준에 머물러있는 저등 문명의 세계라도 지도층이 백성을 짜먹지 말고 자신들의 출세의 도구로 이용하지 말고 자기를 희생해서 사회의 온정의 거울을 맑게 하면, 백성들은 감화 되어 국가를 위해서 봉사하고, 헌신할 수 있다는 것이다. 민중은 이해에 얽혀 뒹굴고 있는 것 같지만 뜻을 만나면 영혼의 고동치는 소리를 들을 수 있다. 좋은 정치를 만나면 민중의 가슴속에 설레는 감정의 물결이 춤을 춘다. 이렇게 정치라는 것은 인생의 삶에 있어서도, 국가의 이상을 실천하고 개인의 행복을 위해서라도 대단히 중요한 품목이 아닐 수 없다.

그렇다면 작금의 한국의 정치는 어떠한가. 한국의 정치인 중 백성을 위해 자신의 모든 걸 버릴 수 있는 훌륭한 정치인이 한 사람이라도 있는가. 한국의 정치인 중 국가를 위해, 남의 집안은 물론 나의 집안이라도 옳은 일이 아니면 아니요 라고 소리치며 옷을 벗을 용기 있는 정치인이 한 명이라도 있는 것인가.

정치가 바뀌어야 한다. 정치가 바뀌면 세상이 달라지고 지축이 바로 서듯 나라가 바로 선다. 정치가 이상적으로 바뀌면 천지가 개벽되듯 나라에 기적이 일어날 수 있다. 보수는 근 60년간 정권을 잡았어도 무슨 미련이 그렇게 남아, 전열을 가다듬고 진군의 나팔을 불어대는가, 국민 무서워할 줄 모르고 날뛰는 욕망의 부나비들의 허영심을 이제는 백성의 뜻으로 정화하여야 한다.

불교문화시대의 가르침은 너 옳고 나 그름이다. 개인을, 집단을 다루는데 너 옳고 나 그르다는 세상의 큰 지혜를 정치에 활용하지 못하는 집권당은 더 공부하고 더 훈련해야 기적적으로 전개될 역사의 드라마에 조연이라도 맡을 수 있다. 욕망이 살아있다. 욕망이 부질없이 넘치면 백성이 눈에 안 보인다.

중국 근대사에 대청제국을 건설한 청조 3대 순치라는 임금이 있었다. 한적한 어느 날 깊이 사념에 잠기는데 전생에 승려였든 내가 세상에 태어나 얼마나 타락했으면 임금 노릇 하느냐고 곤룡포를 집어 던지며 아들 강희에게 왕위를 물려주고 산속으로 들어가 승려가 되었다는 유명한 일화가 있었다. 천하에 황제자리를 타락 중에 타락으로 알고 곤룡포를 벗어버린 그런 임금이 있었기에 오늘날 중국이 대국이 될 수 있었겠구나 하는 생각을 해본다. 이 나라엔 그런 통치자가 있었던가. 한 번 잡으면 죽을 때까지 해먹겠다는 욕심 많은 통치자는 있었어도, 백성의 뜻을 하늘의 뜻으로 알고 인내천으로 백성을 섬기는 현철한 임금이 없었기에 태평양 길목에 드러누운 늙은 비렁뱅이라는 소리를 들었던 것이란다.

나는 이 책에서, 선진 국민이 되는 첩경인 정사각 운동을 제창하고 세계 문명을 주도할 수 있는 불교사상을 노래하고 춤췄다. 특히나 당신들이 지금 알고 있는 불교의 지식은 참불교의 정신과 너무나 차이가 나며, 당신들이 생각하고 있는 불교에 관한 지식은 너무나 지려천박하다고 거칠게 표현하기도 했다.

세계적인 학자도 어떤 정치인도, 어느 미래학자도 통일한국이 세계최강국이 되리라고 믿는 사람은 아마 한 사람도 없을 것이다. 고르바초프의 페레스트로이카나, 세계적 석학들인 폴 케네디나, 샤무

엘 헌팅턴의 진단에도 21세기의 새로운 문명사에 영향을 끼칠 나라 중에 한국은 들어가지 않는다. 심지어 고르바초프의 페레스트로이카는 필리핀이 태평양 문명의 시대에 아세아의 한 축이 될 수 있다고 호언장담한 적이 있다. 틀린 답안지다. 그들 모두 세상을 바로 볼 줄 아는 정견(正見)을 갖고 있지 못하기 때문이다. 그들은 세계를 통치할 지배의 힘이 군사력, 경제력, 그곳에서 나올 것이라고 믿기 때문이다. 로마가 1천 년간 군사력으로 세계를 지배했다면 영국은 산업혁명을 거쳐 경제적 힘으로 세계를 지배했다. 미국이 과학의 힘으로 세상을 견인했다면 통일한국은 문화의 힘으로 세상을 주도할 것 이다. 통일은 역사의 명령이요, 세계사적 사명이요 지구사적 요청이다. 역사의 신(?)이 주관하듯 세계사의 물결이 동북아로 밀려오고 있다. 지도를 한번 살펴봐라. 이집트, 메소포타미아 문명으로부터 그리스 헬레니즘을 거쳐 로마의 반도문명으로 영국의 지중해 문명을 지나 미국의 대서양 문명에 이르기까지 지구를 한 바퀴 돌고 새로운 동양 문명의 시대가 열리고 있다.

그렇다면 새로운 태평양 문명의 시대를 이끌 핵심적 사상은 무엇인가. 까치와 까마귀의 비유를 들어 설명해보기로 한다. 한국에서 까치 소리를 들으면 반가운 손님이 온다고 하며 까마귀 소리를 들으면 어쩐지 불길한 예감이 든다고 한다. 쉽게 정의하면 까치는 좋음이요 까마귀는 나쁨이다. 까치는 밝음이요, 까마귀는 어두움이다. 까치는 기쁨이요. 까마귀는 슬픔이다. 서양문명은 선과 악, 시와 비, 명과 암, 천당과 지옥 등 이렇게 세상을 두 개의 대립된 개념으로 나누었다. 그래서 모순과 투쟁이 생기었다. 너에겐 총을 주고 나에겐 화약을 주어 머리가 터지도록 싸워 왔다. 그런데 언제부터인가 세상에 융합(fusion)이라는 단어가 등장하기 시작한다. 융합이란 여러 종류의 것이 녹아서 하나가 된다는 것이다. 기술이 융합되고 의학이 융합되고 과학이 융합되고 예술이 융합되고 음식마저도 융합이 된다. 사람들은 생각 없이 무심코 받아들이지만 나는 신기한 눈으로 변화의 모습을 흥미롭게 관찰하게 된다. 새로운 문명의 시대가 열리기 전에 세계사를 주관하는 역사의 신(?)은 도둑이 오기 전에 이따가 지구촌이 밟고 가야 할 큰 그림을 먼저 그려놓는 것 같다.

지금까지 플라톤의 이데아 사상이나 헤겔의 변증법에 이르기까지. 서양철학은 지구의 문제를 흔쾌히 해결해 주지 못하였다. 태평양 문명의 시대에 지구촌의 문제를 해결해 줄 핵심 사상은 불교의 중도(中道)사상이다. 쉽게 이야기하면 융합이다. 융합은 진리의 울림이다.

중도(中道)사상에서 선과 악, 시와 비, 미와 추는 양변이다. 선·악, 시·비와 같은 상대의 대립의 양쪽을 버리면, 모순과 갈등이 서로 통해서 하나로 융합하게 돼 대립과 투쟁의 세계를 소멸시킨다.

말하자면 까치와 까마귀는 양변이다. 까치는 기쁜 소식을 주고 까마귀는 나쁜 소식을 전해준다는 것은 사람들의 고정관념이다. 우리는 어미의 탯줄을 끊고 세상에 태어나면서부터 고정관념의 덫에 걸려 포로가 되었다. 곱다·밉다, 싫다·좋다라는 분별심이 생겨 모든 사물을 이분법으로 나눈다. 너는 좋고 저는 싫다. 까치와 까마귀에 사람들의 고정관념을 제거하면 까치와 까마귀는 서로 융합하여 4차원세계로 진화된다. 원래 까치와 까마귀는 아무러한 원죄가 없었다. 사람들이 씌운 고정관념의 덫에 걸려 까마귀는 미운 오리새끼로 천대만 받아왔고, 까치는 지나치게 사랑받는 예쁜 새가 되어 아집의 포로가 되어 버렸다.

고정관념에서 인간은 어떻게 해방될 수 있을까. 과연 인간은 새가 알을 까고 나오듯이 고정관념의 틀에서 벗어날 수 있을까. 분명히 이 책은 이에 대한 해답을 제시한다.

결국 고정관념의 제거는 중도(中道)사상의 완성을, 민주주의 이념뿐 아니라, 참공산주의 이념마저도 뛰어넘는 이 세상 최고의 절리이자. 절대의 사상을 잉태한다. 사람으로 태어났으면 한번 도전해 볼 가치가 있는 멋진 전투(?)가 아니겠는가.

반도체 메모리 분야에 아키텍쳐(설계, architecture)가 꼭 필요하듯이 한국의 정치에도 아키텍쳐가 꼭 필요하다. 현재의 동북아의 한국이 처한 입장은 뛰어난 아키텍트(설계자, architect)에 의해서 위기를 기회로 삼아 한 단계 도약의 계기로 삼을 수 있다. 나는 사심 없는 한국의 창조적인 아키텍트가 되기를 의망하며 한국의 미래를 정밀하게 설계해 본다.

두광(斗珖) 박윤근

▮ 차 례 ▮

제1장

여성은 무엇을 위해 존재하나

이집트, 메소포타미아 문명의 발생시기가 6~7천 년 전이라 해도 지금까지 동양의 문명이 세계의 정신이 된 적이 없었다.

기독교가 서구의 정신, 미국의 정신이 된 이후에 더 더욱 동양의 정신은 지배자들의 폭력과 증오에 가려 세상에 제 모습을 드러내 보일 수가 없었다. 그 혐오스러운 간난의 세월 속에 여성은 오랜 시간 동서양을 막론해 천대와 인종이요 차별과 멍에뿐이었다.

여태껏 여성에 대한 차별과 유린은 남성위주의 사회에서 어디까지나 남성 우월감에 배태된 씨앗이었다. 이런 척박한 현실 속에 여성시대의 도래함이 21세기의 화두가 되어야 하는 당위성은 무엇이며 21세기 여성의 힘이 자구의 운명을 바꾸어 놓을 수 있다는 힘의 원천은 무엇인가.

지금까지 수천 년 역사의 주인공들은 남성이었다. 정복하기 위해 끝없는 혈투를 벌였고 소유를 위해 수없이 많은 전쟁을 벌여 오대양 육대주에 피가 마를 날이 없었다. 탐욕을 일으켜 재물과 향락에 빠져 수많은 선남선녀를 타락시키고 오만이 극에 달해 사바의 자연을 처절하게 황폐화시켰으며 그리고 여인을 얼마나 학대하였던가.

순간에는 여성은 남성의 소유물이요 씨받이요 정액받이라는 관념이 남성의 대뇌의 가장자리에 머물러 있었다. 하지만 천만 번을 이야기해도 아기에게 젖을 물리고 있는 평화스러운 어머니의 모습은 꼭 막혀 숨통이 터져나갈 듯한 지구의 배출구임에 틀림이 없다.

여성은 어려서부터 평화를 먹고 자란다. 모든 사물을 폭력과 욕망과 정복의 대상으로 접근하지 않는다.

꽃을 만나도 물주고 가꾸고 피어나게 하지 그만 꺾어 죽여 버리지는 않는다. 멱살 잡고 머리 터지게 싸우는 건 남성이요, 어디까지나 이것을 뜯어 말리는 건 여성의 역할이었다. 여성의 마음에는 본시 평화의 마음이 넓게 자리 잡고 있다. 자라나는 과정에서 좋은 비료를 주어 훌륭한 인간으로 키워 가면 남성의 상징인 폭력과 욕망과 정복과 다툼대신 비폭력과 배품과 화해와 나눔의 모습이 천하에 자리매김 될 수 있다.

때로는 세상이 너무 냉혹해져 그 속에서 자라난 여성들도 물들고 거칠어져 남성을 두들겨 패는 여성이 늘어나고 남성을 성욕의 대상으로 바라보는 게슴츠레한 눈들이 돋아나며 자신의 가족의 이익을 위해선 독선과 아집만이 남아 떼 지어 다니며 광란의 탈춤을 추어대고 혹은 산에 피는 꽃을 꺾어 자신의 꽃병에 꽂는 추한 양상이 보인다면 이것은 참담한 모습일 뿐이다. 여성이 남성지배의 사회구조에서 즐겨 찾던 폭력과 욕망과 정복과 다툼의 씨앗을 그대로 닮아간다면 지구의 비전은 없을 뿐이다.

모든 인간의 마음속에는 대비라는 보배가 잠자고 있다. 모든 인간에게는 긍휼히 여기는 마음이 잠자고 있다.

우리는 남의 슬픔을 보고 눈물을 흘릴 때가 있다. 남의 불행을 보고 슬퍼하는 마음, 영화나 TV영상에 슬픈 장면을 보고 흘리는 눈물, 이 모두가 대비의 한 조각들이다.

여성이 눈물이 많은 것은 대비의 씨앗이 너무 많이 축적되었기 때문이다.

남의 슬픔을 나의 슬픔으로 남의 간난을 나의 간난으로 쓸어안는 원초적으로 안고 있는 사랑의 씨앗이 작은 가슴에 풍요롭게 쌓여있다.

이 보고의 그릇은 그냥 놓은 그대로는 절대로 광채가 나지 않는다. 닦아야 한다.

이 세상에 가장 천대 받은 아프리카가 다음 세상에 가장 축복 받아야 할 땅덩어리라면 아프리카 못지않게 천대 받아온 여성의 미래에 밝은 광명이 비추어져야 할 것이다.

돌이켜 보면 미국에서도 여성에 참정권을 부여한 것이 1929년, 미국을 비롯한 서방국가에서도 그전에는 여성들이 차별을 받았으나 1929년 이후 근 4, 50년밖에 안 되는 세월 속에 그들 스스로 그들의 권리를 찾아 부단히 싸워 감히 남성이 여성을 이유 없이 무시하고 권리를 부당하게 침해하는 경우가 있을 수 없게 되었다. 한국의 여성들도 그간 여권신장을 위해서 부단히 노력하며 사회 각 분야에 전문적인 지식을 가지고 진출하는 모습을 볼 수 있다. 우리가 원하는 여성의 사회적 진출은 지금보다 더 넓게 더 길게 뻗어 나가야 한다. 물론 여성의 일자리에 한계가 있고 사회적 지위가 약하다는 현실이 있을 수 있다 그렇다고 사회적 구조가 그러니 어쩔 수 없다고 체념하지 말고 도전이라는 새로운 창조의 문을 열어야 한다. 그러기 위해선 무엇보다 자신이 태어난 보람을 찾으려는 뜻이 있어야 한다.

사회를 일으켜 세우는 것은 뜻이다. 인간은 이해에 얽혀 뒹굴고 있는 것 같지만 한 베일을 벗기면 영혼의 고동치는 모습을 만날 수 있다. 사람과 사람이 모여 이룬 사회의 원동력은 영혼의 화음이지 현대적 신(神)인 재물의 곡예는 절대 아니다. 영혼의 화음이란 뜻의 모임이다.

꽃이 시들다가도 뜻을 만나면 영롱하게 채색되며, 인간도 시름에 잠겨있다 뜻을 찾으면 설레고 고동치며 밤잠을 설쳐버린다. 가슴 속에 설렘의 물결이 일어나면 마음속에 대비라는 보배가 잠을 깬다. 여성운동의 방향도 잠자는 뜻을 두들겨 깨우는 데 초점을 맞춰야 한다.

옛날의 한국 여성들은 지금도 별로 달라지지 않았지만 남편과 자식 뒷바라지가 아내 역할의 전부라고 생각했다. 그게 전부라면 현대 한국의 여성들은 여성의 존재의 이유에 대해 크게 고민해야 할 것이다.

한국의 미래를 이끌어갈 뜻을 찾은 여성에게 묻는다. 여성의 존재이유에 대해 어떤 답을 들을 수 있을까, 여성들은 참다운 어머니가 되기 위해 결혼하는 것으로 안다. 자식은 누가 무어라 해도 세상의 어머니에게 달려 있고, 어머니는 자식을 훌륭하게 키워 사회에 내보내야 할 의무가 있다. 자식을 참되게 키우는 것이 하늘아래 어머니의 도리라고 강조한다.

자식을 내 소유물이라 하며 자식에게 목을 매선 안 된다는 것이다. 내 새끼 내 소유물이니 내 호주머니에 넣고 내가 보는 땅, 내가 보는 하늘만, 땅이요 하늘이라고 우기며 옆에 누가 우는지 옆에 누가 사는지 그깟 것 알 필요가 없다 하며 내 것만 소유하려 든다면 여성은 결혼해 그 아픈 진통을 겪으며 자식을 낳을 필요가 없다.

한국 어머니의 교육열이라는 게 얼마나 천박한 것인가, 내 핏덩이 내 것이라는 소유욕이 들어앉아 어머니는 자신의 아이들을 어려서부터 자신의 갈증의 도구로 삼아 달달 볶는다. 이런 걸 뜨거운 교육열이 남긴 높은 교육수준이라 하니 한참 웃지 않을 수 없다. 이런 환경 속에서 자란 아이들은 좋은 대학, 좋은 직업을 가져도 자기 자신을 보는 공부를 하지 못했기에 자본주의의 냉혹한 법칙에 길들여져 지성적 이기주의자를 만들어 자신의 부모같이 소유와 존재론적 사고의 사슬에 갇혀 결국 정견(正見)을 볼 수 없게 되고 만다.

보고 싶은 것만 보고, 추한 것은 남의 것이고 우리 가정의 이익을 위해선 수단과 방법을 가리지 않으며 고통스러워하는 사람을 위해 아파하며 울어줄 줄 모르는 사람들 그들은 절대로 선진국민이 될 수 없고 국민소득이 5만 불이라 해도 그런 사회를 선진국가라 말할 수 없다.

모두에서 아기에게 젖을 물리고 있는 평화스러운 어머니의 모습이 숨 막히는 지구의 배출구라고 표현한 바 있다. 이 땅의 어머니는 뭍에 태어난 아이를 위한 사람들의 기도가 있듯이 평화와 자비를 사랑하는 인재로 참말로 키워야 한다.

한국의 여성들이 자식을 낳아 바르게 키워 사회의 동량으로 일구어 내어 국가에 내보내야 하는 것이, 앞으로 21세기가 끝날 때까지 이 지구촌을 이끌어 갈 뜻을 찾은 한국의 여성들의 여성운동의 본질이며 역할이라고 믿어본다.

21세기는 동양문명의 시대다. 동양문명의 시대는 자비의 시대다. 어머니가 자식을 사랑하는 상생의 시대다.

네가 슬프니 나의 마음이 슬프고 네가 기쁘니 나의 마음이 기쁘다. 너와 나는 하나지, 둘이 아니다. 지금까지의 서양문명은 철저히 너와 나를 갈랐다. 일체를 주장하면서 철저하게 일체를 죽였다. 서양문명의 주인공은 누가 무어라 해도 전투적이고 교활하고 야심찬 욕망의 노예들이었다. 그 들은 전쟁을 일으켜 혹은 혁명을 한답시고 살인과 폭력을 낳고 증오와 저주를 산하에 뿌리고 다녔다. 그래서 수없이 많은 아들들을 죽였으며 그 어머니의 가슴에 피눈물을 먹였다. 21세기의 우리가 바라는 세상은 동체자비의 세상이다.

너의 고뇌는 나의 고뇌요 너의 안락은 나의 안락이라는 원융무애한 세상이다. 여자가 승화한 우리 어머니의 세상이다.

동양문명의 주인공들은 남편과 아내가 둘이 아니고 하나인 중도(中道)의 가정을 배워야 한다. 너와 내가 둘이 아닌 일체의 사회를 배워야 한다.

이제 동·서양을 막론하고 많은 설움과 천대를 받아온 여성의 시대가 우리 눈앞에 닥쳐온다. 천하산천에 죽은 내 아들을 살리기 위해 어머니의 자비가 다시 살아난다. 세상의 이치가 이렇듯이 남성은 여성에게 수천 년간 진 빚을 갚을 시기가 찾아온 것이다.

여기서 우리는 어머니의 찬가를 부르지 않을 수 없다.

어머니의 사랑, 애써 좋은 말로 미사여구를 늘어놓지 않아도 그보다 더 높은 진솔한 사랑의 샘물을 땅 위에 찾을 수 있을까. 그에게 열 손가락 다 깨물어 아프지 않은 손가락이 어디 있을까. 당신의 이마에 주름이 늘고 허리가 휘어 휘청거릴 때 약한 우리의 마음을 작게 치고 만다. 머리가 어지러워 담장에 기대야 한 발이라도 떼어놓을 수 있는 병상의 어머니의 모습을 볼라치면 그렇게 가슴이 아픈 것은 웬일일까, 왜 부모와 자식 간의 인연을 맺어놓곤 사랑과 미움의 세월로 잔정, 굵은 정을 쌓을 대로 쌓아놓고 애별리고의 슬픔을 우리에게 안겨 주었는가.

그렇게 높은 어머니의 사랑을 노래하면서 언젠가 헤어질 날을 생각하면 서러움이 가슴에 밀려 어찌 이슬이 되어 녹아버리고 마는 것일까.

나는 오늘 무거운 짐을 짊어지고 고해의 언덕을 넘어가는 남성들에게 묻는다. 어머니는 당신에게 있어 도대체 무슨 존재인가, 왜 그를 생각하기만 하면 콧등이 시큰거리고 목이 메어 눈가에 눈물이 말없이 고이는가, 우리들의 어머니는 단지 전생에 사랑하는 부인, 사랑하는 가족, 사랑하는 여인 그 이상의 것이었나.

넓은 세상에 우리들의 어머니는 우리가 의지해야 할 우리들의 신앙이다. 저 먼 하늘나라에 앉아있는 알지도 못하는 미지의 신이 아니라 이곳에 엄연히 존재하는 나의 신이었다.

영지주의 문헌에서 여신인 소피아는 만물의 어머니, 살아있는 것의 어머니의 이름으로 불린다.

지상보살은 인도의 고대 지모신(地母神)에서 유래된 것으로 그 이름은 프리티비이다. 프리티비는 인도바라문교의 최고의 신으로 최고의 여신 중 하나였다. "이 땅 넓게 펼쳐진 은혜로운 너의 어머니 프리티비인에게 가라. 신앙심 깊은 그대는 그녀가 파멸의 구렁텅이로부터 솜털같이 지켜 주리라."

더하여 불교를 대하는 신도들에게 관세음보살은 최고 경의의 대상인데 관세음보살은 아미타 부처님의 좌보처 보살이라지만 원래 정법명왕(正法明王) 여래(如來: 부처님)로 오랜 겁전에 완전히 해탈하여 불생불멸을 이룬다. 이 죄 많은 사바세계(娑婆世界: 인간세계)에 중생을 제도하기 위해 보살의 몸으로 화현하심을 설명할 수 있으나 어디에 뒤져봐도 관세음보살이 여성이었다고 말한 흔적은 찾아 볼 수 없다. 그런데 언제부터인가 여성의 모습으로 변화해 나가는 관세음보살의 조상(彫像), 탱화를 마주하면서 현대 불교가 제시하는 방향의 설정이 무엇인가며 확실한 고민에 빠지게 된다.

21세기가 우리에게 무언의 힘으로 위력을 과시하며 커다란 메시지를 던지고 있다. 그것은 여성시대의 여명을 알리는 것이며 그 부과된 과업으로 다가오는 여성의 모습은 이런 모양이어야 할 것이다.

　어느 하늘 아래서나 부당과 굴종의 삶이라면 당당하게 아니요 라고 말할 수 있는 여자.

　웃는 모습 밝은 얼굴을 가지고 긍정적인 사고와 적극적인 자세로 세상에 다가가는 여자.

　전통과 관습에 얽매이지 않고 이상적인 가정, 평화로운 세상을 지우고 또 지우며 설계해 보는 여자.

　그리고 자식에게 젖을 물린 어머니의 자비처럼 마음속에 잠자고 있는 대비의 그릇을 닦아나가는 여자.

　그런 여성은 어디서나 많은 사람들에게 사랑을 받게 될 것이다.

제2장

태평양 문명의 주인공은 통일한국이다

1

　머지않아 닥쳐올 인공지능 시대에 대한 확실한 대비가 필요하다. 인공지능이란 기계에 탑재해 있는 소프트웨어인데 기계적 연산능력을 통해 뛰어난 문제 해결 능력을 보유하고 있는 인공지능을 약한 인공지능이라 하고, 사물을 분별하고 판단할 수 있는 능력을 갖추고 있어 인간과 같이 논리적 사고를 통한 지적 행위까지 할 수 있는 인공지능을 강한 인공지능이라고 한다.

　이 분야에 관심 있는 다수의 사람들은 사무실 노동자는 많은 분야에서 인공지능으로 대체되고, 생산직 노동자는 빠르게 로봇으로 대체될 것으로 내다보고 있다. 로봇 혼자서 사람 200명이 하는 일을 혼자 처리 할 수 있다면 당신이 사주라면 누구를 선택할 것인가.

　한편 이 분야 전문가의 한 피력이 있는데 2030년 안에 노동자 30%가 일자리를 잃고 2050년 안에 모든 직업이 인공지능으로 대체된다는데 이 주장에 대해선 찬반의 논쟁이 있을 수 있다.

　그러나 무엇보다 기계가 두드러지게 뛰어난 소프트웨어를 장착하여 빼어난 능력을 발휘한다 해도 인간과 동일한 존재로서의 가치를 부여할 수 없을 뿐 아니라 또한 인간과 같이 의식을 동반하고 논리적 사고의 단계까지 오를 수 있다는 부분에 대해서도 공히 논전하여 정교한 해석을 도출해내야 할것이다.

불교가에선 바위가 법문하는 걸 알아 들어야 제대로 공부를 한 것이라고 전해준다. 길 가던 강아지가 웃을 일이지 무슨 바위가 법문을 하느냐고 코웃음 칠 수 있는데 선가(禪家)의 큰스님께서 바위도 스핀운동을 하고 있다 말하자면 생물은 세포로 조직되어 있고 세포에는 핵산이 있어 정신활동을 하듯이 광물(바위등)도 각 입자가 스핀(스핀은 타원형 운동을 하고 있고 바위도 계속 움직이고 있다)을 가지고 스핀운동을 하고 있고 자유의사를 가지고 있어 전부 정신활동을 하고 있다는 말씀인데, 하물며 인공지능이 의식을 가질 수 있다 해서 뭐 그리 놀랄 일이라 할 수 있겠는가.

광물도 정신작용을 하는데 기억용량이나 연산속도(처리속도)에서 인간과 비교가 안 되게 월등한 인공지능이 놀라운 학습효과를 통해서 인간의 지능을 추월할 수 있다는 추론은 충분히 현실성 있는 관측으로 설의될 수 있다.

이제 21세기 새로운 문명사적 변화가 도래하고 있는 시점에 인간은 커다란 두 가지 디렘마에 봉착하게 된다. 먼저 빅데이터라는 정보를 접하여 전 세계의 정보를 장악하고 속도와 처리량에서 인간보다 월등히 뛰어난 강한 인공지능을 인간은 이길 수가 없다는 것이다. 다음으로 사람의 장기 중 많은 부분이 기계로 대체되고 뇌에 칩이나 임플란트를 삽입하여 인간의 지적 능력을 상승시켜 첨단기술로 생물학적 신체를 보존하게 한다는 점이다.

이런 첨단기술에 대한 현재화에 대해선 깊은 연구가 수반되겠지만, 어찌 됐든 뇌에 칩을 삽입하거나 장기를 기계로 대체하여 기계와 인간의 결합으로 합성된 인간이 현생 인류가 찾아가야 할 인류 진화의 극 점프 현상인가, 우리 인간에게 닥친 이 두 가지 디렘마가 순간으로는 어둡고 너무나 슬픈 현상이다.

석가모니 부처님은 이미 삼천 년 전에 지구의 먼 미래를 위하여 확실한 해답을 내놓았다. 복제인간, 합성인간, 유전자 조작(操作)에 의한 슈퍼인간을 실험실에서 만들지 않더라도 인간은 마음 한번 고쳐먹으면 일체지무애능(一切智無碍能)을 섭취할 수 있다. 인간은 누구나 본래의 진면목이 드러나면 위대한 인간이 될 수 있다고 통절히 만인에게 교시한 바 있다.

그가 오늘 다시 찾아와도 강한 인공지능은 절대 그런 인간을 이길 수 없고 기계를 인간의 몸뚱어리에 장착을 안 해도, 생식계열유전자를 조작하는 기술이 아니더라도 인간은 자각만 하면 위대한 능력을 발휘할 수 있다고 그렇게 말씀하실 것이다.

언필침 지혜의 인간들은 나를 버리고 남을 돌본다. 강한 인공지능이 이런 지혜를 터득할 수 있을까. 지혜의 눈떠짐이란 분별심을 타파하는 것이다.

세상 사람들은 옳고 그른 것을 나눈다. 밉고, 고운 것을 나눈다. 좋다, 싫다, 선과 악 세상의 모든 것을 둘로 나눈다. 사물을 두 개의 대립된 세계로 쪼개버렸기 모순이 있고 투쟁이 생겼다. 나 옳고 너 그른 싸움이다. 이런 분별심에서 벗어나는 길이 지혜로운 사람의 길이다. 이 분별심에서 벗어나면 사랑하는 힘이 생긴다. 나와 네가 하나임을 깨달아 너를 내 몸같이 돌본다. 강한 인공지능이 아무리 발달해도 이 분별심의 세계를 터득할 수가 없다. 강한 인공지능은 의식의 촉각을 세우고 축적된 지식을 훈련하여 훈풍을 일으킬 수 있다. 그러나 분별심의 덫에서 벗어날 수가 없다. 이것이 기계의 한계다.

   강한 인공지능이 아무리 현란하게 재주를 부려도 세상사 지혜를 숙지할 수도 없다. 인간에게는 부처님의 성품자리(佛性)가 있어 위대한 지혜의 탑을 쌓을 수 있다는 사실을 알지도 못한다. 뇌는 수명을 다해도 정신 에너지라는 게 있어 사람은 영원히 죽지 않는다는 영혼의 독립성(정신 신경작용은 뇌신경 세포를 떠나서 독립하고 있어 뇌신경이 완전히 끊어졌어도 정신은 살아있어 정신 에너지가 윤회한다는 영혼의 불멸설)을 강한 인공지능은 미쳐 알 수가 없다. 만약 그들이 묘유한 이 진리를 뛰어넘을 수 있다면 결국 우리가 지금까지 살아왔던 세상은 참담히 무너지고 말 것 이지만, 절대로 그러한 일은 일어나지 않을 것이다.

2

기독교에서 진리를 상징하는 가장 성스러운 숫자가 33이라고들 한다. 예수가 33살에 못 박혀 죽고 요셉이 성모 마리아와 결혼한 나이가 33살이며 예수가 기적을 행한 숫자가 33번이고 창세기에 하나님의 이름이 거론되는 것도 모두 서른셋이라고 전해 들은 바 있다.

사람의 척추가 33개의 등뼈로 이루어졌다는 사실은 알만한데 한국에서도 제야에 보신각종을 서른세 번 치고 기미년 독립선언문에 서명한 사람도 33명이다. 우리나라의 33이라는 숫자는 불교의 우주관에 근거한 것인데 불교에서 욕계 6천(欲界六天)의 제2天인, 도리천(忉利天)이라고 하며 제석천(帝釋天)이라고 하는 그 하늘나라에 주선법당천(住善法堂天)을 비롯한 33개의 천상세계가 있는데 서른세 개의 하늘나라를 다스리는 천왕이 제석천왕인데 이가 바로 환인(桓因) 하느님이라는 것이다.

조선시대 수도인 한양은 매일 새벽 4시가 되면 야간 통행금지를 해제하기 위해 33번 종을 쳤고 종소리와 함께 도성의 4대문을 열었는데 이것을 파루(罷漏)라고 한다. 또 밤 10시에는 인정

(人定)이라 하여 통행을 금지하기 위해 종 28번을 쳐서 4대문을 닫았다 한다. 파루나 인정이 불교의 우주관에서 비롯되었는데 33번의 타종은 33천(天)을 표준으로 따르고, 28번의 타종도 중생이 사는 세계인 육계 6천(天), 색계 18천(天), 무색계 4천(天)을 합쳐 28천(天)을 준거로 하여 타종하였다는 것이다.(여기에 소개되는 천상세계는 천국의 개념하고는 다른 것이다. 또한 천상세계에 관해선 2장 6, 4장 3에서 다루기로 하겠다.)

불가(佛家)에는 석가모니 부처님이 열반하신 후 삼삼조사(卅三祖師)라는 거대한 산맥이 형성되었다. 부처님의 법을 이은 1조(祖) 마하가섭으로부터 33조(祖)인 육조 혜능까지 불가의 기둥이라 할 수 있는 33명의 대선지식을 말한다. 마하가섭은 부처님의 십대제자 중 하나로 부처님의 심인(心印)을 이어 서천(서인도) 초조(初祖)가 되며 28조(祖)인 달마대사가 중국으로 건너가 중국 선종의 초조가 되어 33조(祖)에 이르게 된다. 앞에서 살펴본 바와 같이 33개의 숫자는 우주의 강렬한 기운에 천착돼 영묘한 힘을 만나 신비의 문을 열게 된다.

서양문명에서 동양문명으로 이동되는 역사적 전환점에 고대 철학자이자 수학자이며 종교인이기도 한 피타고라스의 뜻을 숙지하면, 수학에는 수의 법칙이라는 게 있는데 수에 대한 관찰과 원려를 살피고 수의 작용과 수의 이치를 터득하면 그 자가 바로 역사의 승리자가 될 수 있다고 천명 한바 있다.

뜻은 소망이다. 뜻은 율려다, 하늘과 땅 사이에 가득 차 있는 음양의 기운을 율동 시키고 여정시키는 만물운동의 본체로 작용한다.

21세기가 시작되는 첫해인 2000년 6월 당시 김대중 대통령이 해방 후 처음으로 공식적으로 북한을 방문하여 김정일 위원장을 만나 통일의 문을 두드린다. 나는 그 해 6월 곡식을 심듯이 33이라는 뜻의 생명의 나무를 심어 보았다. 조짐이 보이기 시작했던가, 2016년 12월 타올라, 부패하고 무능한 정권을 한 명의 사상자도 없이 몰아내 세계를 놀라게 한 촛불시민 혁명은 신기하게도 33이라는 뜻의 나무를 심은 지 16년 6개월 만에 고고지성을 질렀다. 딱 반이다, 역사의 마라톤에 이제 반환점을 돈 것이다.

물론 통일의 대장정의 길이 결코 순탄치만은 않을 것이다. 눈, 비 내리고, 광풍이 몰아치고 천둥번개가 치는 고난의 순간이 있을 수 있다. 그러나 우리는 이 길을 가야 한다. 역사의 신의 설계가 있어 분명히 성공할 수 있다. 하늘의 뜻이 있기에 정녕코 성공할 수밖에 없다. 아세아의 역사의 길목에 누워 수천 년 간 대·소 900번이 넘는 외침을 받고도 죽지 않고 살아남은 한민족의 무서운 생명력이 조상의 은혜로 승화되어 기필코 통일의 문은 열릴 것이다.

그렇다면 장엄한 통일의 시대를 꿈꾸며 고도의 지식산업 사회를 맞이한 우리 한국인의 자세는 어떠해야 하는가. 두말할 것이 없이 우리끼리의 해체이다. 어제는 양반끼리, 사대부끼리 오늘은 세도가끼리 재력가끼리, 동향인 끼리, 학연끼리 이 저열한 끼리끼리 의식을 한반도에서 영원히 추방시켜야 한다.

또한 중상과 모략과 시기, 질투로부터의 탈출이다. 남 잘되는 것 눈뜨고 보지 못하고 친구의 성공 앞에서 따스한 축하인사 보낼 줄 모르고 자기네 들이 나서서 무엇 하나 만들어 내지 못하면서 아무런 능력이나 지혜가 없어 어느 것 하나 해결할 수도 없으면서 통찰력과 관찰력이 부족해 제대로 된 그림 하나 그리지 못하면서 의로운 사람 하나 나오면 눈알이 뒤집혀져 죽어라고 흔들어대 땅에 떨어뜨리고 짓밟는 천박한 민족성의 해체이다.

이런 속에서 정부수립 후 60년간 정권을 잡고도 무슨 욕심이 더 남아 오늘 또 발호하는 천민 보수(건전한 보수의 반대개념인 극우)들의 귀를 열어본다. 역사가 헤치고 가는 심장의 고동소리가 그대들은 들리지 않는가, 천지분간 하지 못하고 날뛰는 천민보수 덕분에 다수의 건전한 보수가 역사에 매몰되는 소리가 들리지 않는가.

경제가 좀 안되고 통일의 발걸음이 좀 꼬인다 해서 나라에 혹여 난리라도 날 것 같은가. 어림없는 소리 하지 마라. 이때가 기회다 싶어 누가 나서서 판을 엎어 줬으면 좋겠지, 흡수 통일이 우리 입맛에 맞는데, 그게 안 되니 그냥 이대로 살았으면 좋겠지, 그깟 통일 뭐하러 하느냐며 평화통일 원하는 사람들을 전부 빨갱이라 매도하고 남은 남대로 북은 북대로 이대로 살기를 원하며 머리를 흔들어대는 미욱한 사람들아. 거대한 토네이도의 역류에 휩쓸려 종자까지 말라버리는 역사의 오물이 되고 싶은가.

한쪽에서는 남·북 문제를 때리고 경제 안 된다고 매도하지만 눈앞에 곡예 하는 파고만 보지 말고 저 수평선 너머 밀려오는 해일을 보아야 한다. 지금(2018년)으로부터 5년 전 나라의 석학이라 하는 경제학자 혹은 전문가들이 앞으로 10년 후 한국은 무엇을 먹고 사느냐 하는 화두가 논쟁의 중심에 서며 미래에 대한 예측을 시사한 바 있었다. 작금 분야의 전문가들은 빠르면 3년 늦어도 5년 안에 반도체를 비롯한 모든 기술이 중국에게 추월당한다고 진단하는 경우가 많다. 5년 전 예측한 그날이 점차 다가오고 있는 건가. 참말로 이게 사실이라면 심각한 문제가 아닐 수 없다.

또한 경제의 지각변동, 혹은 경제의 개벽의 시대라는 인공지능의 시대가 우리를 향해 한 걸음 한 걸음 엄습해 오는 것 같다. 빠르게 진단하는 사람들은 2030년 안에 또는 그 이후라도 근로자 30%가 일자리를 잃을 수 있다는데 그 수많은 사람들은 새로운 일자리를 찾을 수 없다면 앞으로 무엇을 먹고 살 것인가. 국내의 유수한 기업들이 4차 산업 혁명의 시대를 선도하겠다고 의지에 불타있지만, 약육강식의 시대에 분명한 것은 오직 승자만이, 강한 자만이 살아남을 수 있다는 것이다.

중국의 굴기, 중국의 꿈은 2050년 안에 군사력, 경제력에서 미국을 충분히 추월할 수 있다는 것이다. 중국의 꿈은 미국을 끝없이 자극할 것이며 두 나라의 무한 경쟁은 새로운 불씨를 만들어 신제국주의라는 강대국의 큰 그림이 현실이 되어 세계는 서너 개의 블록이 형성될는지 모른다. 북미·중남미는 미국이, 아세아·아프리카는 중국이 유럽은 E·C가 경제적으로 분할 통치하는 시대가 올른지도 모른다.

옛날의 식민지 병탄은 험악한 얼굴로 성내고 발길질 하며 총칼로 무지막지하게 유린하였지만 지금은 경제 전쟁이다. 경제적 식민지는 군사적 식민지요. 문화적 식민지로 전락해 버릴 것이니 이제 저들은 약고 교활해서 절대로 성내지 않고 달콤한 변설과 화사한 웃음을 가지고 이것저것 구미에 맞는 생선을 여우처럼 야금야금 씹어가며 우리 곁에 다정히 다가온다. 여기에 한번 프로가 되면 해방이란 영원히 찾아오지 않을 것이다.

세계는 거미줄처럼 얽혀있는 조직에 의해 지배당하고 있다는 사실을 인지한다. 지금 세상이 어떤 세상인가 무기를 팔아먹으려고 전쟁을 일으킬 수 있고 자국의 이익을 위해선 악을 선으로 바꾸어 놓을 수 있고 마약까지도 자국의 이해관계에 걸쳐있다면 서로 윙크하고 눈감아주는 세상 아닌가.

순박한 한국 사람들아, 세상 사람들은 땀 씻어주고 눈물 닦아주는 선한 사마리아인들이 아니라는 현실을 기억해야 한다. 이러한 어려운 조건 속에서도 우리 대한민국이 꿈을 가질 수 있는 것은 통일이라는 역사의 설계가 기다리고 있고 새로운 문명의 시대에 세계인의 가슴을 불 지르게 할 수 있는 새롭지 않으면서도 새로운 사상이 준비되어 있기 때문이다.

지금은 냉각기를 갖고 우물거리고 있지만 언젠가 북·미간의 비핵화 문제가 해결의 실마리를 찾아가고 북한에 대한 경제제재가 풀어지기 시작하면 북한은 시장개방을 할 것이고 남·북 경제협력은 활발히 이루어질 것이다.

북한의 시장개방 또는 남·북 경제협력은 북한의 경제만 살리는 것이 아니요. 남한의 경제도 제2의 도약을 할 수 있는 기회를 만들어 줄 수 있다는 것이다.

이쯤해서 시대의 공론을 접고 뜻의 의미를 이어가고자 한다. 뜻은 만든다고 이어지는 것이 아니다. 역사의 임무는 맡을 사람이, 맡을 조직이 따로 정해져 있다는 것이다.

1992년 제2야당 총재였던 김영삼이 노태우, 김종필과 손을 잡고 보수대연합을 하여 대통령에 당선된다.

당선된 후, 1994년 7월 27일, 북한의 김일성 주석과 남·북정상회담을 기획하였으나, 그 해 7월 9일 김일성이 갑자기 사망하는 바람에 남·북정상회담이 수포로 돌아간 적이 있었다. 얼마나 허망했을까, 그 후 이명박 정권 때도 한 번의 기회가 있었지만 성사되지 않고 불발로 그치고 만다. 곡식도 익을 시기가 따로 있듯이 뜻도 아무나 품는다고 성사되는 것이 아니며, 추수할 때가 와야 곡식을 거둬들이는 것이다. 역사가 선택한 사람에 의해, 조직에 의해 새로운 역사가 만들어지는 것이지 영웅이 되고 싶은 욕망만 가지고 역사를 설계할 수 없다는 것이다.

역사의 설계 이야기를 하다 보니까 또 하나의 강력한 작업이 진척되고 있는 현상이 우리 시야에 지금 들어오고 있다. 2032년 세계 올림픽과 2034년 월드컵이라는 지구촌 축제다. 두 축제 모두 우연이 아니요 먼 길을 거쳐 찾아온 필연적인 뜻의 울림이다. 우리는 누가 무어라 해도 달콤한 꿈을 꿀 수 있다. 2032년 남·북한에서 세계 올림픽을 동시 개최하여 성공적으로 마무리하고 그 엄청난 에너지로 2033년 남·북한통일을 이루어내고 통일한국이 되어 다음해 2034년 통일 조국에서 역사적인 월드컵을 개최한다는 것이다. 과연 그날이 올까 우리가 원하는 대로 통일한국을 위한 지구촌의 축제가 꿈같이 펼쳐질 것인가.

이야기를 끝내면서 동양인으로서는 최초로 노벨문학상을 받은 인도의 세계적 시인이었던 타고르가 우리나라를 소재로 한 동방의 등촉이라는 시를 소개한다.

일찍이 아시아의 황금시절에

빛나던 등촉의 하나였던 코리아

그 등불과 촛불 다시 한 번 켜지는 날에

너는 동방의 밝은 빛이 되리라

마음엔 두려움이 없고

머리는 높이 쳐들려 있는 곳

지식은 자유스럽고

좁다란 담벽으로 세계가 조각조각 갈라지지 아니한 곳

진실의 깊은 속에서 말씀이 솟아나는 곳

끊임없는 노력이 완성을 향해 팔을 벌리는 곳

지성의 맑은 흐름이

굳어진 습관의 모래벌판에 길 잃지 아니한 곳

무한히 퍼져 나가는 생각과 행동으로 우리의 마음이 안도 되는 곳

그러한 자유의 천국으로

나의 마음의 조국 코리아여 깨어나소서

　1956년 3대 대통령 선거시절 당시 야당이었던 민주당 신익희 대통령후보가 선거마감 하루를 앞두고 호남지방으로 유세 가던 중 호남선 열차 안에서 뇌일혈(심장마비라고도 함)로 급사한다. 임시정부의 문교부장, 내무부장을 역임하고 제2대국회의장, 민주당 대표최고위원이 되어 대통령 후보가 된 신익희는 절대적인 국민의 지지를 받았으며 특히 100만의 인파가 모인 한강 백사장의 유세는 오랫동안 인구에 회자되기도 했다.

　1960년 4대 대통령 선거시절, 콜롬비아 대학에서 1925년 철학박사 학위를 취득하고 미군정 경무부장, 6·25 당시 내무부장관을 역임하고 신익희에 이어 민주당 대표최고위원과 대통령후보가 된 조병옥은 선거기간 도중 신병으로 도미 월터리드 육군병원에서 위암으로 병사하였다. 만약 3·4대 대통령 선거 도중 야당후보가 타계하지 않았다면 신익희, 조병옥의 당시 국민의 절대적인 지지로 보아 아무리 부정선거를 한다 해도 이승만 독재정권은 무너지고 말았을 것이다. 왜 이런 일이 두 번씩이나 거짓말같이 일어나는가. 야당이 정권을 잡았다면 오랫동안 정권이 유지되었을 것이고 우리 현대사에 박정희란 인물은 등장하지 않았을 것이다.

이것이 비극인가, 희극인가. 박정희라면 18년 독재정권이 어떻다 해도 배고픔에서 나라를 구한 인물로 많은 사람들의 뇌리에 각인돼 있었을 것이다. 그가 쿠데타를 일으켰을 때 1인당 국민소득이 83불이었다. 1, 2차 경제개발 5개년 계획이 끝난 1971년에 292불로 끌어올리고 연간 경제성장률이 10%대를 넘나드는 경제 호황을 누리다 그가 타계한 1979년 대한민국의 국민소득이 2천 불(1709불)에 육박했다.

그런데 만약 야당이 정권을 잡았다면 그 같은 경제발전은 이룩하지 못했을 것인가. 논의는 차치 하고라도 적어도 남이 오십 년, 백 년이 넘어 이룩한 일을 그렇게 빠르게는 이룩하지 못했을 것이다. 노조가 생기고 시민단체가 생기고 언론이 감시하고 국민이 비판하고 이걸 다 감내하면서 그 짧은 세월에 경제 발전을 이룩할 수 있었을까. 결국 역사의 신은 민주주의보다 경제를 먼저 선택했다는 이야기다.

군사정권 30년(박정희, 전두환, 노태우), 일본의 어느 학자가 한국의 경제발전 이라는 것이 독재가 아니면 어떻게 가능한 것인가. 30년 만에 어떻게 그런 경제부흥의 위업을 달성할 것인가 하며 반문한 적이 있었다.

당시 정권의 아이콘들은 시행착오는 있고, 정경유착도 있고 부정부패도 있고 인권유린에 억압통치에 민주주의는 사장되었다 해도 국민소득 80불을 2천 불 가까이 끌어올린 이 경제적 성과를 천민자본주의라고 손가락질만 할 수 있을 것이냐며 항변한다. 누가 무어라 해도 역사의 신은 박정희의 손을 들어 주었다고 확신에 찬 모습을 보여준다. 그도 그럴 것이 문재인정권이 들어서기 직전까지 매년 실시하는 국민 여론조사에서 물경 38년간 역대 대통령 중 40%가 넘는 지지를 얻어 압도적 우위를 선점했다. 그만큼 다수의 국민이 그에 대한 향수를 오래 간직하고 있었다 한다.

그러나 과연 한국의 네오콘들 말같이 역사의 신은 박정희의 손을 들어준 것일까? 지난날 역사의 지도자들은 시대의 모순을 당대에 혁파하겠다고 누가 원치도 않는데 칼 들고 외치었다.

한쪽은 자유를 위한다는 구실로 조그마한 양심과 동정과 덕으로 위장하고 가죽과 철창으로 무장하여 채찍을 들어 양떼를 몰고 갔고 또 한쪽은 백성을 위한다는 구실로 자의적으로 선악의 개념을 규정 지으며 울지만 않게 민중을 먹여 주고 달래어 민중을 지도층의 적당한 약속에 타협하고 생활이라고 던져주는 자그마한 행복에 인생을 저당 잡혀 속고 살아야만 했다.

한국의 역사도 예외는 아니다. 언젠가 우리는 단군 이래 최대의 인물로 박정희를 내세우는 바보상자를 목격하고 만다. 배고픈 것 해결해 줬으면 고개 숙이고 고맙다하며 빵이나 우걱우걱 먹을 일이지 자유와 인권은 뭐 말라비틀어진 북어 뼈다귀냐며 배부른 소리 한다고 군화발로 밟고 밟은 기억은 하지 못하는가.

우리는 분명히 경제개발로 인해 밥은 먹게 되었다. 가난에서 벗어나게 되었다. 그러나 빵을 얻은 대신 커다란 것을 잃어야 했다. 그 중 금전만능과 불신풍조는 우리 사회를 여러 갈레로 멍들게 하였다. 우리는 소중한 가치인 남을 위한 삶이라는 위대한 덕성을 우리들 가슴속에서 죽인 지 오래다. 돈이나 황금만이 인생의 전부인줄 아는 사람이 너무나 많다.

돈에는 마력이 있어 추한 것도 아름답게 보이고 천한 것도 귀하게 보이고 사악한 전갈도 천사로 둔갑하고 빌라도도 메시아로 옷을 갈아입힌다. 오죽했으면 기독교 목사가 하나님 다음으로 높은 것이 돈이라고 하였겠나.

사람은 빵만으로 살 수 없다는 동물이라는 것을, 사람에게 있어 문화적 가치가 얼마나 소중한 것인가를 저들은 헤아릴 수 있었을까?

경제 발전하지만 한국의 르네상스 시대라고 불리는 영조와 정조의 시대, 그 영조 시절에 기아로 허덕이다 굶어죽은 사람이 오십만 명이라니, 인구가 오백만 명인데 수십만 명이 굶어 죽었다니 말로만 하자면 영조는 단군 이래 최고로 무능한 임금일 수밖에 없다. 그러나 역사는 그렇게 단세포적으로만 통찰하지 않는다. 세상의 가치라는 걸 큰 안목으로 관찰해볼 필요가 있다.

지금 우리가 살고 있는 세상에 진실이 죽은 지 오래라는 사실을 모르지 않는다. 그러나 경제개발 앞에서는 철학이고 사상이고 모두 죽어야 한다는 한국의 천민자본주의의 추한 얼굴이 너무 구역질난다는 것이다.

경제발전 하나만으로 독재 18년간에 자행되었던 온갖 인권유린과 부정부패와 억압통치를 회색장벽에 묻어 버리고 회칠해 버려도 되는 것인가.

오늘날 시대적 상황을 불확실성의 사회라고 한다. 혼돈과 갈등이 너무 많은 곳에 잠재 되어 있으며 물질과 정신의 부조화와 공허한 삶 속에서 이질적인 고뇌의 현상이 심화되어 있는 것이 우리들 생활의 전편적인 모습일 것이다.

한 사회의 병리 현상이 괜스레 어느 날 갑자기 찾아오는 것이 아니다. 혼돈과 갈등이 심화된 우리들 생활에선 오랫동안 소요한 인생의 덕목인 정신적 가치를 지켜내기가 너무 어려웠다. 군사정권 30년(박정희, 전두환, 노태우)의 폐해는 이 소중한 인간의 정신을 철저하게 황폐화시키는 데 충분하였다는 사실을 죽어가는 보수의 아이콘들은 기억하여야 할 것이다.

박정희 시대의 빨갱이 사냥은 어떠했는가, 반공을 국시의 제1의로 삼아야 하니까 빨갱이 사냥도 당연히 국시의 제1이었겠지, 이렇게 시작된 사냥은 그가 타계한 후 계속된 전두환 군사정권으로 수법도 잔인하게 이어진다.

공존, 공생, 공영을 해야 나라를 살릴 수 있다고 앵무새처럼 재잘거리며 자기 것은 한 푼도 나누어 줄 수 없어 공산이라는 말은 사전에서 빼어버리고 공산이라는 말을 체계화된 이론으로 강설하는 사람은 물론, 진보라 하는 사람들은 가릴 것 없이 무조건 빨갱이라고 몰아 돌팔매질을 해대고 시퍼런 생선회 칼을 휘두르는 무지하고 몽매한 이 어리석은 사람들아, 빨갱이가 무슨 말인 줄 알고나 지껄이느냐, 이 오갈 데 없어 개천가에 나뒹그라진 홍합사리들아.

참공산주의는 이론상으로만 볼 때 지상의 낙원이다. 공산이란 재산을 공동으로 관리하고 소유하는 것이며 공존으로 모두가 직업에 귀천 없이 빈부의 차가 없이 계급을 없애고 평등하게 존립해야 한다는 것이다. 공영이란 그런 바탕 위에 개인의 능력에 따라 일하고 필요에 따라 분배 받아 모두 같이 번영을 누리자는 것이다. 이것이 참 공산주의인데 지구상에 이 같은 진정한 공산주의를 시행한 나라가 있었던가 구소련과 중공 그리고, 공산주의 한다는 나라 모두가 유사공산주의자지 공산주의 흉내도 제대로 내지 못한 절대적 왕정국가나 교조적 형태의 전체주의 국가들이 아니었던가. 스탈린과 모택동이 공산혁명을 한답시고 제나라 국민 수천만 명을 죽였을 때 그것이 국가와 인민을 위한 불가결의 통치라고 말할 수 없다. 그들은 공산주의를 위장한 살인·폭력 정권임에 틀림없다. 이러한 구소련과 중공의 변질된 유사공산주의의 씨앗을 받아 잉태한 사생아들이 해체된 동구나 아세아의 공산주의 국가였다.

공산주의라는 게 참말로 실체가 있는 것인가, 공산주의라면 참공산주의가 아니면 유사공산주의인데 참공산주의를 실천하는 국가는 지구상에 한 곳도 없고 모두 유사공산주의, 가짜 공산주의자들뿐일 텐데, 군사정권에서 빨갱이 사냥하는 사냥꾼들이 잡아들인 공산주의자들의 실체는 무엇인가. 폭력으로 정권을 타도하려는 세력이라든지 북한과 내통하여 정권을 찬탈하기 위해 북한 괴뢰와 동조한 세력이라든지 라는 혐의로 체포하여 올가미를 씌웠는데 우리나라 군대가 60만이고 경찰이 10만인데 그들이 무슨 힘으로 정권을 찬탈할 수 있었을까.

권력이란 게 오르가즘에 취한 황홀함 보다 더 달콤한 것이고, 그 정권 유지하기 위해 수단과 방법을 가리지 않는 것도 타락한 군주의 선택이겠지만, 사람들이 걸려들게 꾸민 꾀로 잡아들인 소위 공산주의자들이 얼마였나, 군사정권 30년간 얼마나 많은 지식인들이 정권의 먹이사슬이 되어야만 했던가.

지구의 이천 분의 일밖에 안 되는 메뚜기 이마만한 반도에 쭈그리고 앉아 빨갱이가 무엇인지도 모르고 멀쩡한 사람을 빨갛다고 매도하는 천민보수(건전한 보수의 반대개념인 극우)들아, 집에 성서나 혹은 대장경이 있으면 시간을 내서 읽어봐라. 성서와 대장경만한 참공산주의 서적이 어디에 있는가 예수의 말씀의 원천은 자기가 가진 것을 남에게 나누어 주라는 교시이고 석가모니는 내 것을 소유하지 말라는 무소유의 인간이 되라는 진리의 외침이다. 나누어 주라는, 소유하지 말라는 그래야 이 세상에서 가난을 몰아낼 수 있다는, 무한한 욕망을 뺏어올 수 있다는, 자본이 무너진다는, 이 철리를 무지한 그들이 알 턱이 있겠는가.

참으로 예수와 석가모니는 참다운 행복이 천국과 극락에 있는 것이 아니고 소유하지 않는 인간에게 있다고 가르쳐 주시었다. 왜 우리가 성인들의 말씀을 귀담아 들어야 하는가, 자본주의가 너무 늙고 병들어 버렸기에 그렇다. 자본주의란 의리도 지조도 개뿔도 없는 늙은 갈보이다. 이 자본주의를 수술하지 않고서는 더 이상 지구상의 미래가 없기에 그렇다. 성인들은 벌써 이런 세상을 미리 내다보고 우리에게 지혜롭게 살다가는 보배 같은 말씀을 가르쳐 주셨다.

"우리 몸속에 엄청난 보물덩어리가 있는데 삼천대천세계(백억세계)에 있는 칠보(七寶)로는 백분의 일에도 미치지 못한다" 하셨고 "부자가 천국으로 들어가는 것은 낙타가 바늘 구멍로 들어가는 것보다 더 어렵다"고 말씀하셨다.

박정희가 타계한 지(1979년), 33년 만에 그의 딸 박근혜가 대통령에 당선(2012년)되었다. 숫자가 주는 의미도 각별하지만 한국사회에서 여성이 대통령이 된다는 것이 예사로운 일이 아니라는 생각이 들었다.

그 여인 주변의 극성스러운 지인들이 뇌까리는 현대의 선덕여왕이라는 주장과 누구의 각본인지 몰라도 분단의 장벽을 뛰어넘는 여인이 될지도 모른다는 기대(?)에 긴장을 늦추지 않은 적이 있었다. 독재자 아버지 허물을 딸이 민주화란 이름으로 쓸어안아 산업화 세력과 민주화 세력의 대통합의 탕탕평평을 쓸 줄 알았다. 처음에는 그랬다 그러나 그가 하는 언행을 보고 이내 생각을 접었다. 수의 법칙의 비밀은 역시 다른 곳에 있었다는 사실을 쉽게 감지하게 되었다.

박근혜의 탄생과 몰락은 박정희 시대의 종식을 알리는 타종이며 죽은 지 33년이 되도록 죽지 않은 박정희 시대의 종막을 고하는 현대사의 대서사시라는 것을 나의 직관으로 통찰할 수 있었다. 말하자면 박근혜 정권이 유지될 때까지 한국의 정치는 박정희 패러다임이 지배했다. 그러나 박근혜의 몰락으로 보수가 떠받들고 있는 박정희 신앙은 붕괴되고 보수의 기둥은 괴멸되고 말았다. 역사의 신(역사를 주관하는 보이지 않는 힘)의 선택인데 보수가 어떤 모습으로 재건할 수 있으며 또한 부활하기도 그렇게 간단치 않을 것이다.

앞에서 박근혜를 현대의 선덕여왕이라고 불러주는 지인들이 있었다고 말했는데 이점과 연계해서 흥미로운 이야기 한 토막 들려주려고 한다.

통일신라 51대 진성여왕에 관한 이야기다. 48대 경문왕의 딸로 50대 정강왕이 후사 없이 죽자 뒤를 이어 887년 즉위하여 10년간 재임하는데 여왕의 삼촌인 각간(角干: 신라시대 상대등과 더불어 최고의 관직, 진골만이 하는 벼슬로 신라 17관등제와는 별도로 제정한 곳) 위홍(魏弘)과 사통하고 나라의 전권을 그의 연인이자 삼촌인 위홍에게 위임하고 그가 죽자 궁중에 미소년들을 끌어들여 음행을 일삼았으며 뇌물을 받는 등 궁중의 풍기를 문란케 하였다고 사가(史家)는 전하고 있다. 891년 이때 나라의 형세는 지방에서는 조세가 걷히지 않고 병제(兵制)가 법대로 시행되지 않아 나라 안이 소란해지고 지방각지에 군웅이 할거하기에 이르렀다. 이때 북원(원주)에서 궁예가 봉기하고, 892년 완산(전주)에서 견훤이 일어나 신라는 후삼국이 정립하는 형세에 이르렀다.

삼국유사 진성여왕편에 다음과 같이 글이 실려져 있다. "제51대 진성여왕이 나라 정사에 임한지 몇 해에 부호 부인과 그의 남편인 위홍, 잡간등 서너 명의 충신(忠臣)들이 세도를 부려 정치를 마음대로 쥐고 흔드니 도적이 벌떼처럼 일어났다. 국인(나라 사람)들이 이를 근심하여 다라니(주문)로 은어를 만들어 써서 길바닥에 던져준 일이 있었다. 다라니에는 "나무망국(南無亡國) 찰니나제(刹尼那帝), 판니판니소판니(判尼判尼蘇判尼), 우우삼아간(于于三阿干), 부이사바하(鳧伊娑婆訶)"라고 하였으니 해설하는 자가 말하기를 찰니나제란 말은 여왕을 두고 하는 말이요, 판니판니소판니란 소판 두 사람을 말하며 우우삼아간 이란 여왕의 총신 세 명의 아간이요, 부이는 부호부인이다. 삼국유사의 서술에 의하면 위홍의 아내인 부호부인은 진성여왕의 숙모가 된다. 그녀는 진성여왕이 갓난 아기였을 때부터 양육과 보호를 맡아 왔으므로 유모라 일컬어진다.(소판이란 잡찬이라고도 하는데 신라 17관등 중 제3관등이며, 아간은 아찬으로 신라 17관등중 제6관증이다)

결국 진성여왕은 897년 6월 스스로 실정에 대한 책임을 지고 오빠의 아들에게(49대 헌강왕의 서자인 요를 태자로 책봉) 양위한 후 그 해에 병사하였다. 그 후 얼마인가 통일신라는 56대 경순왕을 마지막으로 망하게 되는데 51대 진성여왕이 죽은 후 5대 38년 만의 일이다.

한편 신라 27대 왕인 선덕여왕(15년간 재위)은 진평왕의 맏딸로 아버지 진평왕이 아들이 없어죽자 화백회의를 통해 왕으로 추대 되었을 뿐 삼국통일과 아무러한 연관도 없고 박근혜와 닮은 점도 전혀 없을 뿐이다. 오히려 선덕여왕이 병사하자 곧이어

즉위한 신라 28대 진덕여왕이 당나라와 친교를 돈독케 하여 국내적으로는 김유신으로 하여금 국력을 튼튼하게 하고, 648년 김춘추를 당에 보내 백제정벌의 원군을 요청, 삼국통일의 기초공작을 다져 왔다는 것이다.

우리는 오늘 과거의 삼국의 역사를 반추하면서 과연 작금의 시대사가 삼국을 통일한 통일신라 초기의 시기에 접근하는가 아니면 통일신라 말기의 시기에 접근하는가 또는 제3의 법칙이 작용하는가 하는 점을 진지하게 연구하고 고민해 봐야 할 것이다.

나는 예전부터 한강을 휘어잡은 자가 한반도의 주인이 된다고 설파한 바 있다 삼국시대 때도 백제시 가장 융성했든 근초고왕때 한강을 휘어잡았으며 고구려는 말할 것도 없고, 신라시 가장 왕성했던 진흥왕 시절도 한강을 움켜쥐었다.

백제의 13대 근초고왕(재위 346~375년)은 고구려 군사를 371년 대동강에서 무찌르고 평양성을 점령하여 고구려 16대왕 고국원왕을 살해하였다. 그때 백제는 지금의 경기, 충청, 전라도의 전부와 황해도의 일부를 차지하는 강력한 고대국가의 기반을 마련하게 되었고 그 해 한산(漢山: 서울)으로 천도하게 된다.

요하 이동(以東)의 만주지방의 대부분을 차지하여 우리나라 역사상 최대의 대제국을 건설한 고구려의 20대 장수왕(재위 413~491년)은 아버지 광개토대왕과는 달리 남하정책을 적극적으로 추진하였다. 475년 백제를 공격, 수도 한성(漢城)을 함락시켜 한강 유역이 고구려의 지배하에 들어갔고, 신라의 북부를 공격하여 7성(城)을 함락시켜 그의 영토는 남으로는 아산만에서 동쪽의 죽령에 이르렀다.

신라 24대 진흥왕(재위 540~576년)은 553년(진흥왕 14년) 백제가 점령했던 한강 유역의 요지를 공취(攻取)하여 거기에 광주(廣州)를 설치하였고 한강 유역의 백제 영토를 전부 차지하여 이 지방을 다스리기 위해 신주(新州)를 두었다.

우리는 일련의 박근혜의 몰락과정을 보면서 토인비의 동시성 역사에 대한 이론인 역사는 일정한 간격을 두고 주기적으로 반복 된다는 역사의 순환법칙을 기억하게 된다. 통일에 대해 박근혜가 어떤 꿈을 꾸고 있었는지 몰라도 통일이란 시대의 방향성을 타야한다. 말하자면 어떠한 역사적 사건이 일어났을 때 역사의 신호를 잘 읽으면 역사를 담당할 세력이 형성되고 있다는 사실을 발견하게 된다. 과거 경상도 정권은 시대의 방향성을 상실한 정권이다. 이 세력으로는 혼돈 속에서 창조를 낳을 수 없다.

복잡계 이론에서 혼돈(무질서) 속에서 창조를 낳고 창조는 질서(고정관념)로 자라난다는 법칙을 배운다. 혼돈 속에서 창조가 나타난다는 해박한 통찰이 있지만 그러나 창조는 질서 즉 고정관념으로 자라난다는 사실에 나는 동의할 수 없다. 인류는 짧게는 서력기원 이후 지금까지 오랫동안 고정관념의 틀 속에서 자라왔다.

말하자면 사람들은 저마다 스스로 갖고 다니는 창살 속에 갇혀 살고 있다. 오직 규제와 명령만이 그들을 통제하고 있을 뿐 그들 주위의 세워놓은 감옥의 창살 속으로 숨기를 즐겨 한다. 저 들녘이 부옇게 밝아오면 이른 새벽에 나는 떠나리라고 평생을 다짐하지만 끝내 이루지 못하고 석양녘 황금빛 노을이 지듯이 어느새 내선 자리에서 멀어져 가고 만다.

앞으로 찾아올 새로운 고등문명의 시대에는 고정관념의 틀을 부수지 않고서는 새로운 창조의 문을 열 수 없다고 뜻 있는 사람들은 강변한다. 고정관념이란 이분법으로 세상을 나누는 것이다. 고정관념의 틀에서 벗어난다는 것은 무명(無明)의 어두운 세상을 만든 원초적 뿌리인 분별심을 제거하자는 것이다. 좋다·싫다, 밉다·곱다, 옳다·그르다라는 가슴속 깊이 박힌 관념으로부터의 탈출이다. 이 분별심에서 벗어나면 고통 속에서 벗어날 수 있고 인생을 행복하게 살다갈 수 있다. 그러나 분별심에서 벗어난다는 것이 어찌 쉬운 일인가 하며, 공상의 극치라는 비판이 있겠지만 그러나 해답은 있는 법이다.

우리같이 세상 쓴맛, 단맛 다 본 인간들에게는 매우 어려운 항목이겠지만 때 묻지 않은 천진한 어린 아이들한테는 충분히 가능한 일이다. 유치원 과정부터 초등학교 어느 단계까지(인간은 만 3~5살 사이에 인격이 형성된다) 늦어도 12살까지 전인교육을 제대로 시키면 이들이 자라 나이 30대가 되는 2050년 이후의 세상은 놀라울 정도로 달라질 것이다. 우리가 왜 새로운 세상을 원하는가. 세상을 통치해온 위정자들의 거짓과 무지와 편견 속에서 잃어버린 우리 인생을 찾아오기 위해서다. 또한 강한 인공지능과 싸워 이겨 이 병들은 지구촌을 지키기 위해서다. 결국 고정된 시각, 편견, 즉 고정관념을 깨자는 게 태평양문명에 사는 인류의 보편적인 가치가 될 수밖에 없다. 정신의 극 점프다 4차 산업혁명의 시대를 이끌 인공지능시대에 대비하여 인류가 풀어야 할 과제이다.

우리는 해지는 세밑에서 지난 2017년 완성된 촛불혁명의 역사적 의미를 다시 한 번 상기해 볼 필요가 있지 않을까 "왜 역사는 그 문제에 대해 깊이 개입했을까" 썩은 정권의 환부를 도려내는 것만이 목적은 아니었을 것이다. 아세아의 동북단 저 조그만 반도의 나라에서 세계를 이끌 통치철학이 나올 수 있기 때문이다. 역사의 모든 문명을 타락시킨 인류의 적인 역사의 오물인 저 고정관념의 틀을 부술 무기(?)가 저곳에 감추어져 있기 때문이다. 이것에 대한 구체적인 서술은 다음 장의 석가모니 편에서 논의해 보기로 한다.

한편 나라 안에선 경제가 어려운데 남·북문제에만 올인 해야 되겠느냐 하는 지탄이 있다. 소득주도 성장론에 대한 뭇매가 너무 모질고 혹독하다. 물론 소득주도 성장론이 한국경제위기의 한 요인이 될 수 있지만 보다 더 근본적인 원인을 세밀히 진단하고 분석해야 답을 찾을 수 있을 것 같다. 소득주도 성장론의 속도를 조절하거나 아니면 최저임금이나 근로시간 단축을 완전히 폐기하여 원점으로 회귀시킨다면 한국의 경제가 위기의 늪에서 빠져나올 수 있을 것인가.

경제위기의 원인은 여러 가지 있을 수 있지만 모든 진단의 맨 앞줄에 앉아 있는 메뉴가 저출산, 고령화, 저성장이요, 다음 줄이 저투자, 저소비, 1500조에 달하는 가계부채다. 그러나 지적한 여러 문제는 정치적 리더십이 발휘되고 국민의 협조가 있고 정책 결정권자의 신속한 대응으로 위기의 불길을 잡을 수 있다. 그러나 무엇보다 심각한 것은 국내 기존산업의 성장한계다. 그 중에도 10대 기업에서 30대 기업에 이르기까지 성장이 한계에 다다랐다는 점이 매우 심각하다는 것이다. 만약 규제가 완화되고 세제혜택이 뒤따르고 노조가 협조한다면 기업들이 성장한계를 극복할 수 있을 것인가, 나는 그렇게 보지 않는다. 어찌 됐든 우리 대기업들은 4차 산업혁명의 대열에서 낙오가 되지 않기 위해 고군분투하고 굴지의 대기업들은 중국을 떠나서 베트남을 생산거점으로 삼고 제조업 분야에서 장기투자를 이어가고 사업을 확대할 계획이라고 한다. 아시아 시장에서 베트남과 중국은 6·7%대에 육박하는 경제 성장율을 누리고 있는 나라이다. 물론 베트남이 매력 있는 투자처인 것은 분명하고, 폴란드, 터키, 인도, 브라질 등 투자할 가치가 있는 나라는 많지만 머지않아 세계시장에서 독보적인 전자강국의 지위를 상실하여 세계시장에서 국제경쟁력에 밀리게 되면 대기업의 성장한계가 뚜렷이 나타날 것이요, 이로 인한 사회적 충격은 심대할 것이기에 한국경제의 위기의 원인을 미리 진단하고 분석해 볼 필요가 있는 것이다.

인간의 고통스러운 삶도, 사회 병리 현동도, 경제위기의 근본도 우연히 갑자기 찾아온 현상이 아니요 먼 길을 거쳐 찾아온 필연적인 산물에 불과한 것이다.

우리나라는 2015년부터 경제 성장률이 멈춘 나라다. 그 이후로부터 3%를 치고 올라간 적이 없다. 소득 3만 불 시대라고 하지만 무엇인가 고장이 나고 있었다는 것이다. 저성장의 한계에 맞물려 사회의 불평등 구조가 심화되고 심각한 빈부격차에서 오는 양극화 현상으로 사회는 화농화 되어 더욱 위기를 가중시키고 있다.

앞장에서도 지적하였지만 5년 내에 한국의 경제 전문가들이, 혹은 대기업의 총수가 10년 후에 한국은 무엇을 먹고 사느냐고 경제위기를 예시한 적이 있다. 이제 빠르면 3년에서 5년 내에 반도체를 비롯한 석유화학, 자동차, 철강, 조선 등 모든 기술이 중국에게 추월 당하고 설상가상으로 인공지능의 시대가 거세게 몰려오면 기술이나 자본이 거대한 제국에게 집중될 것이며 세계는 초인류 기술국가를 중심으로 세계가 몇 개로 블록화 되어 신제국주의 시대가 열리게 되는지도 모를 일이다. 물론 이것은 가상 시나리오다. 그러나 이런 끔찍한 일들이 현실이 될 수도 있기에 우리는 무엇인가 찾아 헤매야 할 것이다. 어쩌면 통일의 길은 통일로 가는 남·북경제 협력의 길은 이런 위기에서 탈출할 수 있는 최우선의 첩경이 될 수도 있을 것이다.

지금 이 글을 쓰고 있는 도중 전파를 타고 박근혜의 재판선고 결과가 나오고 있다. 국정농단 사건 징역 25년, 국정원 특활비

상납사건 징역 6년, 공천개입사건 징역 2년, 형량을 모두 합치
면 징역 33년이다.

5

로마는 군사력으로 세계를 지배했고, 영국은 경제력으로, 미국은 과학의 힘으로 세계를 지배했다. 그러나 이제 문화가 세계를 지배하는 시대가 도래 하고 있다. 문명이 교차되는 이 다난한 역사의 길목에 우리는 무엇을 찾아 헤매야 하는가.

앞으로의 세계는 콘텐츠 싸움이다. 그 중 문화 콘텐츠가 누구에게 풍요로이 보장돼 있는가에 따라 미래의 주인공의 역할을 담당할 수 있다. 대한민국은 문화의 70%가 불교문화다. 불교를 특화시켜 국가 브랜드로 성장시키자. 불교는 무궁무진한 문화콘텐츠를 보유하고 있으며 하여, 불교가 최고의 문화콘텐츠로 성장할 수 있는 가능성은 200%다.

먼저 불교 이야기를 가공할 수 있는 스토리텔링 작가를 넓게 양성해야 한다. 불교의 대장경, 설화, 민화, 불교적 전설은 물론 신화라고 치부하는 단군, 환웅, 환인 등을 현대적 스토리텔링으로 융합하여 새롭게 콘텐츠를 개발하면 어마어마한 자산이 될 것이다.

한국 문화의 근간인 불교문화는 불교신도나 스님들만의 몫이 아니라 전 세계적으로 소중한 문화콘텐츠다. 불교문화 콘텐츠의 우수성을 인식하고 재해석하여 새로운 문화콘텐츠의 개발을 서두를 시기다.

해방되기 전 작가 이광수는 문화적 가치가 높은 법화경을 작품으로 만들려고 기획하다 청담스님의 설득에 포기한 적이 있다. 뛰어난 작가인 이광수의 손에 법화경이 소설로 그려지면 원래의 경전의 참뜻이 왜곡되고 퇴색될 수 있어 설득시켜 작품을 포기시킨 옛날의 이야기다. 그러나 이제는 불교의 가치가 크게 훼손되지 않는 범위 내에서 대중이 즐길 수 있는 콘텐츠를 개발해야 한다.

불교의 정신은 인간이 고통에서 해방되는데 있다. 그리하여 행복한 삶으로 전환되는 방법을 유유히 가르친다. 이 부처님의 가르침을 불교문화의 동력으로 삼아 미래의 천년을 준비해야 한다.

불교는 석가모니의 창조적 종교다. 엄밀히 말하면 세상 자체가, 인간 자체가 원래 무명(암흑)의 세계가 아니었다. 오욕의 인간의 역사가 청정무구한 삶의 밭을 더럽힌 것이다. 신음소리를 듣고 일어나 본래의 창조의 세상으로 돌아가자는 것이 부처가 세상에 주는 최초의 메시지다.

문화적 삶의 창조는 정치, 군사, 경제적 삶의 창조와는 차원이 다르다. 이 세상에 전쟁과 죽음, 질병과 기아, 폭력과 살인, 학대와 신음, 증오와 저주의 삶을 끝내기 위해 세련된 문화적 힘으로 이 사업을 확장시켜 나가야 한다. 여기에는 국가적 뒷받

침도 있어야 하지만, 조직력이 뛰어난 대기업과의 협업도 이 문화 사업을 성공시킬 수 있는 방편이 될 수도 있다.

또, 음악, 미술, 조각, 문학, 건축, 애니메이션, 연극, 영화, 오페라, 판소리, 승무, 디자인 등 문화적 차원을 넘어선 종합예술의 단계에 진입하면 세계 질서의 재편을 시도할 수도 있게 된다.

독일의 철학자가 오래전에 해인사의 팔만대장경을 보고 이 훌륭한 문화적 자산을 현대와 믹서해서 왜 활용하지 못하고 있는지 너무나 안타깝다고 말한 바 있다. 20세기 후반. 통일된 독일이 이런 훌륭한 문화적 자산을 소유하고 있었다면 다음 문명의 주인공은 분명 통일독일의 몫이었을 것이다.

해인사의 팔만대장경이 무엇인가. 침략자 몽고를 향한 국민통합을 통한 항거의 자산이다. 당시 불교를 국교로 신봉하는 동방예의지국의 비폭력 무저항의 산물이며 12세기 위대한 민중의 서사시다.

팔만대장경의 콘텐츠의 클라이맥스는 우리 모두 다 부처가 될 수 있다는 것이다. 그러나 이 땅에 사는 모든 민초들은 무명(無明)의 어둠 속을 뚫지 못한 어리석은 중생들이기에 잠에서 깨어나 나를 찾아야 한다고 부처님은 역설하신다.

불교의 수많은 스토리 중에 나를 찾아가는 깨달음의 길목에 우리는 화엄경의 입법계품을 만나게 된다. 화엄사상의 깨소금인 입법계품은 선재동자가 깨달음을 얻기 위해 53명의 선지식(스승)을 찾아가는 고행의 길을 그린 내용물이다. 세상의 별의별 인간을 찾아가지만 결국 마지막에 만난 문수보살에게서 선지식은 곧 나임을 깨달아 다시 돌아온 자리로 되돌아간다.

부처님은 보리수 밑에서 크게 깨치신 후, 아! 드디어 얻었다 하시며 인류를 향하여 대 선언을 한다. "너희들 모두는 부처님 성품이라는 불성(佛性)을 갖고 태어났다. 그러므로 너희들 마음 속에 자리 잡은 빛의 편린이 모아져 나와 같이 부처가 될 수 있다." 우주에 미만되 있는 위대한 법신(法身) 덩어리인 불(佛)의 기운은 우리 몸에도 생체에너지라는 무형의 형태도 자리 잡고 있다. 우주를 창조한 커다란 힘인 신령스런 물건이 우리 몸속에 숨겨져 있다는 것이다. "이제 알았으면 꿈에서 깨어나라." 깨달았다는 것은 깊은 잠에서 깨어났다는 것이다. 불(佛)을 이뤘다는 것을 망상, 번뇌가 없어졌다는 것이다. 불(佛)은 빛이요, 광명이다. 이것은 장엄한 생명의 소리다. 소크라테스와 핀다로스 그리고 피타고라스가 이 영감(靈感)의 소리를 알아듣고 나를 찾으라고 하였다.

이만한 감동적인 문화 콘텐츠가 어디에 있는가, 단순한 문화 예술 차원을 넘어서 메마르고 병들어가는 인간을 치유할 수 있는 생명의 재생의 심연이 불교문화의 근저에 자리 잡고 있다.

천 년, 이천 년 기나긴 기독교 문명시대에 기독교를 지킨 동력은 교도들이 기독교 문화 콘텐츠를 발굴하여 시장을 만들고 산업화하여 기독교가 오랫동안 세상의 정신을 지배할 수 있었고 기독교 형제들은 그로 인해 경제적 문제도 해결하게 되었다.

앞서 지적한 바와 같이 한국은 3% 미만의 경제성장이 10년 가까이 지속되고 있으며 안간힘을 써보지만 2015년을 기점으로 경제 성장이 멈춘 나라다. 그러나 불교를 특화 시켜 국가브랜드로 성장시키면 21세기 동양문명의 시대에 수많은 인구가 불교 산업 속에서 불교문화 콘텐츠를 개발해서 먹고 살 수 있고 대한민국이 문화강국이 되어 세계 중심의 역할을 담당할 수 있게 된다.

나는 모두에서 앞으로의 세상 싸움은 콘텐츠라고 말한 바 있다. 미국 다음 세상, 태평양 문명의 시대에 주인공이 되고자 하는 중국이 들고 나온 정신인 유교는 세계적인 정신이 될 수 없다. 유교에 콘텐츠가 있느냐, 기독교는 음악, 미술, 건축, 조각, 연극, 영화, 문학, 오페라, 모든 분야에서 천년 그 이상의 세월 동안 그들만의 콘텐츠를 써먹을 대로 써먹고 재탕 삼탕 우려먹어 더 내놓을 콘텐츠가 이제는 없다. 그러나 불교에는 아직 하나도 써먹지 않은 팔만여 개의 콘텐츠가 포진하고 있다.

먼저 유교의 공맹사상은 인의예지(仁義禮智)에서 교시하듯, 사람이 태어나서 올곧게 인격을 형성하고 지혜롭게 살다갈 수 있는 길을 인도한 철학적 사유였다. 이것이 고대 유교다. 주희의 주자학에 이르러 이기이원론(理氣二元論)으로 개신유교로 탈바꿈하고 왕양명의 양명학에 이르러 종교적 색체를 가미하게 되는데 그 이론적 근거는 이기 일원론(理氣一元論)이며 이것을 유신유교라 한다. 그러나 유고는 양명학을 배척하여 신앙의 확립에 이르지 못하고 고대유교로 회귀해 버린다. 사서삼경에 콘텐츠가 있는가. 논어, 맹자, 대학, 중용만으로는 콘텐츠를 만들 수가 없다 맹자의 맹모삼천지교 외에는 떠오르는 이야기꺼리가 별로 없다. 기독교가 신·구약 66권의 콘텐츠가 있었기에 정치와 경제를 지배할 수 있었듯이 불교는 8만4천 개의 이야기를 가지고 미술, 음악, 조각, 건축, 연극, 영화, 애니메이션, 오페라, 문학들로 콘텐츠를 개발해 스토리텔링화 하여 세상에 내놓을 작업을 하루속히 추진해야 한다.

임진왜란이 끝났을 때 조선의 인구는 200만 명, 명나라의 인구는 1억 5천만 명, 만주의 여진족의 인구는 30만 명이었다. 여진족이 나라를 세운 지 20년 후 1636년에는 국호를 청으로 바꾸고 1644년에 명을 멸망시키고 중국을 통일한다. 인구 30만 명밖에 안 되는 여진족이 거인과 같은 명나라를 이기고 천하를 통일한 그 비결은 무엇이었던가. 지금도 기억할 수 있지만 1960년대 이스라엘과 아랍연맹의 6일 전쟁을 기억한다. 인구 오백만의 이스라엘이 억이 넘는 아랍연맹과 싸워 이길 수 있었던 비결은 무엇이었을까. 정신력인가, 아니면 적군의 사기추락인가 국가는 종교단체와 달라서 교조주의로 오래 통치할 수는 없다. 그러나 국민과 통치자가 합심하여 목표가 뚜렷하고 정신이 통일되어 있다면 상하좌우를 둘러봐도 하나같이 맥이 빠진 야만의 문명 앞에 한통치고 깨어나 치고 나가는 자가 세상을 통섭 할 수가 있다.

이스라엘이 아랍을 이길 수 있었던 것은 미국이 지원한 최첨단 무기로 짐작이 갈 수 있지만 30만 명의 여진족이 1억 5천만 명의 명나라를 이길 수 있었던 것은 다음과 같은 논리로 해석할 수밖에 없을 것이다 옛사람은 "사람이 늙는다는 것은 이상이 죽었기 때문이다"라고 논파했다. 결국 명나라는 이상이 없어 늙어만 갔고 여진족은 이상이 불타올라 젊어만 갔을 것이다. 빅토르 위고는 작은 나라 같은 것은 없다. 사람의 위대함이 키에 의해 결정되는 것이 아니듯 한나라 국민의 위대함은 그 수에 의해 결정 되는 것이 아니라고 설하였다. 결국 이 사람들이 하고 싶은 말은 세상은 꿈꾸는 자의 것이며, 준비하는 자의 것이며, 역시 이상과 하면 된다는 철석같은 신념이 세상을 이긴다는 말인 것 같다.

마찌니는 이러한 신념을 가지고 이탈리아를 통일시켰으며, 간디는 진리는 승리한다는 신념을 가지고 대영제국과 맞서 싸워 인도를 독립시켰으며 마틴 루터 킹은 풍요한 자가 가난한 자를 멸시하지 않고 진실과 믿음이 가득한 사회로 탈바꿈 하리라는 신념을 가지고 흑인과 백인이 공존하는 사회를 만들었다.

지금은 과거 영국과 같이, 일본과 같이 남의 나라를 식민통치할 수 없다. 핵무기를 가지고 무력으로 세상을 통치할 수도 없다. 다만 문화의 힘으로 세계의 정신을 정복할 뿐이다.

세계 불교도는 5억 명 정도인데 대승불교를 실천하는 나라는 대한민국과 티베트뿐이다. 불교의 발상지인 인도는 힌두교 국가이고 중국은 공산화되어 불교를 버렸고, 일본은 소승 불교다 그 중에도 티베트는 중국의 속국으로 중국으로부터 독립을 쟁취하기 위한 전투적인 종교로 화(化)한 모습이 있으니 올 곧이 대승의 진리가 살아 숨 쉬는 곳은 한국 뿐 이라고 말할 수 있다. 석가모니의 수제자 가섭으로부터 삽삼(삼십삼)조사를 거쳐 중국 임제의 임제종으로 선맥은 내려오고 중국의 석옥청공으로 부터 법을 전수 받은 고려의 태고보우국사는 임제의 법맥을 조선반도에 심어 그 유수한 부처님의 법맥은 육백 년이 넘도록 지금까지 찬연하게 이어오고 있다.

지금까지 이야기한 불교의 문화적 가치를 가감 없이 재단해 보면 이 문화적 사업은 이제는 어느 한 단체나 집단이 아닌 대한민국이 짊어져야 할 거부할 수 없는 국가의 숙명 같은 것이라고 강조해 본다.

사태가 이렇게 돌아가고 있는데 한국 불교는 무엇을 하고 있는가, 우물거리지 말고 역사의 쓰나미 앞에 도망가는 저 박쥐중은 내버려두고 권력 앞에 수줍은 듯 얼굴을 붉히며 몸을 비비 꼬는 저 권승들은 쓸어버리고 이제 벽안의 납자들이 행군의 나팔을 부를 차례이다.

6

  사람들은 누구나 태어나 부모에게 효도하고 학업을 마치고 좋은 직장을 얻어 결혼을 해 자식을 낳아 일가를 이룬다. 승진을 하고 때로는 세파에 시달리며 삶의 고뇌에 흐느적거리지만 그래도 한눈 팔지 않고 열심히 살다 늙고 병들어 죽는 수순을 밟는다.

  이것이 지극히 정상적인 삶이며 누구나 다 그런 전철을 밟으니 그것이 어쩌면 성문화된 지고한 법률과도 같은 것이다. 그래서 늙으면 추억만 남고 죽으면 아름다운 추억만 가지고 간다는 인생의 미담이 생겼다.

  그런데 때로는 이러한 삶에 일탈하는 경우가 있다. 욕심 많은 놈들이 독재를 하고 나쁜 놈들이 남의 나라를 강탈하려 든다. 도둑놈들이다. 강도들이다. 그래서 많은 민초들이 그 나쁜 놈들에게 굽히지 않고 저항하고 투쟁하다 아들은 감옥에 가고 때로는 목숨을 잃기도 하였다. 민주화를 위해서, 독립을 위해서 내 나라를 지키기 위해서 투쟁하고 싸우고 감옥에 가고 고문 받고 신음하다 죽어간 민초들이 세계역사에는 수도 없이 많았다.

  지금은 문명이 발달하고 개화가 돼서 모두들 풍요롭게 살고 걱정 없이 지내지만, 동·서양을 막론하고 옛날 옛적에는 모두가 찢어지게 가난하고 먹고 살기가 그렇게 어려웠다 한다.

그러한 속에서도 뜻있는 민초들은 언제나 역사의 명령에 순응했다. 정의를 위해, 평화를 위하여 목숨 걸고 싸워 나라를 바로잡아 큰 국가를 일구어 내었다. 세계 역사는 소수의 용기 있는 그들이 운전을 해온 것이다. 역사의 명령을 거역하지 않고 묵묵히 짊어지고 진운의 나팔소리에 주저 없이 세계사적 진리파지의 대열에 동참한 그들이 있었기에 역사의 물결은 정의롭게 흘러온 것이다.

아시아 동북단의 고요한 아침의 나라인 대한민국도 예외는 아니었다. 먼 역사를 들추지 않으련다. 3·1운동만 해도 제나라 찾기 위한 당연한 구국운동이라지만, 총·칼든 철권정치 앞에 목숨을 내건다는 것이 결코 쉬운 일이 아니다. 잃어버린 제 나라를 찾기 위해 수많은 애국지사들이 세계 곳곳을 비집고 뛰며 숨 쉬었다지만 항일 36년간의 독립투쟁은 멀고도 먼 암흑의 세월이었다. 국내에서 만주벌판에서의 독립운동은 프랑스의 레지스탕스보다도 용기 있고 처절했다.

1910년 일본에 의한 조선병탄도 알고 보면 제국주의가 남긴 산물의 분비물이었다. 1905년 그 해 11월 을사보호조약이 체결되기 전 청일전쟁 당시 제3사단장이었던 일본의 총리대신 가쓰라 타로와, 미국 연방 판사 출신의 필리핀 총독의 윌리엄 H. 태프트(1909년 미 27대 대통령에 당선) 간에 체결한 가쓰라·태프트

비밀협정은 일본의 한국 침략을 공식적으로 승인한 것이었다.

일본은 필리핀을 침략하지 않는 대신 미국은 일본이 한국을 보호국화 하는 것을 묵인한다는 내용인데 이것은 포머스 강화조약에서 체결한 내용보다 더 구체적이고 여기에는 100년의 한국의 운명을 결정짓는 음모가 숨겨져 있었다 한다. 당시에 떠오르는 태양이었던 미합중국과 세계 군사강국 5위였던 일본 간의 소위 강대국 간의 흥정이야 무엇인들 못하겠냐마는 가쓰라·태프트 조약의 실체의 하나는 그렇게 어려웠던 조선에서의 개신교 선교가 일본에게 조선의 병탄을 승인하는 전제조건이었다는 것이다.

그래서인지 일본은 조선에서 식민지 통치를 시작하면서 조선문화를 말살시키는 작업을 지휘한다. 전국 사찰에서 비구승을 내쫓고 처자식을 거느린 대처승을 그 자리에 갈아 앉혀 일본 불교로 복속시키고자 한다. 전국의 단군사당을 불태우고 단군에 대한 모든 사료를 소각시켜 단군 2333년을 조선역사에서 지워버린다. 결국 한국불교도 단군사상도 신선도도 모든 한국문화의 잔재를 꽁꽁 얼어붙은 동토에 묻어버리고 말았다. 지금도 생각하면 분통이 터질 노릇이다. 일찍이 함석헌 선생은 우리가 어찌 일본에게 먹힐 수 있느냐, 이것은 안방마님이 행낭채 머슴에게 강간 당한 형국이라고 개탄한 바 있었다. 아무리 조선이 사화와 당파싸움과 세도정치에 피가 마를 날 없고 나라의 힘이 다 빠졌다 해도 어떻게 일본 아이들에게 이 나라를 송두리째 갖다 바칠 수 있느냐, 대한이 도대체 누구의 후손이냐 우리는 예로부터 대한이 백의민족이라는 말을 듣고 자랐다. 우리가 왜 백의민족이냐 흰옷 입은 사람이라는 것은 무슨 뜻이냐. 백광(白光)이다. 흰 빛이다. 우리는 천인의 자손이다.

그런데 일본인들 자신들이 천손민족이라고 하는데 이 말은 어떻게 해서 나오게 된 것인가. 그것은 거짓말이다. 그들은 북해도 아이누의 후손들이다. 백제가 망하자 백제 유민들이 많은 서적을 갖고 일본으로 건너가 원시인 같은 그들에게 글과 문화를 가르치고 예의범절을 가르치고 사람답게 사는 방법을 가르쳤다. 그들의 가슴에 문화를 심어주고 그들의 머리에 인간이 세상의 중심이라는 종교의 가르침을 전해 주었다. 더하여 백제왕의 후손들이 많은 예술품을 가지고 일본으로 건너가 한민족이 천인의 자손임을 일본열도에 심어서 이 문화가 일어나 일본인들이 자신들이 천손의 민족임을 내세우게 되었다는 것이다.

나는 살면서 이웃 일본이 남의 나라를 초토화시키고 심장과 간뇌를 유린했으면서도 사과와 반성을 하지 않는 모습을 도저히 이해할 수가 없었다. 수많은 사람을 생체실험하고 하도 많은 사람을 학살하고 독립을 외치던 우국지사들을 잔인하게 난도질하든 그들이 이런 천인공노할 범죄에 대해 지금까지도 독일처럼 머리 숙여 용서를 구하는 모습을 보이지 못함에 상종하지 못할 족속이라고 체념하고 말았다. 오히려 힘없고 게을렀던 우리들 조상에게 역사적 책무를 묻고 싶을 뿐이다. 말은 이렇게 가볍게 하지만 참말로 우리 민족은 아무런 책임도 없는 것인가. 안창호 선생은 우리가 일본에게 먹힌 것은 교육의 힘이 없기 때문이라고 꾸짖었다. 어떤 역사가는 구한말 서양세력에 대한 적대적 의식과 변화의 거부는 조선의 마지막 실낱같은 기회마저 앗아버리고 말았다고 한탄도 한다. 남들은 우리가 잠자고 있을 때 개화의 씨앗을 뿌려 세계 속에 진군의 나팔을 불어대는데, 쇄국이란 게 무엇인가, 그것도 모자라 며느리와 시아버지가 씩씩거리며 샅바싸움을 해대니 그 꼴이 불견인가, 나라가 망하려니 별일이 다 일어났었구나 하며 한숨을 쉬며 탄식을 했다는 말씀이다.

그러나 세상은 알고 보면 아무리 발버둥을 쳐서 사람의 힘이라는 게 한계가 있다는 것을 알게 된다. 숙명이랄까 뭐 그런 게 작동하고 있다는 이야기인가. 우리나라의 해방도 2차 세계대전이 연합군의 승리로 인해 얻은 것이지 독립운동만으로 쟁취했다고 보기에는 좀 그렇지 않은가. 1945년 7월 대한민국이 해방되기 전 독일의 포츠담에서 미·영·소의 세 나라 수뇌가 2차 세계대전 이후 세계질서 재편을 논의했다. 미국의 트루먼과 소련의 스탈린이 밀약을 통해 38선을 남·북으로 가르는 군사점령 분할선을 정한다. 미국은 지리적으로 가까운 소련이 한반도 전체를 장악할 수 있으므로 적절한 선에서 소련의 남하를 막아야 한다고 여겼다. 이러한 강대국의 힘의 논리에 의해 한반도는 희생양이 되었는데도 남·북 분단의 씨앗을 기획한 그들의 비밀협상 체결에 관해서, 냉혹한 미·소 양극세력이 토해낸 엄청난 테러에 대해서 한국은 단 1초도 따져본 적이 없다. 그로부터 5년 후 대한민국은 현대사에 너무나도 아픈 동족상잔의 6·25라는 비극의 역사를 쓰게 된다.

사관으로 역사를 들여다보면 역사는 어떠한 간격을 두고 주기적으로 똑같은 사건이 반복되고 있다는 것이다. 이것은 역사를 생명력 있게 만드는 요소이기도 하지만 그 속에서 우리는 묘한 영감을 얻어낼 수 도 있는 것이다.

한국 현대사의 최초의 비극은 1894년에 일어난 동학혁명에서 그 비극의 씨앗을 찾아야 한다. 1876년 일본은 한국의 경제적 침투를 감행하여 한국을 일본의 시장화 하는 반면, 일본인들은 한국에서 쌀을 반출해 나감으로써 물가를 자극하고 설상가상으로 탐관오리의 횡포는 가중되어 농민과 백성이 곤경에 빠져 있을 무렵, 고부 군수로 조병갑이 부임하여 농민들에게 세비를 거둬들이고 무고한 백성의 재물을 강제로 수탈하는 등, 온갖 탐학을 가하였다. 이에 고부군의 백성은 더 이상 학정을 견디지 못해 고부 접주로 있는 전봉준을 선두로 1894년 천여 명의 동학교도(천도교)와 농민들은 몽둥이와 죽창을 들고 일어났다. 이 혁명이 일어나자 관군이 이들과 전쟁하는 것은 국가의 발전에 염려된다며 주저하자 이것을 구실로 일본군과 청군의 출병을 유발하게 되니 이렇게 시작된 동학혁명은 1년 동안에 걸쳐 동학교도와 백성들 30만 명 이상이 희생된 채 끝나고 만다.

최신의 무기로 무장된 청·일 양국 군과 관군에게 죽창으로 대항한 백성들이 그게 죽으러 나간 거지 싸우러 나간 것인가.

동학혁명 이후 동학혁명군의 세력이 급격하게 약해짐에 따라 청·일 양국 군은 더 이상 조선에 주둔할 필요가 없게 됨에 청은 일본에 대해 공동철병을 제안하였으나 일본은 양국이 공동으로 조선에 대하여 내정간섭을 하자고 제안하게 된다. 이에 청이 거절하자 청·일 전쟁이 발발, 일본의 승리로 돌아가니 이로부터 우리나라는 일본의 영향권에 들어가 조선왕조의 붕괴를 촉진하는 계기가 되었다.

결국 1905년 을사보호조약을 맺고 1910년 한일합병으로 한국은 그 후 36년간 일본의 식민지가 되고 만다.

1945년 8월 15일 조선이 해방된 후 좌·우익 대립으로 커다란 격랑 속에 휩쓸아친 남과 북은 각기 단독정부를 세웠으나 1950년 동족이 상잔하는 처참한 전쟁은 반도를 아수라장으로 변모시키고 말았다. 오랜 진통 끝에 남과 북은 1953년 전쟁을 끝내고 휴전협정을 맺었으나 휴전선이라는 높고 높은 장벽만 남긴 채 세월의 아무러한 기약 없이 증오와 미움을 뿌려가며 오늘에 이르게 되었다. 이것이 1894년의 동학혁명으로부터 1953년 휴전 협정에 이르기까지 약 60년간의 한국 현대사의 통한의 역사였다.

세계 역사 속에 한 인간에게 큰 임무가 부여될 때 커다란 시련을 주는데 하물며 한 나라에게 세계사적 사명을 주려 한다면 커다란 대가의 지불 없이 아무러한 희생 없이 어떻게 큰 짐을 지우려 할 수 있겠는가.

하늘이 이 민족에게 60년간의 혹독한 시련을 주었다면 이제 남은 것은 세계사적 사명만이 아니겠는가, 역사의 전반부에서 단군 이래의 최초의 시민혁명이 실패로 끝났다면 역사의 후반부에선 성공으로 끝난 시민 혁명이 기다리고 있지 않겠는가, 아마도 우리가 모르는 역사의 각본이 어두운 인영의 자국을 밀어내며 서서히 준비되어가고 있었나보다. 이것이 바로 혼돈은 창조를 낳고 혼돈 속에서 창조가 나타난다는 역사의 법칙이다.

2016년 이 나라엔 이제까지 경험하지 못했던 한국역사상 초유의 신비스러운 일이 벌어지고 있었다. 일컬어 촛불시민혁명이다. 세계사에 유례가 없었던 최초의 명예혁명이었다. 모두에서 말했듯이 조선인들은 '세계' 자만 들어가면 주눅이 들어 킥킥거리기가 일쑤인데 분명 그 어느 나라에서 경험하지 못한 약 100일간에 걸친 명예혁명이었다.

영국의 크롬웰의 명예혁명을 기억하는 분이 있지마는 영국의 명예혁명은 실패한 혁명이다. 크롬웰은 국왕인 찰스 1세를 처형하고 왕정을 무너뜨리고 공화정을 찾아오지만 크롬웰이 죽자 프랑스로 피신하였던 찰스 1세의 아들 찰스 2세가 귀국하여 다시 왕권에 복귀하여 크롬웰에게 무서운 복수를 감행한다. 죽은 크롬웰의 무덤을 파헤쳐 크롬웰의 목을 자르는 부관참시가 감행되며 무능하고 부패한 정치는 그 후로도 상당 기간 지속된다.

촛불시민혁명은 민중의 힘으로 부패하고 무능한 정권을 무너뜨렸고 정부수립 이후 60년간이나 정권을 잡은 내일이 없는 보수정권의 탯줄을 끊어버리고 한 사람의 사상자도 없이 성공한 명예혁명이 되어 버렸다. 촛불시민혁명은 단순히 한 정권을 탄생시키기 위한 혁명이 아니라 세계사적 사명을 실현하기 위한 대장정의 출발점일 뿐이다. 경제가 좀 어렵고 보수가 아무리 발목을 붙잡아도 이 길은 필연코 성공할 수밖에 없다. 다소 어려움이 있을 수 있고, 실망과 다툼이 있을 수 있어도 역사의 신의 명령인 남·북한 통일과 태평양문명의 주역의 길은 장엄하게 열려 있을 뿐이다.

말하자면 하늘이 역사의 전반부에 동학혁명, 일제식민지, 동족상잔의 6·25라는 60년간의 혹독한 시련을 우리 민족에게 주었다면 이 뼈아픈 시련을 딛고 일어나 경제발전과 민주화를 이룩하고 선진대열에 감히 들어선 부끄럽지 않은 이 대한의 아들·딸들에게 촛불시민혁명, 남·북한통일, 세계최강국이라는 커다란 축복의 길이 웅장하며, 위엄 있고, 엄숙하게 기다리고 있다는 이야기다.

끝으로 앞에 잠깐 언급한 천인의 자손이라는 테마에 관해 아무래도 부연 설명이 필요할 것 같다. 이 부분에 관한 터치가 조심스럽기는 하지만 불교의 우주관에 입각하여 신중하게 들여다보게 된다. 현상계에선 천상세계란 방편설이라는 해의와 실제로 존재할 수 있다는 두 개의 개념이 존재한다. 실제로 존재 한다는 개념은 초월신을 전제로 한 가르침으로, 일체를 초월한 절대자가 있어 절대자가 존재한 천국엔 시간과 공간의 제약을 받지 않으며 영원토록 생명을 누려 영생한다는 관념속의 추상이며, 방편설이라고 하는 해의는 외계와 같은 인간계로 욕계, 색계, 무색계가 이 범주에 속한다.

태양계에는 지구를 비롯한 9개의 혹성을 가지고 있다. 한 은하계에는 이러한 태양계가 수천억 개가 있고(2천억 개로 추정)또 우주에는 이러한 은하계가 수천억 개가 있다니. 우주란 그야말로 무변광대하다고 말할 수밖에 없다. 우주에는 지구와 같이 생명체가 살 수 있는 혹성이 10만 개 정도 추정할 수 있다는 과학적인 분석이 있다. 우주에는 아득히 먼 곳에 이 지구보다 문명이 월등히 발달한 고도의 문명세계가 있을 수 있으며 지구보다 문명이 덜 발달한 저 차원의 세계도 있을 수 있으니. 고등 문명세계이든 저등 문명 세계이든 그곳에서 지구라는 혹성을 볼 수만 있다면 지구는 분명히 하늘이요, 하늘나라 사람들이요, 저들 세계는 분명히 땅이요, 땅의 나라 사람들일 것이다. 어찌 됐든 모든 추량을 잠재우고 지구의 과학이 고도로 발달하여 우리 생애 중에 가장 가까운 외계 한 곳이라도 찾아낼 수 있을까, 하지만 현재로선 그 꿈이 요원해 보인다. 현재 지구의 과학수준으로는 가장 가까운 외계라도 찾아내려면 광자로켓이 발명된 후래야 외계탐사가 가능한데 광자로켓이 현실화가 되려면 100년 내지 200년을 예상하고 있다.

지금은 열반하셨지만 내가 아는 큰스님을 주변에선 도인스님이라고 하신다. 종회 사무처장을 지낸 중진스님이 내게 말하기를 그 분은 총무원장뿐만 아니라 종정까지도 맡을 자격이 충분한 분인데도 당신께서 절대로 사양하기에 당시엔 어쩔 도리가 없다고 하였다. 큰스님 생존 시에 들은 법문이 기억나는데 환인하느님에 관한 이야기다. 불교가 들어오기 전에 신선도가 들어와 한국의 먼 조상들은 신선도의 옥황상제 하느님을 믿고 섬기었다. 불교 우주관에서 설명한 욕계2천인 도리천을 제석천이라고 하는데 제석천의 설흔세계의 천상세계를 다스리는 분이 제석천왕이요, 옥황상제이며 그분이 바로 환인하느님이라는 것이다. 애국가에 하느님이 보우하사 우리나라 만세의 하느님은 옥황상제, 환인하느님이요, 보신각종 서른세 개를 치는 것도 제석천의 서른세 개의 천상세계가 화합하고 통일을 기하자는 의미에서 서른세 번 타종한다고 설의 하였다.

여기에 어느 신비학자의 지력을 빌려 그들이 발설하는 비과학적인 주장이라도 도입해보면 제석천은 광속으로 8백수 십 광년이나 더 걸리나 감속으로는 지구에 하루 만에 올 수 있다. 제석천이란 북극성과 북두칠성 사이에 있는 속칭 천황대제좌로서 이 천황대제좌가 환인좌요, 환인좌가 제석천이라는 것이다. 제석천은 태양계와 같은 33천(天)의 하늘을 열어서 소은하계를 형성한 주제처로서 우리 민족은 이 제석천에서 옮겨온 민족이기에 우리민족을 개천민족이라 한다. 또 환인천제의 아들인 환웅천왕의 자손이기에 천손민족이라 하며 태양계 내에 자연도 있고, 본연도 있게 하는 실체가 백광(白光)이므로 이 백광의 주인인 우리

민족을 흰옷 입은 백의(白衣)민족이라 하였다 한다.

지금까지 설명한 내용들이 많은 사람들에게는 신화로 받아들일 수 있다. 그러나 신화라고 치부해온 이야기들이 고고학적 발굴로 진실성이 증명된 경우에는 역사상 매우 허다하다. 한편으로 예부터 현재까지 아직 과학적인 실증이 이루어지지 않아 설화 그 자체로 머물고 있는 온갖 현상 또한 무수히 병존한다. 우리가 모두 아는 창세기는 이스라엘의 역사서이다. 그들은 아담, 이브를 그들의 조상이자 인류의 조상이라고 믿고 있다. 보통사람들의 눈으로는 받아들일 수 없는 신화 같은 이야기도 당당하게 세계사에 생명력 있는 한편의 역사의 드라마로 선사한다. 이스라엘의 창세기가 존재한다면 전승적 설화라고 치부할 수 있는 환인의 역사를 포함하여 환웅, 단군에 이르기까지 대한민국이 조선의 창세기록을 서술할 수 있다는 것은 너무나 자연스러운 일이다. 우리의 역사도 언젠가 고고학적 발굴로 인한 과학적 실증이 입증될 날이 오리라 믿고 세상사에 조선의 창세기록을 당당하게 소개해야 할 것이다. 믿거나 지우거나 그것은 간사한 인간의 자유이다.

　행정수도를 세종시로 이전한다는 문건은 2004년 헌법재판소에서 서울을 관습헌법의 수도로 인정한다고 하여 한 번 기각된 바 있다. 그런데 문재인정부가 내놓은 헌법개정안에 수도 이전을 법률로서 정한다는 규정이 들어 있는데 이 개정안이 통과되면 언제든지 수도를 세종시로 옮길 수 있다는 것이다.

　청와대를 왜 옮기려 드느냐, 수도 이전이 대통령의 공약 사항이라고 하는데 왜 그런 공약이 필요한가. 지리학교수든, 풍수지리사든, 건축가든 입을 모아서 청와대는 터가 안 좋으니 옮겨야 한다고 합창을 한다. 그 합창의 내용을 들어보면, 청와대는 일제시 총독관저였는데 경복궁이 내려다보이는 곳에 지어 조선왕조를 경시하려는 속셈이 깔려 있다 한다.

　청와대는 귀신이 머무는 곳이지 사람이 사는 곳이 아니라든지, 북악산은 뒤편에 삼각산이 보호를 해주었는데 북악터널을 뚫는 통에 모두 기가 빠져 나갔다 한다. 또 청와대 터는 산의 정기가(정맥)아닌 편맥(곁가지맥)이 내려온 자리라든지 이곳에 들어가면 겸손하든 사람도 독선적이고 오만해 진다 하며, 박조(朴朝)건축이라 하여 청와대를 이전해야 한다고 종용한다.

헌정사 70년 동안 청와대에 들어간 대통령들의 말로가 전부 불행해졌다고 했는데 나는 대통령의 불행한 말로가 청와대 터나 건축 양식에 있다는 지적에 동의 할 수 없다.

전직 대통령 한 사람 한 사람을 면밀히 살펴보면 인과응보지, 선악의 행업으로 인한 그들의 과보일 수밖에 없는 것이지 불행만으로 치부할 수는 없는 것이다.

이승만은 독재정권에 항거한 많은 학생들의 죽음을 보고 권좌에서 물러났고, 박정희는 18년간의 독재통치에 대한 과업으로 역사의 심판을 받은 것 이며, 전두환 노태우는 수많은 민중이 흘린 선혈을 밟고 세운 정권이라 정권의 말로가 시작부터 뻔히 보였던 것이 아닌가. 박근혜는 영화로 왔던 여왕시절 저지른 부패와 무능에 대한 절대적 보상이며 이명박은 법정에서 공소장 내용이 사실대로 인정된다면 중형을 선고 받아야 마땅하지 않은가. 모두가 재직 시 국민을 위한 통치에 심혈을 기울였다면 누가 그들을 죽이고 감옥에 가두고 국외로 추방 하겠는가.

청와대 터가 안 좋다든지 건축에 문제가 있다든지 하는 견해는 전문가들의 의견을 경청할 수 있으나, 헌정 70년 동안 이러저러한 통치자들에 의해 나라가 어떻게 발전 되었냐 하는 이점을 놓고 동전의 양면을 보게 되면 역사의 아이러니를 발견하게 될 뿐, 불행 운운하는 치기어린 이야기는 나오지 못할 것이다.

한국경제는 군사정권 30년에 한강의 기적을 이루었고 아이러니컬하게도 그 군사정권과 싸워가며 성스럽게 민주화를 일구어 냈다. 또한 70년 헌정사에 촛불혁명이라는 역사상 유례가 없는 명예혁명도 완수했다. 이 역사적 과업의 행군엔 똑똑한 국민들이 함께 했으며, 한강의 기적도 민주화도 촛불혁명도 그 뜻있는 국민들이 만들어낸 성과물이었다.

대통령 개개인의, 자기들이 뿌린 씨앗은 자기들이 받은 것뿐이니 이 나라 백성의 명예가 광대하게 빛나는 곳에 포커스를 맞춰야지, 왜 그런 못난 대통령들의 불행이란 곳에 포커스를 맞추려 드느냐, 강조하지만 청와대 터가 안 좋아 대통령들의 말로가 불행해졌다 해도, 그런 속에서 경제 기적과 민주화를 이룩해 한국인의 저력을 세계에 과시한 이 영광스런 일들은 왜 기억 못하는가. 지금 대한민국은 경제기적과 민주화를 동시에 일구어 내고 통일이라는 대장정의 길목에 서 있다. 오랜 민족의 숙원인 통일의 과업이 어떻게 완수될지 가늠하기에는 조금은 벅차지만, 이 길은 시대적 소명이요. 역사의 신의 명령이요, 세계사적 사명이기에 아무리 험하고 아득히 먼 사막의 길이라도 우리는 그 길을 갈 수밖에 없다.

수도는 함부로 옮기는 것이 아니다. 우리 역사를 봐도 궁예가 고려 오백년 도읍지가 될 개성에서 철원으로 수도를 무리하게 옮겨 백성의 원성을 사 부하들의 손에 정권을 찬탈 당한 비운의 역사가 있다.

서울은 천만 명을 먹여 살리는 복(福)명당이라고 주장하는 지리학자도 있다. 한반도에서 최고의 지덕을 갖춘 곳은 서울 이라고 그는 계속 찬사를 보내고 있다. 그렇다고 서울에서 천만년 살자는 게 아니라 수도 이전은 통일된 그 이후에 확실하게 찾아봐도 충분하다는 지견이다.

나는 앞으로 반세대안에 통일이 될 것이라고 지껄이는 사람이다. 대한민국의 통일은 역사의 변천, 문명의 이동, 자본주의의 해체라는 커다란 세계사적인 물줄기 속에서 논의돼야 한다. 그런 의미에서 역사의 신이라는 보이지 않는 힘은 어쩌면 우리의 미래를 설계해 놓았을는지도 모른다. 인간은 5분 앞을 내다보지 못하는 작은 포유동물이다. 그러나 보이지 않는 그 힘은 미리 볼 수 있는 지혜는 예지력이요. 통찰력이요, 선견지명이라고 말할 수 있다.

혹자는 그런 지혜가 지금 왜 필요하냐고 묻는 사람도 있다. 내가 앞에서도 설명한 바 있지만 기독교가 오랫동안 세계시장을 석권한 것은 기독교 정신뿐만 아니라 기독교시장을 만들고 성서 66권을 각색하여 적극적으로 콘텐츠를 개발한 데 큰 요인이 있었다. 르네상스 시대로부터, 스페인. 포르투갈로 이어지면서 유럽을 중심으로 기독교는 이미 정치, 경제, 사회, 문화 전반에 걸쳐 당시 시대의 삶의 전부였다. 그러나 지금의 기독교는 콘텐츠가 고갈되고 더 이상 시장을 운용할 상품이 말라 버렸다. 또한 다른 이유는 4차 산업혁명시대가 요구하는 콘텐츠는 과학적이어야 한다. 종교도 과학적 입증이 가능한 4차원의 고등종교이어야 하며, 이러한 고등종교의 파고를 타고 새로운 문명의 시대가 몰려오고 있다는 것이다.

나는 일찍이 새로운 문명의 시대에 이 세상의 정신을 지배할 사상과 종교가 불교라고 천명한 바 있다. 세계사적 정신을 이끌 동력이 대승불교에 있다면 대승진리가 살아 숨 쉬는 곳은 티베트가 아닌 동북아 북단 메뚜기 이마만한 땅덩어리임에 틀림없다고 추동할 수 있다. 분명히 누군가 이곳을 유심히 바라보고 있을 것이다.

간난의 세월 속에 못난 세상을 만나 회개치 못한 탐욕의 노예들에게 생을 저당 잡힌 중생이라는 고달픈 영혼들, 무거운 짐을 지고 고난의 길을 걸어가는 우리 인간은 원천적으로 불성(佛性)을 지니고 태어났다. 이 법신(法身)이라는 부처님 성품을 지닌 모든 중생은 태곳적부터 평등하고 엄숙한 대자유인으로 태어났다. 그러나 무명이 밝음을 가려 어둠 속을 헤매고 있나니. 너희들은 깨어나라, 너희들은 부처이니 천상천하 유아독존으로 다시 태어나라고 소리치는 부처님의 이 간절한 표방은 영적 세계의 메마른 갈증을 해소하기 위해 구원의 눈길을 동양으로 돌리고 있는 길 잃은 서양에게 확실한 나침반이 되고 말 것이다.

8

남·북통일 문제에 대해 견해를 피력하고자 한다. 이 시점에서 무엇보다 우리의 관심사는 북·미 회담이 어떤 결과를 도출해낼 수 있느냐 하는 점이다.

핵사찰에 관한 신고, 검증, 폐기에 관한 이야기가 나오지만 북한이 설혹 수십 개 정도의 핵무기를 보유했다고 해도 부분 핵 폐기는 몰라도 완전한 폐기는 불가능한 것으로 보는 것이 이 분야 전문가들의 공통된 견해다. 핵무기 전부를 폐기하지 않는다고 해서 미국이 군사적 옵션을 쉽게 취할 수도 없고 완전한 비핵화가 현실적으로 불가능하다고 해서 북미회담을 가볍게 파기할 수도 없을 것이라는 진단이다.

미국의 스파이 정보위성인 정찰위성기 '키홀'을 가지고 북한의 지하 농축 우라늄을 모두 찾을 수 있다고 말을 하지만, 미국은 북한이 얼마나 많은 핵무기를 가지고 있고, 핵시설이 정확히 어디에 있는지 조차 정확히 모른다는 게 솔직한 표현일 것이다. 결국 북·미 회담의 타결은 미 본토를 위협할 수 있는 대륙 간 탄도미사일(ICBM) 포기를 핵심으로 하는 수십 개의 핵감축을 통해

쌍방 간의 담판을 시도할 것으로 보인다. 말하자면 김정은은 북한이 보유하고 있는 핵무기를 줄이고 미국은 핵을 감축한 핵보유 지위를 묵인한다는 것이 전문가들의 대체적인 의견인 것 같다. 이 말은 미국이 자국의 한 치의 군사적 위협이라도 제거하기 위해서라면 남한만을 위해 완전한 비핵화를 고집하지는 않을 것이라는 언어로 이해하면 된다는 것이다.

우리의 목표는 누가 무어라 해도 완전한 비핵화다. 북한이 과거와는 다르게 전향적인 자세로 나오고 미국도 진정으로 협상의 성공을 원한다면 빅딜이 아니면 안 된다는 고압적인 자세만 가지고선 이 문제를 풀 수가 없다. 특히 미국은 과거 오바마 정부 때 세계인이 지켜보는 가운데 합의한 이란과의 핵협상을 정권이 바뀌었다고 해서 파기하려고 시동을 거는 사람들이다. 북·미 간에 있어 가장 큰 난제는 서로간의 신뢰가 바닥을 치고 있다는 것이다. 국제적인 협상에는 채찍과 당근이 모두 필요하다.

미국도 제재일변도의 국면에서 상대방이 놀랄만한 과감한 조치가 필요하다. 숨통을 좀 터 줘야 되지 않겠는가. 말하자면 유엔제재에 포함되지 않은 금강산관광과 개성공단까지는 제재를 풀어주고 남·북 철도연결사업, 남·북 간의 경제협력까지는 묵인해주면 의외의 놀라운 효과가 나타날지도 모른다.

누가 아랴, 어느 날 국제사회의 요구대로 북한이 핵무기를 포기하고 북한이 협상 테이블에 나와 미국이 만족할 정도의 비핵화 협상을 성공리에 끝내고 북한이 시장 개방을 하여 세계무대에 용기 있게 나설지는 아무도 모를 일이다. 개인이든, 국가든 자존감이라는 게 있다. 동양에서는 아무리 상대방이 밉고 못마땅해도 갖춰야 할 기본범절이라는 게 있다. 북의 김정은이 지금까지 쓰지 않던 북·러 정상회담의 추진을 보고 개인이든 전체든 싸우고 돌아서면 이는 이요, 힘은 힘으로 모일 수도 있겠구나 하는 생각이 들었다.

미국과 러시아가 보유하고 있는 핵무기가 수천 개에 달한다. 그러나 핵무기는 쓸 수 없는 무기다. 자국이 망할 각오를 하지 않는 한 핵무기는 쓸 수 없는 무기다. 수천 개의 핵을 보유하고 있든 소련이 핵무기가 부족해서 망했나? 미국과 세계 1, 2위 군사력을 다투던 소련이 갑자기 붕괴된 것은 경제가 파탄 났기 때문이다. 과거에는 군사력으로 세계를 지배한 적이 있지만 현대는 세계를 지배하는 힘이 경제력에서 나온다.

북한의 김정은이 핵무기 개발을 멈추고 국제사회에 등장한 것은 이점을 통절히 깨달았기 때문이다. 만약 북한이 시장개방을 하게 되면 베트남 개방개혁 모델인 도이머이(쇄신)가 있지만 그러나 김정은의 롤 모델은 중국의 등소평이다. 그는 등소평의 흑묘, 백묘론을 수렴하며 중국식 개발을 통해 북한경제를 순치시키려 들 것이다. 가난했던 중국이 세계경제대국이 되어 버린 이 현실을 절대 외면할 수 없기 때문이다. 북한도 중국처럼 잘 살 수 있는 나라를 만들 수 있어야 한다는 꿈을 갖고 있기 때문이다. 희망을 품은 사람의 몸엔 맹독이 들어가 앉지 못한다.

문제는 그 이후다. 북한이 한통 치고 크게 일어나 경제발전을 이룩한 후에 남·북한 문제를 가상해 보아야 한다. 우리는 이 문제에 대해 감성적 접근을 피하고 통찰력 있는 안목을 가지고 냉철한 논리로 관찰해 볼 필요가 있다. 한편으로는 북핵 문제에 대해, 다른 한편으로는 남·북한 통일문제에 대해 북한은 도대체 무슨 생각을 갖고 있는지 이점에 대한 사려 깊은 고찰이 훗날 남·북문제 해결을 위해 중요한 관건이 될 것 같다.

사상가이며 역사학자이기도 한 함석헌은 대한민국의 정통성을 고조선–동부여–고구려–고려–조선으로 본다. 그러기에 고구려가 삼국통일을 못한 것을 천추의 한으로, 고난의 역사의 시작으로 본다. 1990년대 후반이었던가, 북한을 방문한 남한 측 인사에게 당시 북한에 살고 있는 여운형의 딸이 비교적 솔직하게 북한 체제에 관해 거론하며 우리는 사회주의도 실패했고, 경제도 실패했고 모두가 실패했다고 고백한 후 그러나 한 가지 성공한 것이 있는데 교육이라고 강변한 적이 있다 한다.

북한의 김정일이 이천 년대 초반 남한의 언론인들이 방북한 자리에서 남한의 경제와 북한의 정신이 합치면(군사력이 아닌) 강성국가가 될 수 있다고 힘주어 말하는 모습을 보고 생각하는 사람이라면 흠칫 놀람이 있어야 한다. 무엇보다 북한은 남한의 현실을 예리하게 직시하고 있을 것이다. 천민자본주의, 양극화현상, 남남갈등, 사회의 최우선의 가치가 정신이니 인격보다는 금권이 우선되어 여기서 파생되는 병리현상을 그들은 주시하며, 세상의 문명을 창조하고 리드하는 것은 도덕적 자본이었지 경제적 자본은 아니었다는 역사적 사실을 북의 심층부에서는 깨닫고 있을지도 모른다. 먼 훗날, 바른 교육, 바른 정신을 내세우며 북핵문제를 고수의 술법으로 풀어나가듯이 통일문제도 역사적 정통성이 북한에 있다면서 역사상 세 번째 통일을 위한 꿈을 꿀 것이다.

그러나 현실은 녹녹치 않다. 2017년을 기준으로 2018년에 발표한 남·북한 경제규모의 현상을 지표상으로 살펴보면 남한의 국민소득은 27,700불이며, 북한은 848불에 불과하다. 남한의 수출은 5,700억 불이며 북한은 16억불이다. 남한의 1년 예산은 400조이며 경제규모는 1,500조이다. 남한과 북한의 국력의 차이는 40배가 된다고 보는 것이 정답이다. 더하여 학력, 삶의 질, 과학, 사상, 문화의 수준이 남한은 이미 선진국 대열에 들어가고 있다.(국민의식 수준의 지표인 질서, 친절, 신용, 정직의 수치는 중국보다는 좀 높지만 아직 후진국 수준이다.)

또 20-50클럽(2만 불-인구 5천만)에 세계 7번째로 가입돼 있고 2018년 내에 1인당 국민소득(GNP) 3만 달러를 넘으면서 미국, 일본, 독일, 영국, 프랑스, 이탈리아에 이어 세계 7번째로 30-50클럽(3만 불-인구 5천만)에 가입하며 또 많은 나라와 F.T.A를 체결하고 있다. 20세기에는 국력이 군사력이었지만 21세기는 국력이 경제력이기에 가난한 북한이 남한을 쫓아온다는 것은 현재로선 도저히 불가능한 일이다.

사람들은 내게 말한다. 남한과의 선의의 경쟁을 위해서라도.

북한에게 있어서 지금 당장 시급한 것은 경제발전이지 하나의 한반도는 아닐 것이라고, 핵문제가 해결되고 북한이 시장개방을 하여 그들이 가지고 있는 채산성 있는 지하자원을 중국, 일본, 미국, 러시아, 한국 등에게 무한정으로 경쟁시켜 엄청난 부가가치를 창출해내고 세계적인 투자자를 끌어들여 이것을 기반으로 세계금융시장에 잉여 자본, 무상 차관도 도입해 최소한 짧은 시간 내에 세계의 조롱을 물리치고 엄청난 경제발전을 이룩한 후에라야 통일의 꿈을 꿀 수도 있을 것이다.

북한은 경제성장에 관한한 한국이 그린 로드맵대로 한국에만 의지하여 운전을 하지는 않을 것이다. 이런 현실이 기다리고 있음에도 불구하고 우리는 평화적인 남·북한 통일을 향하여 북한식 언어대로 강성대국을 만들기 위하여 북한의 경제발전, 경제 지원, 지하자원개발 등을 남·북한의 형제들이 남한이 그리는 신경제지도(신경제구상)대로 경제의 방향을 틀어야 한다. 남한은 소프트웨어의 강국이다. 북한과 같이 시장불모지대, 황량한 사막 같은 국토를 개발하는 데는 남한이 최적임자다. 남한의 기술은 세계가 인정하는 정교한 기술이다. 이제 북한의 지하자원의 현황과 북한의 개혁 개방을 위한 북한의 특색 등 통일이 됐을 때 통일로 인해 우리가 얻는 편익에 대해서도 간단히 설명을 하기로 하겠다.

먼저 남한의 자본과 북한의 자원이 만나면 우리는 자강을 이룬다는 대전제 하에 이야기를 시작해 보자. 북한의 지하자원의 경제가치가 1경7백조(10조 달러)인데 남·북한이 통일을 하는데 드는 통일 배용이 4,600조라면 얼핏 숫자상으로 보면 충분히 채산성이 높은 부가가치 사업인 것만은 틀림없다.

이점을 참고하며 구체적인 논제에 돌입하면, 첫째, 전쟁공포가 사라진다. 동북아 지역에서 안보불안이 사라지고 동북아 평화와 번영의 길이 열리고 문화적, 경제적 등 큰 이익이 찾아오며 신동북아시대가 열린다. 시베리아 횡단철도와 부산-서울-평양-신의주-중국-유럽을 잇는 유라시아 철도의 개발로 이 지역이 서양과 동양의 교차로며 대륙과 해양의 교차로가 된다. 둘째, 남·북한 통일로 인해 인구와 국토 증가(인구 8천만, 국토 22만 ㎢로 영국과 비슷하다)는 물론, 노동력, 국력이 커지고 지하자원 등으로 거대시장이 형성된다. 군비가 축소됨에 지원제가 모병제로 바뀌어 국방비용이 절감되고 학문, 교육, 관광, 예술 등 문화사업이 번창하고 이 사업을 바탕으로 엄청난 시너지 효과를 얻을 수 있다. 셋째는, 시베리아 횡단철도와 한반도 종단철도 등 북한에 대한 개발이 시작됨에 한국경제의 노하우로 북한건설이라는 용광로에 불을 질러 도로, 철도, 항만, 내수시장, 건설, 교통, 전기, 수도, 통신, 에너지 등에 인프라를 구축하고 무한한 개발로 수많은 일자리가 창출되고 북한 경제는 물론 남한경제의 제2의 도약의 계기를 만들 수 있다. 현재 북한이 외자유치를 목표로 지정한 경제개발구가 27개다 남한의 경제적 능력은 이 경제 개발구를 환상의 산업도시로 만들 수 있는 충분한 능력을 가지고 있다.

지금껏 북한은 농업, 임업, 어업, 제조업 등의 일차산업에 주력하였다면 북한시장을 개방한 후 부터는 철도, 도로, 건설, 수도, 전기, 통신 등 이차산업과, 철강, 석유화학, 기계, 조선, 자동차, 전자 등의 기간산업 등에 집중적으로 성장의 페달을 밟게 되며, 금융, 관광, 의료, 교육, 물류, 문화예술 등 서비스산업에서도 남·북한의 기술과 자본 등이 공유할 수 있게 된다.

북한은 세계 투자가들이 눈독을 들일 수 있는 제1의 투자처다. 그들이 단지 북한의 풍부한 지하자원만을 보고 북한에게 투자하려는 것이 아니다. 북한이 개혁, 개방을 하게 될 때 북한만의 특색이 있다는 것을 경청한다. 북한은 우선 핵무기 기술 외에도 IT기술력을 보유하고 있다. 또한 경공업 경쟁력이 뛰어나고 우수한 산업노동력을 보유하고 있으며 중국과 러시아와 인접해있는 지리상의 이점도 겸비하고 있다. 북한은 경제성장을 해가면서 확실한 군장악력을 갖추었기에 일원체제에서 다원체제로 가도, 체제를 유지할 수 있는 반면 시장개방을 급작스럽게 했을 때 혼란스런 사회개방 압력을 어떻게 흡수하느냐가 문제지만 그동안 잘 훈련된 북한주민의 단결력, 인화(人和)와 정신력으로 극복할 수 있다고 보는 견해가 우세하다.

이제 북한의 지하자원에 대해 피력하면, 앞서 북한의 지하자원의 경제가치가 1경 700조가 된다고 소개한 바 있다. 금, 은, 중석, 철강, 텅스텐, 석유, 희토류 등이 주류를 이루는데 평안북도 운산지역엔 경제성이 높은 풍부한 금, 은이 매장돼 있고, 평안북도 정주지역엔 첨단산업의 핵심인 희토류의 매장량이 20억 톤으로 세계 2위가 된다.(희토류는 LED, LCD, 반도체 부품뿐만 아니라 IT의 여러 용도로도 쓰인다) 함경북도 무안군 일대엔 철이 43억 톤이 매장돼 있고 동, 아연, 텅스텐, 우라늄 등이 각지에 산재해 매장돼 있는데 모두다 경제성이 우수한 것으로 나타나고 있다. 그러나 북한은 이 막대한 광물자원을 국가 재정의 빈곤과, 세계적인 기업인들이 군사적인 이유로 투자를 기피하여 전혀 활용하지 못하고 있었으며, 그나마 어렵게 채굴한 자원도 원광형태로 중국에 헐값에 넘겨야 하는 안타까운 현실이 지금까지 존재해 왔다.

지금까지 북한의 풍부한 지하자원에 대해 객관적으로 살펴보았지만, 남·북한 통일에 관한 경제적 이득만 강조할 것이 아니라 상당히 우려스러운 측면도 살펴봐야 한다는 목소리도 높기에 그 점에 대해 몇 마디 언급하려고 한다.

먼저 북한의 지하자원 개발이다. 북한이 시장개방이 되면 한국뿐만 아니라, 미국, 중국, 일본을 비롯해 세계적인 투자자들의 투자가 예상되고 있다. 그러나 광물자원의 문제점은 북한의 교통과 산업인프라가 취약해서, 말하자면 광물자원이 매장 돼 있는 지형이 험하고 산악이 많아 채굴하는데 어려움이 있어 시간이 걸리고 기술적인 문제도 동반해야 하기 때문에 북한경제를 일으키는 데는 도움이 되겠지만 지속가능한 동력이 될 수는 없다고 보는 것이 전문가들의 견해다. 그러나 그것은 큰 문제가 될 수 없다고 보인다. 세계적인 첨단기술로 고도의 인프라를 구축하면 전문가들의 근시안적인 공론을 뛰어 넘는 미증유의 해결책이 마련 될 수도 있을 것이다.

문제는 중국이다. 무엇보다 남·북한 경제협력에 걸림돌이 되는 국가는 중국이라는 점이다. 중국은 어쩌면 남·북한의 통일에 대해서도 커다란 장애물이 될 수 있는 나라이기도 하다. 중국은 남·북 경제협력 관계의 진전을 강 건너 불구경하듯이 바라만 보고 있지는 않을 것이다. 북한 경제는 지금까지 절대적으로 중국에 의지해 왔고, 남한의 대 중국수출은 전체 수출의 26%로 미국의 배(12%)가 넘는다. 이런 갑갑한 현실이 있지만, 우리가 원하는 것은 남한의 신경제 구상을 기초로 남·북의 경제협력을 발전시켜 나간다는 것인데 그 구상에 의구를 느끼게 할 수 있는 요소가 우선 발견된다.

중국은 동북삼성의 하나인 요동성 단둥을 관문으로 고속철도를 한반도 내륙으로 연결한다는 문건을 발표한다. 중국의 보도와 같이 그 문건이 북·중 정상 간에 합의된 일이라면 앞으로 남·북간 경제협력 관계 전반에 걸쳐 중국과 사사건건 충돌할 수도 있을 것이라는 생각이 든다. 이것은 분명히 중국의 야심찬 경제영토 확장 계획인 일대일로(一帶一路)를 한반도로 확장하겠다는 계획이라고 설명할 수밖에 없기 때문이다.

중국은 21세기에 들어서서 중국의 굴기, 중국몽, 대국이라는 용어를 자주 사용한다. 만약 중국이 과거 대국의 속국이었던 조선반도를 중국의 영향권에 집어넣어 중국의 질서 속에 편입시키고자 하는 그런 생각을 지금도 갖고 있다면, 20세기의 퇴비인 패권주의 그늘에서 벗어나지 못한 커다란 시행착오이며 중국이야말로 경제력만 가지고서는 세상을 지배할 수 없다는 점을 인식하여 문명의 표준에 걸맞은 가치를 늦기 전에 찾아가야 할 것이다.

다음이, 70년 동안 다른 이질적인 생활권에서 살아온 남·북한 주민들의 삶과 철학의 차이다. 생각하는 것이 다르고, 사고방식도 다르고, 모든 게 판이하게 다른, 두 개의 다른 집단에서 살아온 남·북한의 주민들이 아무런 갈등과 혼란 없이 융합될 수 있을까. 법과 질서의 차이, 가치관의 차이, 자본주의와 사회주의 이념의 갈등, 정치, 경제, 문화, 교육, 사상, 철학 등 여러 분야에서 충돌되는 현상 등이 야기될 수 있고 예기치 못한 혼란, 여러 문제점 등이 발생할 수 있는데, 이것을 과연 지혜롭게 극복할 수 있을까? 이것은 단순논리로 답할 수 있는 논제가 아니다. 각 분야에서 연구되고 검토되고 많은 시간을 가지고 충분히 토론돼야 할 국가적 과제다.

다만 이 글을 정리하면서 중요한 엑기스 같은 희망의 찬가를 불러보고 싶다. 통일이 되면 새로운 국가가 탄생되고 새로운 국민이 탄생하게 된다는 것이다. 어제의 국가가 아니요. 어제의 국민이 아니라는 이야기다. 역사는 아무나 만드는 것이 아니다. 역사적인 사건은 그 사건을 담당할 수 있는 능력 있는 사람에게 사건을 맡긴다. 통일은 큰 사건이다. 21세기의 최대의 사건이다. 이 사건은 20세기에 이룬 통일독일과는 비교가 안 되는 세계사적 사건이다. 역사의 신이 우리에게 이 사건을 맡기는 것은 우리 국민이 해낼 수 있는 신념을 발견하였기 때문이다. 사회학자 로버트 버튼은 신념이 현실로 이루어지는 것, 즉 스스로 자신에게 기대나 암시를 통해 목표를 성취하도록 하는 것을 "자성예언"이라고 한다. 뇌는 상상과 현실을 따로 구분하지 않는다. 원대한 꿈을 꾸고 이루어진다는 확신에 찬 신념을 심어주면 꿈은 마침내 현실이 되고 만다는 것이다.

9

로마황제 콘스탄티누스가 기독교를 공인시킨 313년 세계최강 국가인 로마는 문명의 표준으로 기독교를 내세우며 오스만제국에 의해 동로마가 멸망할 때까지(1453년) 천년의 팍스로마시대를 열게 된다. 16세기 무적함대와 동방무역으로 세계패권을 장악한 스페인, 포르투갈도 팍스로마나 같이 기독교를 문명의 표준으로 내세웠다. 이렇게 로마의 반도문명으로부터 영국의 지중해 문명과 미국의 대서양 문명에 이르기까지 1600여 년 동안 이 세상을 지배한 사상과 종교는 기독교였다. 이제 미국의 대서양 문명이 몰락의 길을 걸어가고 있고 새로운 태평양 문명의 시대가 열리고 있다. 태평양 문명의 시대에 이 세상을 지배할 사상과 종교는 불교다. 이러한 불교의 정신으로 70년간 분단된 남·북한을 통일시켜 통일된 대한민국이 태평양 문명의 주역이 되어 세계 최강국으로 우뚝 설 것이다.

믿지 않을 것이다. 아무리 통일이 된다 해도 어떻게 우리가 세계 최강국이 될 수 있을까. 미국이 아무리 해가지고 있다지만 그렇게 쉽게 몰락해갈 것 같지 않고, 설혹 그렇다 해도 중국몽을 갖고 눈부신 경제발전을 이룩하고 있는 중국이 장승처럼 버티고 있는데 어떻게 그럴 수 있을까. 당연한 바판이요 조소일 수 있다. 땅덩어리는 좁고 불교가 있다지만 동남아는 물론, 불교 믿는 나라가 한둘이 아니고 빠른 시일 내에 경제발전 민주화를 이룩했다지만 벌써 100년, 200년 전에 경제기적, 민주화를 이룬 서구열강들이 버젓이 살아있어 호시탐탐 세계패권의 벽을 두드리고 있는데 가당치도 않은 일이라. 그런 걸 허풍이요 허세라고 비난해도 틀린 말은 아닐 것이다.

우리에게는 오천 년의 역사가 있다 한다. 고조선을 인정하지 않고 단군을 신화로 보는 아무리 인색한 학자라도 삼국시대는 인정할 것이다. 아무리 우리 역사를 줄인다 해도 이천 년은 되지 않겠는가, 미국의 역사가 고작 이백 년이다, 영국, 프랑스, 독일 등 세계강대국들의 역사와 비교해도 한국의 역사가 짧다고 볼 수 없다. 그 수 천 년의 역사에 세계사에 자랑할 만한 유물 하나 없고 이 인물 하나 꺼내면 세계가 칭찬할 음악가, 화가, 작가 하나 없고 세계사를 바꾸어놓을 자랑스러운 정치인, 과학자, 종교인, 철학자 하나 없는 부끄러운 역사라지만 이제 우리도 큰꿈을 한 번 꾸어 볼 때가 온 것이다. 해지는 언덕에 악착같은 삶에 우물거리지 말고 커다란 민족적 이상을 갖고 잃어버린 나를 찾아야 할 때가 온 것이다. 뜻을 찾지 않으면 찾아온 기회를 잡을 수 없다.

우리는 국민소득 3만 불을 넘으면 선진국이 된다고 지껄이는 말을 듣는다. 누구 마음대로 선진국이 되는가 국민소득만으로 보면 룩셈부르크가 세계 수준이고 한때 최대의 산유국이었던 사우디아라비아, 이 두 나라를 선진국가라 말하지 않았다. 선진국이 되려면 나라의 정신적 토양이 기름져야 한다. 땅에 사는 백성의 정신적 G.N.P가 경제적 G.N.P와 정비례해야 한다.

반복되는 이야기지만 우리는 군사정권 30년에 경제성장을 이루어 가난에서 벗어나 밥을 먹게 되었으나 너무나 커다란 자산을 잃어버렸다. 돈이면 무엇이든 할 수 있다는 천박한 신조가 우리의 뇌리에 뿌리 깊게 박혀 버렸다. 사람 사는 세상에서 돈은 언제나 필요한 놈이다. 재화를 많이 소유했다고 잘못된 선입견을 가질 필요가 없다. 누가 자본주의를 이렇게 비유한 적이 있다. 자본주의는 20대를 넘어서 지금은 산전수전 다 겪은 팔순을 넘은 고로의 할머니가 되어 그 미를 잃었는데 수술대에 올라 전신을 성형수술 하여 미를 과시한들 20대의 싱싱한 풀내가 나는 처녀림으로 귀의할 수 있겠는가.

공산주의자를 유물론자로 비판하면서 자본주의 사회처럼 물질을 최고의 가치로 규정짓는 사회가 어디에 있는가, 돈 없으면 죽는 세상 아닌가. 물질을 인격의 척도로 삼고 양심도 돈을 주고 사는 사회며, 저능아가 금전을 안 포켓에 틀어쥐고 인격을 생명으로 삼는 자를 희롱하고 태고의 천재도 물질의 폭력에 난도질 당해야 하는 물질로 선악의 개념을 규정짓는 해괴망측한 비전 없는 사회가 아닌가라고, 적어도 이런 사회가 되어서는 안 된다. 그런데 대한민국이 그런 사회로 이미 방향을 틀어가고 말았다는 것이다. 깜깜한 순간이다. 그렇다고 패배주의에 풀 죽어 쭈그리고 앉아있을 수만은 없다.

언필칭 침울했든 한 시대를 마감하고 새 역사를 창조하는 게 그렇게 쉬운 일은 아닐 것이다. 손가락질하고 코웃음 치며 비웃고 빈정거리는 나라 안에 못된 무리들도 엄연히 존재하기 때문이다. 당연히 좌절도 있고 절망도 있을 수 있다. 그렇기에 계란으로 바위를 부술 수 있다는 무서운 신념을 가져야 한다. 담벼락을 문이라고 밀고 나가는 4차원적인 확신을 가져야 한다. 분명히 바위는 부서지고 문은 열리고 말 것이다.

사람들이 몰라서 그렇지 역사의 주인공은 아무나 되는 것이 아니다. 과거 19세기 후반에서 20세기 중반까지 독일이 아무리 발버둥을 처도 문명의 주인공이 되지 못하듯이 제2경제대국으로 발돋움한 일본이, 미국에 위협을 가해도 함량이 미달돼 주저앉고 말듯이, 세계무대에서 연극의 주연이 될 사람은 엄격한 심사를 거쳐 역사의 장원이 되어야 한다는 소리다.

그렇다면 이따가 찾아올 세상에 초대받은 손님이 운전할 공의롭고 공정한 세계를 위해 문명의 테이블에 올려놓을 기초적인 매뉴얼은 무엇인가. 말하자면 세상의 주인이 되기 위해 당신은 무엇을 갖고 노를 저으려 하는가라는 물음이 있다.

불교요, 정사각 운동이요, 여성이다. 불교에 대해서는 석가모니 편에서 상세히 설명되겠지만 여러 번 되풀이 하였듯이 이 세상에 대승의 진리가 살아있는 곳은 티베트와 남한뿐이다. 일본

은 95% 이상이 대처이고 동남아 전체가 소승이고 중국은 공산국
가니 종교를 인정하지 않고 불교의 발상지인 인도는 힌두교로 불
교를 버렸고 거기에 티베트는 아직도 중국의 식민지니, 같은 대승
이래도 독립을 위한 투쟁적 불교로 해석해도 지나치지 않을 것이
다. 그렇다면 올곧게 대승진리가 살아 있는 곳은 하늘아래 9만
평방킬로미터밖에 되지 않는 작은 땅의 주인 남한뿐인 것이다.

　다음은 정사각 운동이다. 정사각 운동이란 선진국이 되기 위
한 공부다. 내가 일본보다도 중국의 꿈을 폄하하는 것은 그들이
중국 굴기라 하여 경제 기적을 일으키고 있지만 이것만 가지고서
는 세계 일등국가가 될 수 없다. 그들이야 말로 세계 패권을 걸
머쥐려면 선진국 공부를 해야 한다. 그들은 질서나(거리의 질서보
다는 남을 배려하는 공부) 친절과 봉사의 공부가 전혀 안 돼 있는
사람들이다. 그러니 신용과 정직에 대해선 말해 무엇 하랴. 현대
사에 민주주의보다 더 나은 제도가 아직은 없기에 민주주의를
실현하지 않고서는 우주삼천대천 세계에 칠보를 가득히 채워 놓
았다 해도 세계를 지도할 수 있는 국가가 될 수 없다고 호언장담
해 본다. 정사각 운동이란, 봉사라는 말은 희생을 강요하는 것
같아 유보하더라도 친절, 질서, 신용, 정직이 정신적 G.N.P의 바
로미터가 될 수 있는 사회를 만들자는 것이다.

　일찍이 일본은 우리가 잠자고 있을 때 발 빠르게 개화의 씨앗
을 뿌려 서구의 문명을 받아들여 세계 속에 진군의 나팔을 불어
대며 세계정복이라는 제국주의 흉내를 내다 망해 버렸지만 전후

일본은 한국전쟁으로 군수물자를 물처럼 팔아 이익을 챙겨 경제 재건에 초석을 다진 후 작은 사회적 운동을 시작했다. 상대방을 배려하는 가르침이다.

일본은 봉급쟁이가 집 하나 마련하기가 쉽지 않다. 그렇기에 작은 집이라도 하나 장만하면 사람들을 집에 초대하여 간소한 파티를 연다. 그날 저녁 손님이 오기 전에 주인은 선물을 하나씩 들고 이웃을 돌면서 오늘 저녁 손님을 초대해 조금 시끄러울 테니 양해해 달라고 고개를 수그린다. 이런 작은 운동은 집에서 거리로, 공공장소로, 사무실로 스며들어 그들의 사회를 맑고, 건전하게 도색을 한다. 이런 운동을 이름 붙여 사회가 질서를 잡았다고 한다. 작은 질서는 큰 질서를 양산한다.

내가 고민 끝에 내놓은 운동이 이름 붙여 정사각 운동이다. 바른 생각을 하며 바르게 사물을 보자는 것이다. 우선 친절해야 한다. 질서(거리의 질서와 함께 남을 배려하는 마음)와 신용을 지키는 사람이 되어야 한다. 그래서 정직한 사람이 되자는 것이다. 이것이 이루어지지 않으면 국민소득이 5만 불이라도 선진국가의 선진 국민이 될 수 없다.

사람들은 말한다. 그런 것은 세 살짜리 어린아이도 아는 거라고 난 또 뭐 거창한 걸 들고 나오는 줄 알았는데 그 따위 시시한 걸 가지고 떠들어댄다며 하얀 이빨을 드러내며 비아냥거리고 만다. 그렇지 세 살짜리 어린아이도 아는 거지, 그러나 여든 살 먹은 어른도 실천하기 어려운 것이란다. 말하자면, 너같이 여든 살

먹은 어린아이도 지키기 어려운 것이 저것이란다.

다음은 여성이다. 인류 역사가 시작된 지 금세기까지 남성지배의 사회에서 성자들은 남성이요 인류의 정신을 이끈 철학자 종교가 혁명가가 전부 남성이었으며 음악과 미술과 문학에 있어 세상에 이름을 그려놓은 예술가들도 대부분 남성들이었다. 혁명가나 영웅이야 그렇다 쳐도 시나 소설 음악이나 미술 분야에 왜 여태껏 이렇다 할 여성 하나 나오지 않았는가. 하나 정도 있다고는 하나, 그러니 여성은 책을 봐도 그래, 생각을 해도 그래, 전부 남성들이 이룩해 놓은 생각, 사상, 뜻, 설움, 감정에 묻혀 몸과 마음이 모두 어지러워 어깨죽지를 펴지 못했다.

내가 왜 이 이야기를 꺼내는가 하면 세계 모든 여성들은 아직 기회가 산처럼 하늘처럼 많다는 것이다. 세계 여성 모두가 출발점에 똑같은 자격으로 평등하게 서 있다. 세계 여성 중에 누가 먼저 단거리, 중·장거리에서 우승을 할지 아직은 아무도 모른다. 이런 관점에서 볼 때 한국여성의 미래는 엄청나게 밝다고 진단한다. 한국은 소프트웨어에 강한 나라다. 세계 어느 여성하고 견주어도 결코 손색이 없는 똑똑하고 실력 있는 선수(?)들이 너무나 많다. 나는 특히 문학 분야에서 한국인 최초로 노벨상을 수상할 영광의 주인공은 여성이라고 감히 예언할 수 있다. 또 누가 아랴, 자연과학분야에서도 세계를 놀라게 할 여성이 배출될지 아무도 모르는 것이다.

마감하며 롱펠로우의 인생예찬에 나오는 시 서너 구절에 귀를 기울여본다.

"위대한 사람들의 생애는 언제나 우리에게 무엇인가 생각게
한다.
우리도 우리의 생애를 숭고하게 할 수 있고,
이 세상 떠날 때 시간이라는 모래밭 위에 발자국을 남길 수
있다는 것을.
인생의 엄숙한 대해를 항해하다 난파당한 절망의
형제가
어쩌면 그것을 보고 다시금 용기를 얻을 수 있는
그러한 발자국들을."

제3장.

정사각 운동을 제창한다

1

정치인의 일거수일투족은 국민의 생활과 직결되며 그들의 결정은 내일의 국가의 운명을 결정 짓기도 한다. 이렇게 중요한 직종이 국민에게 가장 혐오를 받는 집단이라는 사실은 우리를 매우 슬프게 한다. 정직이 죽고 욕망이 불타고 있기 때문이다. 언젠가 어느 교활한 정치인이 있어 한국인을 위대한 백성이라 하였던가. 한국인이 무엇이 위대한가, 나라 경제가 위기에 봉착했으니 너희들 가진 금들 있걸랑 내다 팔라고 하니 앞 다퉈 금 갖다 잘 바친다고 그게 위대하였던가. 가뭄과 홍수에 이재민이 도움을 기다리고 세상에 불우한 이웃이 떨고 있어 동포애를 발휘하자니 두말 않고 그들을 도왔다고 해서 그게 위대하였던가.

부정선거가 날뛰던 국회의원 선거 때 야당 많이 뽑아준 그 국민이 위대하였던가. 그것도 좋은 일이지만 그런 것들은 인간의 본질이지 위대한 범주에 들어갈 수 가 없다. 가난한 자에게 자선을, 불의에 항거를, 이웃과는 협동을 이것은 인간으로 태어났으면 당연히 치러야 할 인간으로서의 의무요 도리지 위대함의 카테고리엔 절대 속할 수가 없다는 것이다. 독립운동도 민주화

운동도 촛불시민혁명까지도 의롭고 용기 있고 뜻있는 행동이지만 위대한 범주에는 들어가지 못한다. 그러면 어떤 사람들을 보고 위대하다고 하는가.

위하여 사는 사람들을 보고 위대하다고 하는 것이다. 남을 위하여 사는 사람들을 보고 위대하다고 하는 것이다.

생에 지쳐 너무도 목말라 허우적대는 사람에게 물 한 모금(?) 갖다 주는 사람이 위대한 사람이다.

천대가 지나쳐 너무도 외로워 울 수밖에 없는 사람에게 눈물 닦아주는(?) 그 사람이 위대한 사람이다.

언젠가 어느 바보 같은 정치인이 우리도 선진 국민이 됐으니 이웃과 고통을 분담하자고 각설한 바 있었다. 고통분담은 형이상학적 개념이다. 이웃과 고통을 분담하려면 마땅히 치러야 할 통과의례가 있다.

우선 친절해야 한다. 신용을 지켜야 한다. 질서를 잘 지키는 습관을 길러야 한다. 이것이 배양되면 정직이 싹이 트고 도의가 불을 켜 이웃의 고통을 분담하려는 아름다운 마음씨가 일어날 수 있다.

거리의 질서, 교통질서는 질서의 가지일 뿐이다. 질서의 핵심은 남을 배려하는 마음이다. 이웃의 선진 국민은 어려서부터 남에게 폐를 끼치지 않은 교육을 받고 자란다. 그들에겐 친절은 당연한 의무요 봉사지 칭찬의 대상이 아니다. 하루 세 끼 밥 먹듯이 몸에 배어 습관화 되어버린 친절의 모습은 선진문화의 바로미터다. 또 한 신용을 지키지 않는 사람은 시민사회의 거대한 조직 속에서 낙오될 수밖에 없는 토양이 마련돼 있다.

친절과 신용과 질서는 선진국가로 진입하기 위한 기본적 가치 규범이다. 이것을 바탕으로 하지 않고서는 이웃과 고통을 분담할 수가 없는 것이다.

한국인, 그들이 친절한가, 그들이 신용이 있는가, 그들이 오늘 질서 있는 사회생활을 영위하고 있는가, 그리고 정직한가, 우리는 오늘 촛불을 켜 들고 이 물음에 진지하게 답변할 자세를 갖춰야 한다.

오늘날의 선진 국가는 하루아침에 이루어진 것이 아니요 어느 날 갑자기 땅에서 솟아나온 것도 하늘에서 떨어진 것도 아니다. 어미가 잉태하여 해산할 그날까지 진통과 아픔을 수없이 겪으며 간난의 아기를 순산하게 되었다는 것이다. 한국인이여 남들은 그렇게 어렵게 이루어 놓은 것을 염치도 없이 땀 한 방울 안 흘리고 수염도 빨지 않고 통째로 삼키려 하는가.

세상의 이치나 질서를 알지도 못하고 자기들끼리 수군거려 천정부지 끌어올린 땅값일 텐데, 어제는 그 꼬리에 불 붙여 미친 듯이 흥정하다 떨어진 몇 푼의 이삭을 주워 가지고 하늘만큼 땅만큼 까불다가 대지를 다스리는 지모신(地母神)에게 발길로 채여 나동그라지니 그래도 위대한(?) 국민만 있으면 통일도 되고 북만주도 되찾아 위대한 광개토대왕의 시대를 열 수 있다며 노래하고 있다니 그래도 불쌍한 건 민초들뿐이다.

이 민초들 가지고 놀며 말장난이나 하는 정치하는 사람들이야 해지고 달뜨면 기러기처럼 날아가 버릴 조각구름 같은 것들이지만 민초는 한배검의 자양분이다. 이들을 위하여 춤추고 노래하며 내일의 조국을 건설해야 한다.

우리는 오늘 중요한 문명사적 전환기에 역사적 사명감을 가지고 이 해답에 귀 기울여야 한다. 우리 위대한(?) 대한민국이 자랑스럽게 세계에 내놓을 마땅한 선물이 없어 5천년 역사를 그 중 자랑이라고 내놓을 수도 있다. 이 5천년 역사란 게 눈물 나게 서러운 고난의 역사가 아니던가. 오죽했으면 어느 누가 대한민국을 오대양 육대주의 별난 물건들이 들락거리는 태평양 길목에 드러누운 아세아의 늙은 비렁뱅이라 표현하지 않았던가.

5천년 역사를 머릿속에 그리며 어렴풋이 떠오르는 것들이 무엇인가 그래도 힘은 없고 그리 잘난 것도 없어 착하게 살려고만 하던 아무 죄 없는 우리를 이리 끌고 저리 끌고 다니며 학대나 하고, 괜히 가만있다 대낮에 퍼붓는 소나기처럼 두들겨 패주기가 일쑤고 솜사탕에 곶감 하나 내놓으며 이렇게 저렇게 간섭하고 시도 때도 없이 너무나도 못살게 군 중국이나 일본을 잊을 수가 없다는 것이다. 여기서 그들의 발길에 채이고 무릎 꿇고 애걸하던 우리 조상의 무기력과 무능만 탓할 것도 아니다.

예나 지금이나 약육강식의 시대에 지배하는 논리는 어디까지나 물질이요 칼이지, 정신이요 펜은 아니었기에 자고로 백의민족이라 사마리아인과 같이 착하고 착한 한배검(단군)의 후손들은 일찍이 비폭력 운동(?)을 본받아 때리면 맞고 밟으면 밟힐 수밖에 없었다는 것이다. 그러던 저들이 이제 석양 길에 접어든 미국을 대신하여 동북아의 맹주가 되어 세계를 호령하려고 힘차게 태동하고 있다. 역사를 설계하고 낡은 기계를 설비하고 새날 새 역사의 날을 준비하고 있다.

한국인이여, 이러한 현실을 눈여겨보며 아무리 현란한 네온사인에 오각이 마비되었다 해도 살아있는 생명들인데, 저 밑바닥에서 분노의 용솟음이 끓지도 못하는가. 아무리 명예와 출세에 저당 잡히고 생의 보장이 진열 돼 있다 해도 아무리 현실이 우리의 수족을 옭아맨다 해도 5천년 역사에 우리 조상들이, 별처럼 많은 민초들이 수 없이 당했던 한 많은 설움과 압제와 고통과 수난을 우리는 필연코 보상해야 하지 않겠는가.

자, 이제 우리는 긴 잠에서 깨어나 다툼과 성냄을 멀리 하고 가시밭길이라도 우리의 길을 걸어가야 한다. 우리가 원하는 대로 세상의 톱니바퀴를 회전해 주지 못했지만 문명의 주인공으로서 이 세상을 운전했던 영국이나 미국의 선진국가들이 시대에 걸맞은 문명의 표준을 읽고 세계 역사를 창조해 나갔듯이 우리도 야심찬 선진조국의 길을 창도해 나가야 한다. 그 길을 가기 위해 우리는 정직과 친절 신용과 질서를 사회적 절대가치로 삼아 그것을 바탕으로 도덕적 자본을 생산해 내야 한다. 이것의 완성 없이는 국민소득이 4만 불이라 해도 선진 국민이라 할 수 없고 통일이 된다 해도 실패할 수밖에 없다.

더더군다나 거세게 용솟음치는 중국의 물결을 막아낼 수 없다 천년이 두 번 바뀌는 21세기에서도 또다시 우리는 중국의 질서 속으로 편입되고 말 것인가, 아니면 대한민국의 독창적인 문화를 길러내 대한민국 땅덩어리의 다섯 배나 되는 저 만주 평원을 뛰놀던 조상들의 슬기를 본받아 한국의 저력을 키워 다시 동북아의 맹주로 우뚝 설 것인가. 이것을 해냄은 오직 우리의 뜻과 정신에 달려 있다.

　이런 것이 괜히 힘내라고 속삭여주는 달콤한 솜사탕 같은 것이 절대로 아니다. 대국이라고 자부심을 갖고 있는 이웃나라이기에 예의를 갖춰 대접해 주는 것이지, 통일이 되어 한통치고 깨어나 중국과 정면으로 맞붙어 한판 승부를 벌리면 충분히 승산이 있는 싸움이 될 수 있다는 말을 하고 싶은 것이다. 도대체 중국은 새로운 문명의 주인공을 꿈꾸면서 문명의 표준이 무엇인지, 그것이 왜 중요한 건지 알지도 못하는 사람들이다. 인권을 탄압하는 일당독재국가라는 것하고는 다른 차원의 것이다. 또한 우리가 추구하고자 하는 정사각 운동 같은 선진국가, 선진국민이 되는 공부를 하려고 꿈도 꾸지 않는 사람들이다. 서구라파에서 써 먹을 대로 써먹고 찢어버린 소유와 존재론을 극복하지 못하면 20세기의 퇴비인 패권주의 장벽에 갇혀 무너져 버릴 수 있다는 충고를 들으려고도 하지 않으며, 고도의 기술과 자본을 가지고 세계 경제 대국을 향해 가면서도 인공지능의 시대가 우리에게 던져주는 메시지가 무엇인지 알려고도 하지 않는 이상한 사람 들이다.

중국에게 이런 맹점이 보인다는 것은 꿈을 꾸는 우리에게는 큰 기회일 수 있다. 그러나 선진 국민이 되는 공부를 거부하거나 남·북평화 통일을 이룩하지 못하면 이 모든 것이 모두 공염불에 그치게 되고 말 것이다.

언젠가 지구촌 곳곳에서 많은 사람들이 세계화를 반대하는 집회를 열어 강력히 저항한 적이 있었다. 세계화란 미국화이다. 그들은 21세기도 20세기와 같이 힘의 논리, 자본의 논리로 세계를 지배하겠다는 천민적 발상에 저항 한다는 것이다. 지금 세계화는 미국 등 일부 강대국들의 다국적 기업이 주도하는 야만적 얼굴을 지니고 있다. 그 세계화의 얼굴에 아프리카로 대표되는 기아문제를 들여다보면, 엄청난 분노를 느낄 수 있다.

지금 지구상의 식량사정은 절대로 부족함이 없다. 그런데 왜 굶어죽는 사람이 생기는가. 냉전, 독재, 장기집권으로 인한 부패의 만연 등의 이유도 있겠지만, 근본적인 이유는 미국 등의 메이저 회사들이 거대한 식량을 움켜쥐고 공물유통에 제동을 걸고 있기 때문이다. 국제여론이 들끓어 무상이나 싼 값으로 식량을 제공 하면 팔아야 할 곡물 가격이 떨어질 수밖에 없다. 더하여 식량을 무상으로 주었을 때 막대한 운송비용이 추가되므로 식량이 남아돌아가도 가축의 사료로 쓸망정 배고파 죽어가는 인간에게는 도와줄 수 없다고 한다. 이것이 초국적 자본의 패권적 경향이다. 결국 초국적 자본이 세계의 기아문제를 해결하는 데 걸림

돌이 되고 만다.

 세계화 그림을 이렇게 한 장만 그려보아도 세상은 무서운 무한 경쟁의 시대라는 것을 알게 되는데 이런 경쟁의 시대에 낙오가 되지 않기 위해 우리도 상당한 노력을 경주하니, 정부나 기업의 연구소에서 자문회의에서 각종 위원회에서 머리를 맞대고 처방을 내고 대안을 설계하고 문안을 짜낸다. 미국, 중국, 일본, 독일, 영국을 비롯한 여러 선진국들도 우리보다 몇 배 더 빠르고 정확한 정보 시스템에 훌륭한 두뇌들을 모아 시·초를 다투며 그들과 연구하고 묘안을 강구하고 내일을 설계한다. 과거에 거북이가 토끼를 이길 수 있었던 것은 토끼가 낮잠을 잤기 때문이다. 그러나 오늘날의 토끼는 낮잠을 안자고 도망간다. 도망가면서도 가시철망을 치고 웅덩이를 파고 도망간다. 그들을 잡으려고 가시철망을 넘고 웅덩이를 건너 열심히 쫓아가도 그들을 따라 잡기가 쉽지 않다. 그러기에 이런 법칙이 적용하는 한 자본주의가 끝없이 세계를 지도하는 이데아라면 후진국은 영원한 후진국일 수밖에 없다. 이들을 따라 잡기 위해 동북아의 수장, 21세기의 주역을 원하는 사람들의 생각은 어떤가. 세계주의 춤에 무조건 따라 춤출 필요가 없다. 적당히 춤추면 그만이다.

 이따가 역사의 쓰레기통으로 들어갈 패권주의 동·서 열강들이 다시 제국주의 부활을 위해 눈이 시뻘겋게 충혈이 된 이 시점에 그들의 광란에 휩쓸려 깡그리 몰입해 버릴 이유가 없다.

 한 개의 원칙을 문명사적 법칙을 믿느냐 안 믿느냐 하는 지혜에 달려 있다. 세계주의를 제창하며 물불을 가리지 않고 앞을 헤쳐 가는 그들의 무기는 절대로 물질이요, 자본이요, 힘이다. 그러나 21세기는 적어도 10~20년 안에 20세기에 적용한 사상과, 이념과 법칙의 퇴조가 분명하게 요구되고 좌초되고 만다는 믿음을 간직하여야 한다. 발상의 혁명적 전환이다. 국제 표준에 대응하는 새로운 패러다임과의 만남이다. 지금 서양은 영적 세계의 메마른 갈증을 해소하기 위해 동양으로 구원의 눈길을 돌리고 있다. 기회이다. 이것이 기회다.

그렇다면 아무러한 자원도 힘도 부족한 한국이 이때쯤 저력 있는 아세아의 맹주로 우뚝 서기 위해서는 한국의 독창적인 문화를 기를 수밖에 없다. 그 문화가 바로 불교문화다. 대승의 진리다. 법화, 화엄, 반야의 세계다. 이같이 우리나라엔 소유의 논리, 존재의 논리를 뛰어넘는 공동체적인 문화가 엄연히 존재한다. 그러므로 새로운 시대에 새로운 세계를 지도하는 사상은 동양사상이라고 하는 사실을 서양은 받아들여야 한다.

이제 이 나라의 백성이, 이 나라의 청년이 눈을 뜰 때가 온 것이다. 사람이 자기를 알려면 자아(自我)를 들여다보아야 한다. 그러나 이날까지 우리는 실증적 경험주의 교육 때문에 자기를 들여다 볼 여유도 없었고 자신을 알 필요도 느끼지 못하였다. 제안에 얼마나 값나가는 보배와 힘이 들어있는지 알지도 못하였다. 지금 우리는 이것을 알아야 할 때가 온 것이다. 지금 우리는 이것을 찾아야 할 때가 온 것이다.

우리가 함께 제창하는 정사각 운동의 목표는, 정사각 운동의 마무리는 어떻게 설정하는가. 낯선 외국인들이 저 동북아의 끝에 한국이라는 나라가 있는데 그곳에 가보자 그곳은 바쁜 시간을 쪼개서 돈을 투자해서 꼭 한 번 가 볼만한 곳이다, 그곳에는 훌륭한 문화가 있고 사람이 있다, 그 문화는 살아있는 새로운 생명의 소리를 들려준다, 또 그곳의 국민들에게는 꼭 배울 점이 있다, 그래서 한 번 시간을 내어 가봐야겠다는 말들이 외국인들의 입에서 튀어나와 그들이 한국을 보기 위해 한국인을 만나기 위해 한국으로 찾아올 때까지 계속 되어야 한다.

　그리고 꼭 그날은 오고야 말 것이다. 우리의 뜻과 정성과 조상에 대한 보상의 의무가 있다면 그 개척의 날은 기필코 오고야 말 것이다.

　옛날에 이런 이야기가 있다. 어느 날 숲속에 불이나 모든 짐승들이 불에 타 죽게 되었다. 비둘기 한 마리가 이 광경을 보고 모른 척 도망가지 않고 강물에 나가 날개에 물을 적셔 숲속에다 몸을 흔들어 뿌려주곤 하였다. 이걸 본 제석천왕이 그런다고 숲에 불이 꺼지냐고 묻자 비둘기가 대답했다. 저도 그걸 알고 있습니다. 그러나 내 동료들이 죽는 것을 보고 도망갈 수도 없고 가만히 그냥 있을 수도 없습니다. 다만 내가 할 수 있는 일은 이것뿐입니다. 오직 최선을 다 할뿐이죠, 그 말을 듣고 감동한 제석천왕은 비를 크게 내려 숲의 불을 끄게 하였다 한다.

　오늘 당신은 조국을 위해 무슨 일을 할 수 있는가?

친절한 사람이 되는 것이다. 이것이 조국을 위해 당신이 할 수 있는 최선의 일이다.

신용을 지키는 사람이 되는 것이다. 이것이 조국을 위해 당신이 할 수 있는 최선의 일이다.

질서를 지키는 사람이 되는 것이다. 이것이 조국을 위해 당신이 할 수 있는 최선의 일이다.

그래서 정직한 사람, 봉사하는 사람으로 부활하자는 것이다.

이것이 조국을 위해 당신이 할 수 있는 최선의 일이다.

2

소위 반도, 지중해, 대서양 문명을 이끌어 왔다는 세상의 지식인들은 400년 전에 제조한 이순신의 철갑선을 믿으려 하지 않는다. 세계 최초로 금속활자를 인쇄하였다면 믿겠으며 한국에 훌륭한 문화가 숨 쉬고 있다면 그 오만한 백인의 심층부에서 귀를 열고 들으려 하겠는가. 그들은 조선은 중국의 속국이었으며 일본의 식민지로 있다가 2차 세계대전 후 독립된 신생국가로 알고 있으며 그 이상 관심을 가질 필요가 없다.

조선의 역사가 5천년이라면 입을 딱 벌렸다 놀라는 것 같다가 그러면 5천년 동안 너희들은 어디서 무엇을 하였느냐고 물었을 것이다. 지금도 각국의 역사책에는 한국이라는 나라를 소개 하는데 진지하게 소개를 못하고, 그것도 제대로 소개돼 있지 못하다 한다. 그래도 대한민국을 알리기 시작한 건 올림픽이요, 월드컵이요, 삼성 브랜드요, 반도체, 휴대폰이다. 오랫동안 군사독재국가였고, 경제발전과 민주화를 동시에 이룬 저력 있는 국가라고 눈을 크게 뜬 적도 있겠지만 그것도 잠시뿐이었을 것이다.

아직 분단국가인 대한민국은 바이킹의 후손인 백인들의 눈에는 너희들이 아무리 까불어도 우물 안의 개구리지, 우리를 쫓아 올 수 없다는 황인종에 대한 무조건적인 폄하가 그들 저변에 깔려 있다. 그러기에 미국으로 건너가 몇 십 년간 한인사회를 잊고 열심히 살다 성공하여 미국사회에 동화 되려고 미국의 조직에 들어가는 순간 피부로 느낄 수 있는 인종차별에 소스라치게 놀라 다시 한인사회로 돌아오게 되었다는 아픈 현실이 있다.

그렇다면 세계 속에 한국이라는 것도 우리들끼리 서로 잘났다고 흥겨워 북치고 장구 쳐 대는 거지 전 세계인의 가슴과 뇌리에 한국인의 영상이 다시 찾고 싶은 다시 만나고 싶은 뜨거운 모습으로 각인돼 있지 못하다는 것이다. 사람이 크려면, 나라가 대국이 되려면 먼저 내 자신에 엄격해야 한다. 내 자신의 단점부터 이 사회의 흠결부터 대한의 자식들의 추한 모습부터 모두 털어내야 한다.

우리 한국인은 개인적으로 우수함이 있는 줄은 알지만 둘 이상이 모이면 판을 부수는 협동심의 결핍을 쉽게 발견한다. 둘이 모이면 남 험담이나 즐기고 확인되지 않은 이야기를 술상에 안주로 올리며 남 잘되는 것 눈뜨고 못보고 진심으로 남 축하할 줄 모르며 도대체 자기의 들보를 볼 줄을 모른다.

태평양 동북단의 해지는 조그만 나라, 정직하지 못한 우물 안의 개구리, 그래도 저 잘났다고 큰소리 쳐대는 눈 뜬 공화(空華) 환자, 나 잘 먹고 나 잘사는 꿈 이외는 비전이 없어 보이는 말 잘하는 삼춘(三春)에 앵무새, 이것이 솔직한 한국인의 자화상이다.

경제는 대기업이 중소기업에게 이익을 나누어 주는 동반성장의 길을 걷고 있는가, 정치는 다 죽었다 살아난 자유한국당이 언감생심 다시 정권을 잡겠다고 날뛰는 이 현실이 돌아갈 데 없는 천애의 아이를(?) 목 놓아 울게 하고 있다. 촛불시민혁명으로 정권을 잡은 민주당은 국가의 백년대개를 위해 공명의 지혜와 유비의 덕성을 국민 앞에 제대로 보여주고 있는가, 어쩌면 시대의 경제적 불안과 사회적 갈등은 부차적 문제일 수 있다.

이 사회가 학력과 경력이 부족한 사람이 많아서 사하라 사막 같은 목마른 사회가 되어버린 것은 아닐 것이다. 경력과 학력이 풍부한 구석에선 개척자가 나오기 힘들다. 개척은 모험이다. 날아가 보지 못한 미지의 세계에 대한 도전이다. 힘겨워 회색의 장벽에 기대어 고통스러워 몸부림칠는지도 모른다. 누가 그 길을 가겠는가. 그러니 개척을 만용으로 몰고, 합리주의 온건주의를 내세우며 역사는 하루아침에 이루어질 수 없다 하며 유교적 유산을 교훈으로 하교 한다. 지금 이대로가 좋은 것이다. 그러니, 정치가 어제와 다르지 않고, 경제가 어제와 다르지 않고 교육이 어제와 다르지 않다. 소득이 3만 불이고, 민주화를 이루고 정권이 몇 번 바뀌어도 사회가, 사는 것이, 인간의 심성이, 별반 달라진 게 없다는 게 다 저런 이유 때문일 것이다. 사실상 개척가의 완성이란 나 손해보고 나 잘못이고 내 탓이라는 이런 정신이 자란 후에야 가능한 것인데 지금 이런 풍토에선 꿈같은 이야기 인가, 그저 우리들의 눈엔 천민자본주의가 잉태한 신흥귀족들이 하얀 이빨을 드러내고 비웃는 모습만이 보일 뿐이다.

그러나 믿을 수 있는 곳은 청년이다. 그래도 얼어붙은 동토에 삽을 들고 땅을 팔 사람들은 때 묻지 않고 소유하고 있지 않아 버릴 것 없는 젊음뿐이다. 그러나 현대 한국의 청년들의 자화상은 어떠한가, 우울의 파리한 병색이 그늘져 저 어두운 구석에서 신음하고 있지 않은가, 내일이 없는 나의 삶에, 희망이 없는 이 현실에 꿈을 잃어버리고 군상에 끼어 비틀거리고 있지나 않은가.

청년들이여, 참말로 이 땅이 희망이 없는 곳인가? 왜 당신들이 아파만하고 비틀거려야만 하는가, 언제까지 전부가 너의 탓이요 너의 잘못이요 라고 개탄만 할것인가. 당신들의 생활의 사전에 분노와 원망만이 남아 있다면 우리는 할 말이 없다. 다만, 우리가 살고 있는 세상은 원래 위, 아래가 징그러울 정도로 선명하게 갈라져 있다는 것만은 알고 있으며 힘 있는 놈이 나약한 사람을 경시하고 짓밟아도 저 혼자 허공이나 보고 눈물이나 뿌렸지 어디 가서 하소연 할 데가 없는 곳이라는 것도 알고 있을 뿐이다.

잡초도 제 누워 잘 때가 있으며 눈도 저 떨어질 곳에 떨어진다 한다. 푸성귀 하나 눈송이 하나에도 제 역할이 따라붙는데 하물며 인간에게 자신의 역할이 어찌 주어져 있지 않겠는가.

죽음과 삶은 찰나다. 도전이라는 말이 왜 나왔나, 응전을 받기 위해 나왔다. 현실이 냉정하여 나를 옥죄어 기를 펼 수 없게 만들어도 마음 한번 고쳐먹으면 위대한 인간으로 다시 태어날 수 있다고 말씀하신 석가모니 부처님의 이 교언은 현대를 사는 우리 인간에게 큰 희망을 준다. 우리의 삶이 만족치 못해 힘들어 하지만 어쩌면 큰 위기에 봉착해 있는 이 세상의 병리적 현상을 진솔하게 느낀 후라면 아마 생각이 많이 달라질 수도 있을 것이다.

말하자면 이 세상에 어둠을 밝게 하고 생명을 찾아주는, 미친 사람의 혼을 깨우러 찾아온 예수와 석가가, 이 생명의 사자들이, 속세의 미천한 인간의 힘에 의해 이 땅에서 쫓겨나고 있다는 것이다. 혼이 빠져있는 연주자의 지휘를 물끄러미 바라보는 예수와 석가를 커다란 홀을 경비하던 거인들이 초대받지 않은 손님이라고 매정하게 내쫓아 버린다. 예로부터 사랑은 높은 뜻이요 어둠속의 빛이라고 하였다. 말씀이 세상에 와서 인격이 되어 길 잃은 영혼을 찾아 나선다. 이 말은 진리의 울림임에는 틀림이 없다. 그러나 황홀한 물질문명의 교태에 유혹되기 쉬운 매혹적인 현실이 진리의 울림을 거부하고 있다. 어떤 화사한 언어로도 그 교태를 뿌리치기엔 정신의 가지가 너무 메말라 버렸다. 이것이 석가와 예수를 거리로 끌어내 버린 타락한 영혼들의 죄악사이다.

현실로 돌아와 보자, 청년 일자리는 미세먼지만큼이나 오랫동안 국가가 해결하지 못한 지난한 과제인 것이다. 청년들이 취업이 안 되고 꿈이 없다. 일자리가 없고 미래의 보장이 없어 결혼 출산의 꿈을 포기한다. 결혼해서 아이 낳고 취직을 해서 살겠다는 우리의 소박한 삶을 국가가 해결해 주지 못하는데, 통일이 되고 세계 최강국이 된다는 꿈같은 이야기만 늘어놓으니 몽상가라 비판 받을 수 있다. 그러나 이것은 꿈이 아니라 현실이다. 우리는 분명히 세계 최강국이 될 수 있다. 우리 민족에게 하늘이 준 절호의 기회다. 지금의 우리의 시련은 하늘이 우리 민족에게 준 연단의 훈련이다.

미국은 오늘의 미국을 있게 해준 야훼 하나님을 버린 민족이다. 십자가를 짊어지고 피를 흘리시며 골고다 언덕을 넘어가는 예수 그리스도를 버린 민족이다. 19·20세기의 퇴비인 패권주의를 가슴에 안고 새 문명의 표준을 읽을 줄도 모르는 중국은 절대로 태평양문명의 주인공이 될 수 없다. 미래는 준비하는 자의 것이다. 신의 섭리를 읽고 백성이 잠에서 깨어나 소망을 갖고 도전하면, 꿈은 꼭 이루어진다. 설혹 청년이 꿈을 버리고 방황한다 해도 이 열차는 괴성을 지르며 떠나갈 것이다.

내가 제창한 정사각 운동이 성공하고, 이 땅에서 가장 비전 있는 여성들이 자각하여 일어서고, 불교문화사업이 성공할 수 있다면 태평양문명의 주역은 통일한국이 될 것이요, 동아시아의 맹주로 우뚝 솟아 세계 최강국이 될 수 있다.

나이가 80이래도 생각이 젊으면 청년이다. 여성이든 남성이든 모든 청년들은 이 사업에 뛰어들어야 한다. 불교문화사업을 국가 아이템으로 선정하고 무궁무진한 불교문화 콘텐츠를 개발하여 불교를 특화시켜 국가브랜드로 성장시켜야 한다. 앞장에서도 설명한 바와 같이 불교문화는 전 세계적으로 소중한 문화콘텐츠다. 이 불교문화사업을 음악, 미술, 조각, 문화, 건축, 애니메이션, 연극, 영화, 오페라, 선무용 등에 응용하여 종합예술의 단계에 진입하면 세계질서의 재편을 시도 할 수도 있다. 이 일을 달성하기 위해서 먼저 이야기를 가공할 수 있는 스토리텔링 작가를 대량으로 양성하여야 한다.

한국의 청년들은 세계 어느 젊은이와 비교해도 절대로 우수하다. 내가 미국 미시간 대학에 머물 때 미시간 공과대학 전체 1위는 한국인이었다. 한국 청년에겐 아이디어가 무궁무진하다. 이들에겐 스토리텔링 작가를 따로 양성할 필요가 없을 정도로 스마트 하고, 정교 하고, 세련되게 한국의 불교문화를 세계에 알리며 홍보하고 세계시장을 석권할 것이다. 이 사업은 불교신자하고는 무관한 것이고 문화의 전도사로서 실용적인 문화콘텐츠로 세계시장에 알리고 세계인의 뇌리에, 개발한 이 콘텐츠를 각인시켜준다는 것이다.

이 사업은 어쩌면 앞으로 닥쳐 올 인공지능 시대를 미리 준비하고 있는 세계 최초의 국가가 될 수 있을 것이다. 또 이 사업은 남·북통일로 생기는 새로운 일자리 보다 상상할 수 없을 정도로 많은 일자리가 확보될 것이다. 문화전도사, 흥미로운 단어가 아닌가. 한 시대를 창조하고 세계역사에 중심의 핵으로 비상하기 위해 결의를 가지고 우리 지금 이 시대는 청년, 중년, 장년, 모두가 희생이라는 짐을 짊어져야 한다. 뜻있는 희생은 어제도 오늘도 내일도 산만큼 충분한 보상을 받는다.

3

    정사각 운동이란 무엇인가 세계인이 되기 위한 계몽운동이다. 세계시민 즉 선진 국민이 되기 위해서는 우선 친절하고 신용 있고 질서를 잘 지키고 정직해야 한다. 그러나 이런 기본적인 인품을 갖추기가 그렇게 쉽지만은 않다. 그렇다면 어떻게 해야 이런 인격을 길러 낼 수 있을까 마음을 찾아가는 훈련이 익숙해 져야 한다.

    마음이란 무엇인가, 우리는 마음이 어디에 있느냐고 물으면 가슴에 갔다 손을 댄다. 가슴에 마음이 있는가. 심장에 마음이 있는가. 머리 쓰는 사람들은 생각이 머리에서 나오니 마음이 뇌 안에 앉아 있다고 주장한다. 과연 그럴까. 하늘을 볼 줄 알고 땅에 코 박고 자는 잘난 사람들은 마음은 'mind'요, 영혼은 'soul'이요 정신은 'spirit'라고 갈라놓는다. 그래서 몸과 마음, 정신과 물질, 영혼과 육신이 각기 다르다는 이원론이 성립되고 말았다.

    그러나 현대에 이르러 마음과 영혼과 정신은 한 가지 뜻이요, 몸과 육신과 물질은 다 같은 것이니 마음과 몸, 영혼과 육신, 정신과 물질은 서로 다르지 않다는 일원론이 과학적으로 입증이 되었다. 말하자면 마음과 영혼과 정신은 현상계에 보이는 물질과 같이 볼 수도 없고 손에 잡히지는 않지만, 바람과 같이 분명히 활동하고 있다는 입론을 실증적으로 체계화 시켰다는 것이다.

마음자리란 우리 몸속에 앉아있는 것만이 아니라 우주 시방세계(十方世界)에 꽉 차 있다. 나와 우주는 본래의 신심을 깨칠 때 하나로 통하게 되어있다 우리에게 욕심이 생기고 성내고 나들이 가고 술 마시고 배고프고 잠자고 할 때 이것을 시키는 놈이 우리 주인인데 이놈이 마음이라는 놈이다. 마음이 생각을 내지 않으면 우리들의 육체는 저 혼자서 아무것 하나 해낼 수 없다. 이 마음을 찾아야 세상 보는 눈이 떠져 장님이 눈 뜨듯이 새로운 세상을 볼 수 있다.

자동차 주인이 앉아 핸들을 움직여야 차가 굴러가지 저절로는 굴러가지 못한다. 바로 자동차가 몸뚱어리요, 육신이요, 물질이라면, 자동차 핸들을 잡아 움직이는 자는 바로 마음이요, 영혼이요, 정신이라는 바른 해답이 나온다. 육신은 죽어있는 무정물이다. 송장을 끌고 다니는 자가 누구인가. 자동차가 죽어있는 무정물인데 사람이 시동을 걸고 운전을 하니 가자는 대로 굴러가는 이치와 같다.

우리 육신도 끌고 다니는 생명체가 있다. 이것이 무엇인가. 이것을 찾아야 한다. 커다란 의심을 품고 주인을 찾아야 한다. 땅 위에서 움직이는 모든 물체는 살아있는 생명체가 아니다. 살아서 움직이는 것은 마음뿐이다. 이것을 찾지 않고 살아가자니 모든 번민과 괴로움에 시달리며 살아갈 수밖에 없다.

한편 정사각에서 바를 정(正) 자를 쓴 것은 모가 나지 않고 성질이 비뚤어지지 않고 반듯한 성품을 말한다. 각과 변이 다 같은 것을 반듯한 성품이라 말한다. 그런 의미에서 정사각(正思角)은 '正四角(口)'과 같은 의미를 담고 있다. 정사각에서 가장 의미있는 말은 바르다는 '正'이다. 이 바르다는 뜻은 성질이 삐뚤어지지 않고 '곧다'라는 'Straight'와 '도리와 사리에 맞다'는 'Right'나, '정직하다'는 'honest'의 뜻을 모두 포함하고 있다. 같은 의미를 담고 있는 정사각(正思角)도 영어로 표현하면 '공정하고 공평하고 올바르다'는 뜻인 'square'이니(학교를 졸업할 때 사각모를 쓰는 이유도 공정하고 올바른 학식을 배워 공정한 인간, 공평한 인간, 올바른 인간이 되겠다는 뜻이다) 두 가지 모두 다 올바른 정신을 추구하자는 것이다.

정사각 운동은 인간의 품격을 높여 보자는 국민계몽운동이며 본래의 인간성을 되찾으려는 정신혁명운동이다. 재차 바를 정(正)을 강조하는 것도 우리 세계시민의 정신을 키울 지름길은 세상을 바르게 보는 습관을 길러내는 것이다.

세상은 본래의 진면목이라는 게 있었다. 태초에 샘물같이 맑은 이 세계를 진흙처럼 더럽힌 건 인간의 못된 마음씨였다. 세상을 바라보는 눈을 무명(無明)으로 깜깜한 칠흑의 세상으로 만들어 버린 것도 우리 인간 자신들이었다. 이렇게 아름다운 마음씨가 말라버린 인간들에게, 본래의 진면목으로 회귀 하자고 유혹(?)하는 게 그렇게 쉬운 일은 아닐 것이다. 사람들은 오랫동안 살아온 습관들이 있어 그 버릇을 쉽게 고칠 수가 없다. 가정을 갖고 현실의 노예가 되어 이리 저리 배회하다 보면 새벽을 잃고 생이 언제나 저녁이 되어 그것을 쉽게 실행할 수 없다 한다.

속세에서 허우적거리며 개천을 헤엄지고 비틀거리며 사위를 배회하는 우리네들이 어떻게 나를 버리고 남을 위해 희생하며 수도의 경지에 다다름 없이 어떻게 마음을 비울 수가 있으며, 더더군다나 어떠한 방식으로 육신을 태워 버리고 우주의 실체의 자리인 마음을 찾을 수 있을까, 나는 사람들에게 가진 것을 사회에 환원하고 무조건 남을 위해 희생하라고 강요하지 않는다. 욕망의 사슬을 끊고 무소유의 인간으로 다시 태어나라고 권유하지 않는다. 번뇌, 망상을 끊으려면 세속을 떠나 출세간의 문을 두들기라고 결코 요구하지 않는다. 그것은 보통사람들의 몫이 아닌 것 같다.

옷은 아무나 벗을 수 있는 것이 아니다. 마음은 아무나 찾을 수 있는 것이 아니다. 우리가 알지 못할 아주 먼 세상에 수미산 꼭대기 같이 높고도 높은 선근을 쌓아 올렸어야 했다. 그럼 아무러한 선업도 지은 바 없는 여기 작은 중인들은 어떻게 지혜로운 인격으로 거듭 태어날 수 있을까. 수없이 많은 사람이 어느 날 한시에 지혜로운 인격으로 부화될 수 있는 것이 아니다. 역사는 뜻이 있는 소수에 의해 창조되고 지배되어 왔듯이, 나눌 줄 알고 베풀 줄 아는 착하고 곱디 고운 성품들이 모인 곳이 있다. 그들의 의롭게 사는 모습을 배우고, 위하여 사는 사람들을 찾아 대비의 눈물을 배워야 한다.

지금도 이 조선반도에는 문명의 노예가 되어 홍합사리 널려진 개천가에서 잠에 취해 비틀거리는 군상들이 많이 존재한다. 결국 나를 깨우는 것도 사회를 개량하고 나라를 개척하고 인류를 움직이는 것도 신념이라는 것이다. 훌륭한 인격으로 성장시키는 원리도 의롭고 착하고 고운 성품의 씨앗도 하면 된다는 신념이라는 것이다. 철석 같은 신념은 도의의 길을 걷는다. 신념의 비료는 바른 마음이다. 바른 마음을 가지고 있지 않은 사람은 아무리 세속에 어울리는 강한 신념을 가지고 있다 해도 실패한 인간이 되기 쉽다. 우리는 바른 신념을 배워야 한다. 굳은 신념의 소유자가 될 수 있는 방법을 또 배워야 한다. 지혜를 겸비한 강한 신념의 소유자가 거듭 태어난 개조된 인격이다. 참회의 밭을 기도의 비료로 갈구는 신념의 소유자가 인간을 재생시키는 정사각 운동의 완성이다.

끝으로 부처님은 보현보살 행원품에 "길가에 병들어 죽어가는 강아지가 배가 고파 울어댈 때 식은 밥 한 덩이를 강아지에 던져주는 것이 부처님께 만반진수 차려놓고 천만번 절을 하는 것보다 훨씬 공이 크다고 하였다." 부처님께서는 오직 중생을 도와주는 것이 참된 불공(佛供)이라고 하였다. 불공은 불교의 전유물만이 아니다. 또한 불공은 돈만으로 할 수 있는 것이 아니다. 우리가 게을러서 하지 못할 뿐이지 몸으로 마음으로 불공하려면 불공할 것이 세상천지에 꼭 차 있다고 말씀하셨다.

　나는 언젠가 자본주의의 폐해를 극복하고 뜻있는 세계시민이 합쳐, 평등과 자유가 만개된 참 민본주의(民本主義)가 이 땅에 실현될 수 있으리라는 신념을 가지고 이 글을 쓴다. 인간들이 인간의 모든 욕망을 벗어 버리고 무소유의 인간이 된다면 멋진 신세계가 도래하겠지만 그게 범인으로서 가당치도 않은 일이어서 시간이 걸리더라도 먼 길을 우회하며 힘들고 지친 채 비틀거리며 오늘을 걷는다.

　우리가 뿌린 씨앗은 금세기 최선의 참과 뜻의 자비의 비료이다.

제4장.

예수는 머물고, 석가모니가 오는 구나

1

문명사적 고찰을 통하여 볼 때 인간이라는 종(種)은 철저하게 실패했다. 참된 이치의 눈으로 봄에도 인간이라는 종(種)은 수천 년간 철학과 종교와 예술이라는 양질의 문화를 먹고 자랐으면서도 엄청나게 타락해 버리고 말았다. 인간을 신이 창조했다고 허풍 떨던 종교인도, 인간은 진화되었다고 주장하던 과학자도 모두가 자기모순, 자가당착에 빠져 역사의 무대에서 초라하게 사라져 가고 있다.

21세기 이후의 세계는 도전의 시대다. 약육강식이 아니요 이전투구도 아니요 컴퓨터도 아니요, 패권주의의 부활은 더욱 더 아니다. 배반의 역사에 대한 도전이다.

도대체 누가 살아있는 역사의 심장에 불을 지르고, 누가 대지에 숨 쉬는 열구멍에 못 질을 하고, 도대체 누가 살아 있는 역사의 간뇌를 잔인하게 난도질 했는가, 역사는 어디까지나 교활한 정치인, 무식한 장군, 보잘것없는 혁명아라 부르는 영웅호색가 전쟁광들의 무대였지 그들 밑에서 떨어진 낙엽이나 주워 먹으며 탐욕의 횟가루나 뿌리고 다니느라 역사의 충신을 수도 없이 죽인 간신 모리배, 세도가들의 무대였지 진리의 편들은 절대로 아니었다.

근 2천 년 간 왜 역사의 무대에 화려하게 등장한 주인공의 이름이 예수 그리스도였을까, 연연세세 길고도 긴 기독교 문명시대에 왜 역사의 만찬에 초대된 사람이 교활한 정치인, 무식한 장군, 보잘것없는 혁명가뿐이었을까. 왜 그들과 그토록 오랜 세월 풍진세상, 시비의 빛깔이 혼동되게, 유무의 색깔이 구분 안되게 뒹굴고 있어야만 했을까. 예수는 왜 전지전능한 하나님의 아들이라 면서 이 커다란 배반의 역사의 장벽을 무너뜨리지 못했을까. 비린내 나는 전쟁과, 참혹한 죽음, 질병과 기아, 폭력과 살인, 학대와 신음, 증오와 저주, 언제까지 눈물과 비탄의 역사만을 베질 하고 있어야만 했던가. 이슬비 내리는 새벽길을 돌맞이 아기와 함께 거닐던 장미 꽃 만발한 화창한 봄날은 왜 잠시뿐이었을까. 이제 참다운 삶을 살기 위해 태어난 사람들이라면 인간의 영혼을 치료하겠다고, 인간을 구원하겠다고 속절없이 외치며 어린양을 짜먹는 거짓 선지자를 향하여 돌팔매질로 회답하여야 한다. 자신의 명예와 권세를 죽을 때까지 향유하기 위하여 철저하게 민중을 속이고, 나라의 주인은 백성이다. 인간은 평등하다며 자유와 인권과 평화를 팔아먹는 역사의 배반자를 향하여 오물로 응답하여야 한다. 모든 오염된 환경을 정화하고, 공해의 찌든 공간을 세척할 새날은 정녕 올 수 없는 것인가.

우리는 오늘 이 문제를 해결하기 위하여 3천 년 전에 시간과 공간을 뛰어 넘은 역사의 한 인물을 인류의 이름으로 이 땅에 불러내야 한다.

말하자면 보다 나은 종(種)의 진화를 돕기 위해 이 땅에 나온 분이 석가모니다. 인간이라는 종을 개량하기 위해 나온 분이 석가모니다. 척박한 이 땅에 인류 역사상 최초로 삶과 죽음의 문제를 해결한 위대한 인간 석가모니를 만나러 가자.

당신들이 지금 알고 있는 불교의 지식은 참불교의 정신과 너무나 차이가 난다. 당신들이 생각하고 있는 불교에 관한 지식은 너무나도 지려 천박하다. 이제 우리는 지구를 살리기 위해 엄숙한 마음으로 가슴에 촛불을 켜들고 석가모니의 정신을 해부해야 한다. 그래서 도대체 불교가 무엇인지 석가모니가 왜 위대한지 똑 바로 알아야 한다. 이것이 21세기를 살아갈 현대인의 의무요 사명임에 틀림없다. 21세기 이후의 시대는 석가모니의 정신을 철저히 해부하고 불교가 무엇인지 바로 알아 바른 정신, 바른 생각, 바른 지식을 섭취하여 누가 먼저 계몽의 시대를 여느냐에 따라 문명의 주인공이 될 수 있고 또 세상사의 운명을 좌우 할 수 있다고 희망차게 직언 할 수 있다.

2

불교가 무엇인가, 부처님의 근본가르침은 보현행원품에 나왔듯이 남을 위해 살자는 것이다. 팔만대장경을 한마디로 요약하면 이타심이다. 그러나 불교의 생명은 좀 더 묘유한데서 찾아봐야 한다.

예수교 목사가 부처는 죽었고, 공자도 죽었고, 남은 것은 교리뿐이나 예수는 부활이 남았다고 구전하나, 이 사람은 불교를 깨눈 만큼도 모르는 사람이다. 일찍이 석가모니 부처님은 사람의 몸으로 나투어 49년간 설법을 하셨으면서도 열반에 이르러 나는 설법한 것이 없구나 하고 크게 설파한다.

불교의 가르침은 8만4천 경의 교리에 있지 아니하다. 교리를 뗏목에 비유하여 강을 건널 때 뗏목으로 만드는 배로 강을 건넜으면 배를 놓고 갈 길을 가야지 고맙다고 배를 짊어지고 먼 길을 갈 수는 없다고 하였다.

배라고 하는 것이 팔만대장경이다. 이 교리는 먼 길을 찾아가기 위한 방편에 불과한 것이다. 교외별전이라는 말이 있다. 교 밖의 참뜻을 전한다는 것인데 증오(證悟: 불도를 닦아 대도를 이룸)

라고 하는 깨달음에 이르는 길을 말한다. 말하자면 인간을 비롯한 모든 생물에게는 마음이라는 영원히 죽지 않는 생명체가 있는데 이 보물스러운 물건을 참선이나 염불과 주력을 통해서 찾아보자는 것이다. 이 마음을 찾아 괴로움의 원인인 번뇌를 완전히 죽여 보자는 것이다. (우리 마음은 온 우주 현상계를 창조한 근본 바탕인데 지금껏 우리는 이 몸뚱어리만이 나 인줄 알았지 마음이 참나(眞我)인 줄은 몰랐으며 더더군다나 이런 마음 자체가 있다는 사실조차 전혀 모르고 살아왔다) 이 사바세계에 사는 인간들은 발 앞만 볼 수밖에 없고 오 분 앞을 내다 볼 수 없는 깜깜한 작은 사람들뿐이니 커다란 지혜를 얻어 밝은 광명의 세상을 맞이하자는데 불교의 묘유한 목표가 새겨져 있다.

그러면 우리는 첫째로 석가모니 부처님이 세상에 오신 참뜻을 알아야 한다. 모든 인간은 태어나서 행복을 추구하며 산다. 그러나 인간의 삶은 누구나 할 것 없이 즐거움보다 괴로움이 많고 기쁨보다 슬픔이 많다는 건 공증하는 사실이다. 그러한 가운데도 좀 더 즐겁고 기쁨의 시간을 늘리기 위해 우리는 사바(娑婆)를 맴돌며 돈과 명예와 권세를 찾아 춤추며 술과 색의 향락에 때로는 빠져 달콤한 꿀맛에 취해 흐느적거리지만, 그러나 아무리 몸부림쳐도 이 땅에 영원한 행복은 찾아오지 않는다는 결론에 이른다. 이것을 해결하기 위해 우리에게 다가온 것이 종교다. 기독교는 구원의 종교다. 우리가 사는 이 땅에서는 영원한 행복이란 이루어질 수 없으니 저 먼 하늘을 보면 하늘나라라는 게 있는데, 그곳에선 영원한 행복을 누릴 수 있다. 그곳에 계신 야훼 하나님은 전지전능하여 우주만물을 창조하고 하나님의 형상대로 인간을 지어냈다. 이 창조론에 적극적으로 이론을 전개시킨 사람이 아우구스티누스와 토마스 아퀴나스다. 아우구스티누스는 창조 전에는 시간이 없었다 하여 시간 창조론을 동시에 주장하였으며 토마스 아퀴나스는 창조한 날을 문자적인 6일로 간주하였다. 하나님은 예수그리스도 안에서 자기를 계시하시고 활동하신다. 하나님과 예수는 일체다. 예수는 인류의 죄를 대속하기 위하여 십자가에 못 박혀 죽었다. 우리는 예수의 보혈을 받고 태어나 그 구원 속에서 자라고 있다. 예수의 탄생은 예정된 것이고 죽음도 예정된 것이고 부활도 예정된 것이며 재림도 예정된 것이다. 특히 예정론 중 재림신앙은 기독교의 미래를 관조하는 바로미터요, 기독의 핵심교리이자 중대한 믿음의 척도라고 말한다. 이것이 적어도 교과서적인 기독교 신앙의 기축이다.

　그러나 불교는 자각의 종교다. 석가모니 부처님은 이 땅을 구원하러 오신 분이 아니다. 이 땅은 이미 구원되어 있다. 중생의 눈이 어두워 밝은 세상을 보지 못할 뿐이지 이 땅은 이미 구원되어 있다는 것이다. 이 땅 이대로가 극락이요, 이 땅 이대로가 천국이라는 것이다. 장님이 눈을 뜨면 밝은 세상을 볼 수 있듯이 이 세상은 원래 구원되어 있다는 사실을 우리에게 가르쳐 주시기 위해 오신 것이다.(지구에 사는 중생들은 세상이 번뇌에 가득 차 있다고 한다. 그러나 마땅한 눈으로 보면 세상이 번뇌에 쌓여 있는 것이 아니라, 내 자신이 미망에 가려서 번뇌가 차있는 것처럼 보인다는 것이다. 그래서 세상은 고가 아니라는 말씀이다. 만약 세상이 번뇌 이대로라면 부처님은 세상이 이미 구원되어 있다는 말씀을 하지 않으셨을 것이다.) 석가모니 부처님은 계속하여 우주에 존재하는 모든 생물에게는 불성(佛性: 부처님 성품)이라는 게 있다 하였다.

이것은 불생불멸(不生不滅)이다. 생겨나고 없어지고 하는 것이 아니다. 죽지 않는 영원한 생명체가 있다는 것이다. 살활제시(殺活齊示)다. 부활이다. 죽고 사는 것이 둘이 아니라는 말이다. 많은 보석으로 장엄하게 장식되어 있는 청정한 상적광토에서 찬연한 빛을 받으며 항상 고요하고 행복하게 환희에 찬 삶을 살자는 것이다. 어리석은 우리는 그렇게 사는 방법을 모르고 있다.

법화경에 이런 말씀이 있다. "비유하건데 어떤 가난한 사람이 친한 벗의 집에 가서 술에 취하여 누웠더니 이때 친한 벗은 관(官)의 일로 먼 길을 가게 되어 곤히 자고 있는 친구 옷 속에 아무도 모를세라 값을 헤아릴 수 없는 보배구슬을 잡아매어 주고 떠나갔다. 다음날 술에 취한 이 사람은 그 사실을 전혀 알지 못하고 일어나 멀리 다른 나라에 가서 옷과 밥을 얻기 위하여 온갖 고생 다하고 뼛골이 으스러지도록 일을 하여도 입에 풀칠하기가 심히 곤란 하였더라. 훗날 친한 벗이 몰골이 추하기 짝이 없는 그 친구를 우연히 만나보고 말을 하되, 이 졸장부야 꼴이 이게 무언가. 내가 옛적에 세상 태어나 온갖 구박과 천대만 받고 살아온 자네가 너무나 불쌍해서 술 취해 쓰러져 있는 너의 옷

속에 값을 헤아릴 수 없는 보배구슬을 매어 주었는데 아직도 그걸 모르고 근심과 괴로움 속에서 이 고생을 하고 있었느냐. 이제 어서 가서 그 옷을 찾아 보배를 짊어 메고 너 하고 싶은 것 다하고 너 갖고 싶은 것 다 같고 남은 세상이나마 행복하게 살다 가라 이 어리석은 친구야."

부처님이 이 땅에 오신 건 바로 우리 몸에도 마음자리라는 엄청난 보물 덩어리가 감춰져 있다는 사실을 가르쳐 주러 오신 것이다. 부처님이 이 땅에 오신 건 우주를 창조한 커다란 힘인 신령스런 물건이 우리 몸에도 숨겨져 있다는 사실을 가르쳐주러 오신 것이다. 술병을 이리저리 빨고 풀밭에 드러누워있는 미혹한 사람들아 이제 알았으면 어서 술에서 깨어나 그 보물덩어리를 찾아가라, 그 신령스런 물건을 찾아가라 그것이 지혜의 공들임이다. 그것이 살(殺) 소식(죽음)과, 활(活) 소식(태어남)을 뛰어넘는 중도(中道)의 길이다.

두 번째로, 불교에서 윤회를 주장 하는데 윤회는 무엇이며 윤회는 사실 무엇으로 증명할 수 있는가, 부처와 같이 보살과 같이 해탈한 사람은 윤회가 그치지만 그렇지 못한 사람은 누구나 죽으면 중음신이 되어 49일을 머물다 지난 생의 과보로 인하여, 인간으로, 축생으로, 천상으로 등 육도윤회를 하게 되는데, 말하자면 불교에서 업장(전생에 지은 죄)을 소멸 못한 혼령이 먼 곳에서 떠돌다 갑자기 정욕을 일으켜 인연 깊은 모태에 태아가 들어가 앉으니 임신을 하여 다음 생을 받게 된다. 10개월간 어미의 보호를 받고 세상에 얼굴을 드러내니 그는 이미 업보를 받고 태어난 죄인이다. 윤회는 결국 전생의 죄의 업이니 내 마음속에 머무는 죄를 마음 한번 쉬어서 밖으로 내보내 청초한 인간이 되어 보자는 게 삶의 의무요 목표라고 불(佛)은 가르친다.

지금까지 우리는 정신은 육신의 일부인 줄만 알고 있었고 육신이 죽으면 정신도 죽는다고 모두들 생각을 해왔다. 그러나 우주과학시대에 들어와서 정신신경작용은 뇌신경세포를 떠나 독립하고 있어 뇌신경이 완전히 끊어졌어도 정신은 언제나 깨어나 살아있다는 영혼의 독립성이라는 사실이 과학적으로 입증되었다. 말하자면 육신은 죽어 없어져도 정신은 영원히 죽지 않고 상주불멸 한다는 것이다.

생물은 세포로 조식되어 있고 세포에는 핵산(DNA)이 있어 정신활동을 하고 있다. 인간의 뇌에는 정신에너지로 뇌파라는 게 있는데, 이것은 물질 에너지 보다 강해 생물은 물론 무생물에게도 뇌파를 보내 정신반응을 일으키게 하는 등 무한한 정신활동을 하고 있다. 바로 이 정신에너지가 불멸하는 영원한 생명체라는 것이다. 그러면 윤회를 과학적으로 증명할 수 있는 방법은 무엇이 있는가. 우선 우리의 몸뚱이는 어떻게 이루어져 있는가를 살펴보아야 한다.

몸에는 수 십 조의 세포와 적혈구 백혈구가 수없이 있다. 이들은 생명이 극히 짧은데 뇌세포를 제외한(뇌세포는 25세까지 자라 1000억 개가 되고 그 후 하루에 십만 개씩 죽는다.) 우리 몸의 세포는 80일마다 세포의 반이 죽고 그만큼 새로 생겨나며 1년만 지나도 전에 있던 세포는 하나도 남아 있지 않다고 한다. 수 십 조나 되는 세포는 자체의 성품이 없다. 세포에 자성(自性)이 있으면 몸뚱이의 임자는 수 십 조가 되는데 이 수 십 조의 세포는 쉴 새 없이 생명을 거듭하는데 어느 걸 잡아서 내 것이라 할 수 있는가, 태어났다 금방 사라지는 이것을 내 것이라 할 수 없다. 그렇기 때문에 세포로 이루어진 몸은 자체의 성품이 없는 무정물이다. 눈, 귀도 자체에 자성이 없고 몸뚱이 전체에 자성이 없는 것으로 다만 인연 따라 변할 뿐이다. 자성이 없기 때문에 콩팥을 이식도 해주고 심장도 이식해 주는 것이다. 살펴본 봐와 같이 우리 몸뚱이가 윤회하는 게 아니요. 윤회를 하는 건 마음이요 다른 말로 영혼이 혼령이 윤회를 한다는 것이다. 그러면 마음이라는 게 확실히 있는 것인가 관찰해 볼 필요가 있다.

우리가 TV를 볼 때 분명히 눈으로 보지만 과연 눈으로 보는 것인가, 마음으로 보는 것인가, TV를 보며 다른 생각을 하면 애인 생각을 한다든지 빚 갚을 생각을 한다든지 하면 TV의 영상이 눈에 하나도 들어오지 않는다. 눈으로 본다면 아무리 다른 생각을 하여도 시야에 모든 화면이 들어와야 되지 않는가, 이 부분을 과학적으로 분석해 보면 우리가 눈으로 무엇을 본다고 하지만 눈에는 어떤 빛이 들어왔을 때 그 빛을 받아들이는 작용만 있을 뿐이지 눈은 아무 생각이 없다. 눈에 무엇이 비쳐오면 시(視)신경이 대뇌에 이것을 전달하며 대뇌가 판단을 하게 되지만 대뇌 역시 연락기관이지 무엇을 아는 능력이 있다고 할 수 없다. 육신은 단순한 물질의 구조에 불과하지, 신경이라는 것도 세포로 구성된 것이다. 아무리 치밀한 구조로 이루어진 세포라 하더라도 신경자체는 물질일 수밖에 없다. 그런데 우리는 물질도 허공도 아닌 아는 능력을 가진 생명이 있다. 이것이 곧 마음이다. 따라서 신경이나 오관은 이 앎의 능력을 가진 마음과의 연락기관에 불과하다. 한편 음식을 먹으면서도 걱정을 한다든지 다른 생각을 하면 그 음식이 아무리 만반진수라 할지라도 모래알을 씹는 것과 같을 것이다.

귀로 듣는 것도 마찬가지고 손으로 만지며 놀고 하는 것도 마찬가지다. 우리는 객관인식에서 사로잡혀 눈으로 보고 귀로 듣고 입으로 먹고 산다는 관념이 박혀서 그렇지 과학적인 분석을 해보면, 이것을 시키는 신령스런 마음이라는 물건이 있다는 것이다.

이상에서 살펴본 바와 같이 세포로 조직된 우리 몸뚱이는 분명히 죽어있는 무정물이라는 과학적 증명이 있었다. 자동차로 비유하면 자동차는 우리 몸뚱이요 자동차를 움직이는 사람이 바로 우리 주인이라는 사실증명을 확인할 수 있다. 라디오나 TV도 방송국에서 전파를 타고 우리 가정에 소리와 모양을 화면에 실어 보낸다. 우리 집에 있는 라디오나 TV는 무정물이요 살아있는 생명체는 방송국이라는 객관적 입증을 할 수도 있다. 이 생명체인 진리는 빛깔도 소리도 냄새도 없는 자린데 이 자리가 분명히 있어 몸뚱이를 나투어서 인생놀이를 하고 있다.

먹고, 자고, 놀고, 성내고 즐거워하고 다투는 이 모든 행위는 살아있는 생명체인 마음의 작용일 뿐이다. 이 신령스런 물건이 도대체 무엇인가, 이 물건을 찾아야 한다. 바로 이 물건이 죽지 않고 계속 윤회하고 있기 때문이다. 닦지 않아 녹이 슬어 때가 잔뜩 묻은 이 물건을 찾아야 한다. 이 물건을 찾는 공부가 불교의 참 공부요 지혜의 공들임이다. 허나 닦지 않고 깨우치지 않는 한 윤회는 그치지 않고 갈지 않는 고약한 성품 그대로, 괴팍한 성질 그대로 육신 모양만 바꿔 영원히 반복된다는 것이다.

말하자면 초의 원소는 수소와 탄소다. 초는 타서 없어지는 것 같지만 없어지지 않고 초의 원소인 수소는 수소대로 탄소는 탄소대로 흩어져 제자리로 돌아가 다른 물질이 된다. 이것이 영겁 희귀인데 인간의 육신도 같은 원리가 적용된다.

마음이 윤회를 한다면 우리의 몸은 어떻게 이루어지나 이것을 불교의 무상계(無常戒)에선, 사람의 몸은 지, 수, 화, 풍(地, 水, 火, 風)의 네 가지 원소에 의해서 흩어졌다 뭉쳤다 한다. 사람이 죽으면 돌아가셨다고 하듯이 지, 수, 화, 풍이 제자리로 돌아간다는 것이다.

"영가(영혼)여 그대의 머리털과 손톱, 발톱, 뼈와 이와 가죽, 살, 힘줄, 해골, 때 같은 것은 흙으로 변하고, 침과 콧물 고름, 피, 진액, 가래, 눈물, 오줌 같은 것은 다 물로 변하고 더운 기운은 불로, 움직이는 기운은 바람으로 변하여 네 가지 원소가 각각 제자리로 돌아간다는 것이다.”

제자리로 돌아갔던 지, 수, 화, 풍의 원소에 공, 식(空, 識)의 정신적 요소까지 다시 모여 흩어졌던 미립자끼리 서로 모여 인연 있는 모태에 들어가 앉아 수태하게 되는데 수태의 원인은 무명(無明: 생사윤회의 근본이 보는 미혹된 번뇌)이 근본원인이라는 것이다.

결국 불교에서는 윤회의 실체를 영혼이라는 말 대신 무의식 상태의 마음인 제8아뢰야식(阿賴耶識)이라고 말한다. 사람이 죽으면 의식은 모두 없어지고 오로지 제8아뢰야식(무의식)만 남게 되어 영원토록 윤회를 하게 되는데 과거·현재의 한 번 스쳐간 모든 의식과 정보와 기억을 전부 기억해 두고 있다가 어떤 기회(도를 닦아 깨쳤을 때)가 되면 녹음기에 녹음이 재생되듯 기억이 전부 되살아나기 때문에 이것을 장식(藏識)이라고도 말한다. 말하자면 곡식 같은 것이 다 자라서 시들면 종자만 남아 그로부터 다시 싹이 돋아나듯이 사람이 죽은 뒤에 일체의 종자식이 남아 윤회를 하게 된다는 것이다.

세 번째로, 불교의 핵심은 무엇인가. 중도(中道)다. 부처님이 보리수 아래서 확칠대오 하신 후 녹야원을 찾아가서 다섯 비구에게 하신 첫 법문이 “나는 양변(兩邊)을 버린 중도(中道)를 정등각 했노라”라고 말씀하셨다. 중생은 참다운 깨달음을 얻기까지는 고(古)가 아니면 낙(樂)이고 낙이 아니면 고이니 언제나 양변에 머물러 있다. 그러나 양변 즉 고와 낙을 떠나려면 모든 집착에서 벗어나야 하며 집착에서 벗어나기 위해 수도가 필요한 것이다. 부처는 열반 수도의 방편으로 여덟 가지의 바른 도의 길을 천하에 제시하시었다.

중도를 설명하기 전에 한 가지 첨언이 있다면 중도에 대한 뜻을 처음 접하는 사람들은 4차원 세계에 대한 이야기를 하기 때문에 선 듯, 이해하기 어려운 부분이 있을 수 있다. 난해한 부분도 마음에 와 닿을 수 있도록 신경을 써가며 설명을 시작해 본다.

중도라는 것은 모순이 융합된 세계를 말하는데 세상의 이치는 모두 상대적으로 이루어져있다. 선(善)과 악(惡), 정(正)과 사(邪), 시(是)와 비(非), 유(有)와 무(無), 고(苦)와 낙(樂) 등 모든 것이 서로 상대적인 대립을 이루고 있다 그러므로 현실세계는 모순과 투쟁이 생기게 마련이다.

이 상대의 세계 곧 양변의 세계는 전체가 모순 덩어리인 동시에 투쟁인 것이다. 이 결과 세계는 불행에 떨어지고 마는데 이같은 불행에서 벗어나고 투쟁을 피하려면 근본적으로 양변, 상대에서 생기는 모순을 모두 버려야 한다. 선도 버리고 악도 버리고, 시와 비, 유와 무 모두 버리면 선도 아니고 악도 아니고, 시도 아니고 비도 아니고, 유도 아니고 무도 아닌 절대의 세계가 열린다는 논리다. 말하자면 두 개의 변을 서로 버리면 양변을 떠나서 양변이 서로서로 거리낌 없이 통해버린다. 즉 시간과 공간이 통해버리는 세계다.

미움에도 고통이 있고 사랑에도 고통이 있다. 그러기에 어느 것이든 집착하면 영원히 고통에서 벗어나지 못한다. 그러므로 사랑과 미움 모두를 버린다. 그러면 집착이 끊어져 융합하여 서로 통해 걸림이 없게 된다.

다시 말하자면 사랑과 미움을 나누는 것은 바로 집착이요. 생각이다. 사랑과 미움을 버린다는 것은 집착이 끊어진 생각 이전으로 돌아간다는 것이다. 내일 일을 알지 못하는 속인이 사랑과 미움의 밭에서 자유인의 길을 어떻게 갈 수 있을까. 의식의 세계에 포로가 된 우리는 지금도 더 맛있고 달콤한 젖과 꿀이 넘치는 무의식 세계를 미처 깨닫지 못하기 때문에 사랑이 떠나면 미움만 남아 절망하고 만다. 사랑과 미움의 충돌은 무심의 원리로 이해해야 한다. 마음자리는 하나다. 부처님 마음자리는 빛덩어리요, 우리 마음자리는 빛의 편린이다. 마음자리에는 너와 내가 있을 수 없다. 모두가 하나다. 그러므로 마음자리는 어떠한 충돌도 있을 수 없다. 충돌을 일으키는 것은 오직 사람들의 관념이요, 분별심이다.

또 한편 선과 악을 버리고 유무를 버리라는 것이 무슨 말인가. 말하자면 세상에는 온갖 상과 벌이 난무한다. 잘한 사람에게는 상을 주고 잘못한 사람에게는 벌을 준다. 이렇게 선과 악을 나누어서는 절대로 세상에 평화가 찾아오지 않는다. 선도 버리고 악도 버려야 한다. 이 말은 도대체 무슨 말인가. 집착에 포로가 된 마음에서 해방된다는 이야기다. 악이 밉고 더럽고 무섭다고 손에 앉은 벌레를 소스라쳐 털어내고 멀리 자리를 뜨듯 선을 찾아 너무

멀리 도망가지 말라는 이야기다. 선에 너무 집착하면 선의 포로가 되어버리고 만다. 우리는 상을 얻기 위해 선을 행할 수 도 있고 남을 도우면서 선심을 쓸 수도 있고 생색을 내며 좋은 일을 할 수 있다. 인간이 수양이라는 훈련을 거치지 않고선 무심(無心)으로 선을 행하기가 쉽지 않다. 선을 버린다는 이야기는 집착에 얽매이지 않고 행하며 아무 생각 없이 남을 도와주라는 것이다.

여기서 이야기를 한 번 더 추슬러 보면, 이것은 좋고 저것은 나쁘다고 분별의식으로 사물을 나누는 한 세상의 참 빛을 절대 볼 수 없다. 이 사람은 예쁘고 저 사람은 밉다. 이것은 이익이 되니 취해야겠고 저것은 손해가 되니 버려야겠다는 사랑 분별심에 얽매여 이리저리 따져 보는 한 마음자리를 절대로 발견할 수 없다.

너는 착한 사람이고, 그는 나쁜 사람이라고 망상분별에 사로잡혀 있는 한 절대로 불(佛)을 볼 수 없다. 이것은 곱고 저것은 밉다고 보는 것은 이 세상 지혜다. 객관인식에 사로 잡혀 있는 이 언덕의 지혜다. 우리가 살고 있는 이 언덕은 고통의 바다다. 참다운 사람이 되려면 이 고해를 떠나 저 반야(般若: 지혜)의 언덕으로 올라가야 한다. 선·악을 버린 저 언덕의 사람은 어떤 사람들인가, 칭찬에 조금도 동요하지 않고 모함에 절대로 성내지 않는다. 남모르게 보시(베푼다)하고 남의 일을 내일같이 보살펴 준다. 선악을 구별하고 선한 것만 좋아하는 이 언덕의 사람들은 남의 칭찬에 크게 흔들리고 남의 모함에 그대로 화를 낸다. 남에게 알리며 베풀고 나와 너의 일을 절대로 구별한다. 불(佛)은 빛이요 광명이다.

어둠 속을 기어 나와 참빛을 보려면 너와 나를 구별하고 사물을 둘로 나누는 분별인식에서 탈출해야 한다. 상대가 있는 한 저 세상 지혜는 절대로 얻을 수 없다. 불교의 핵심인 중도란 우리의 적인 집착, 망상, 분별을 부수고 선악과 시비를 둘로 나누지 않고 희비와 고락을 둘로 나누지 않는 반야의 저 언덕으로 올라가자는 것이다.

지금 우리가 살고 있는 세계는 입체의 세계 공간이 지배하는 3차원 세계다. 4차원 세계는 시간과 공간이 융합된 세계다. 앞으로 과학이 고도로 발달하면 시간과 공간이 융합하는 세계가 된다. 시간과 공간의 양변이 열리고 합한다.

부처님의 가르침 중 최고의 경전인 화엄의 땅을 파보면 중도라는 뿌리가 자라난다. 화엄경에 하나가 전체요. 전체가 곧 하나다(一卽一切, 一切卽一)라는 구절을 살펴본다. 하나가 일체라는 것은 양변이다. 하나와 일체를 모두 버리면 하나가 일체요. 일체가 하나다. 일진법계다. '하나의 티끌 속에 세계가 다 들었네'라는 중도의 원리를 발견한다. 그런데 일체가 하나라는 말은 무슨 뜻인가.

좋다·싫다, 곱다·밉다라는 것은 모두 양변이다. 모두 양극단에 흐르면 아집의 포로가 된다. 포로의 사슬을 끊으려면 고정관념, 객관인식에서 벗어나야 한다. 벗게 되면 좋다·싫다, 곱다·밉다라는 상(相)이 끊어지게 된다. 이 허상이 끊어지게 되면 인간의 내면에 가라앉은 자비가 떠오른다. 너의 슬픔이 나의 슬픔이요 너의 고뇌가 나의 고뇌다. 남의 어려움을 내 아픔으로 알고 몸을 던져 구하여 주는 참으로 선한 인간의 모습이 만하에 자리 한다. 이렇듯이 이미 너와 나는 둘이 아니다(不二), 너와 나는 다르지 않다 하나가 전체요, 전체가 하나다 이것이 중도(中道)의 공식이다.

프로이트가 무의식의 실체를 발견하여 세상에 내놓은 것이 19세기 후반이요 무변광대한 우주에 수천억 개의 은하계가 산재해 있다는 과학적 관찰이 혹성천문학자들에 의해 발표 된지가 불과 몇 십 년 전이요, 정신과 불질이 다르다는 이원론의 개념이 죽은 지가 반세기가 되는데 중도라는 독창적인 사상을 창조하여 진리를 파지한 석가모니 부처님께서는 우주에는 삼천대천세계(백억세계)가 미진수로 있다고 말씀하였다. 당시에는 이 이야기를 알아듣는 사람이 거의 없었을 것이다. 그러나 3천 년이나 지난 현대에 와서야 태양계는 아홉 개의 혹성으로 구성되었고 은하계에는 수천억 개의 태양계가 있고 또 우주에는 이런 은하계가 수천억 개가 있다고 혹성물리학자나 천문학계 에서는 밝히고 있다. 뒤이어 세계천문학계에선 무변 광대한 우주에 산재해 있는 헤아릴 수 없는 행성 중에 인간과 같은 생명체가 살 수 있는 혹성만도 십만 개 정도가 된다고 연이어 밝힌 바 있다.

3천 년 전에 석가모니 부처님께서 반야육백부를 설법하시면서 색즉시공, 공즉시색, 즉 색(色)은 공(空)이요, 공은 색이다. 정신은 물질이요. 물질은 정신이다. (색즉시공 공즉시색을 물질은 허공이요, 허공은 물질이라고 표현하지 않고 정신이라고 한 것은 세속에서의 물질의 반대개념은 정신이기 때문이며 세속의 사람들은 허공하면 텅 빈 공간으로 이해하기 때문이다. 또 정신이란 마음과 영혼의 뜻과 일치하므로 공의 해석과 차이가 없다. 공(空)이란 세상의 모든 것은 인연따라 생긴 가상이며 영구불변의 실체가 없다는 것이다. 상(相)을 여읜 진공(眞空)과 모양과 빛이 없는 허공(虛空), 나(我)는 오온이 화합해 만들은 것이어서 나라는 실체가 없다는 아공(我空)이 다 똑같은 의미로 쓰인다.) 현상계는 둘이 아니고 하나라고 가르치셨으며 우주법계(法界)는 불생불멸(不生不滅)이요. 부증불감(不增不感)이요. 불구부정(不垢不淨)이라고 말씀하셨다. 그때 그 말씀을 어느 누가 이해할 수 있었겠는가. 그러나 이것도 3천 년이 지난 오늘에 와서 원자물리학이 발달하면서 물리학자들에 의해 불생불멸의 이론이 공증되고 아인슈타인의 등가원리에 의해 질량은 에너지요 에너지는 질량이라는 등식이 성립되었고 정신은 물질이요, 물질은 정신이다. 색은 공이요 공은 색이다. 몸과 마음이 둘이 아니라는 일원론이 확립되었다.

삼천 년 전에 석가모니께서 모공 하나에 9억 충이 살고, 물 한 잔에 8만4천 충이 우글거린다 말씀하시면서 물 한 잔을 먹더라도 언제나 보리심을 일으키라고 설법하신 바 있다. 이때 누가 이 말씀을 알아들을 수 있었을까 그러나 이것도 3천 년이 지난 현대에 이르러서야 현미경이 고속으로 발달됨에 생물학계에서 일찍이 입증할 수 있었다.

석가모니 부처님은, 정신과 육신이 둘이 아니라는(不二) 교시와 함께 잠재의식 (말라식, 유루7식)과 무의식(아뢰야식, 유루8식)의 세계는 물론 암마라식으로 설명되는 여래식(건률타야식, 무루9식, 10식)이란 우주에 상주불변하는 본체로, 만유에 근원이 되는 것으로 중생이 본디 갖추고 있는 심성인 참마음이다. 그것은 부처님이 깨치신 이치로 잠연적정한 무활동체가 아니고 무명의 연을 만나면 (형상을 바꾸어서 다시 태어나면) 본체가 그대로 일어나 생멸변화하는 만유가 되지만, 참마음인 순수에너지 자체는 조금도 변화되는 것이 아니라고 설명하여 정신세계의 실체를 구체적으로 분석해 놓은 바 있다.

네 번째, 불교의 목표는 무엇인가. 업을 소멸하여 영원한 행복을 누리자는데 있다. 업을 소멸하는 방법은 참선과 염불, 간경과 주력이 있다. 업(業)이란 몸과 입과 생각으로 전생에 지은 선악의 소행이다. 악업을 지었다는 것은 시쳇말로 죄를 지었다는 말이다. 죄를 지었으면 죄를 갚아야 한다. 죄의 당처가 비었으니 행으로서 갚아 나가야 한다. 이 색신(몸뚱이)을 통해 공덕행을 이룬다. 그렇다면 업을 소멸하였다는 것은 무슨 말인가 업을 소멸하였다는 것은 식(識)이 녹았다는 것이다. 거울의 먼지를 닦으면 형체가 맑아지듯이 업으로 인하여 마음에 잔뜩 낀 떼를 벗겨내니 무의식의 세계가 드러났다는 것이다. 대승행을 이루어냈다는 것이다. 대승행이란 보리(菩提)를 중득하여 타인을 위해 중생을 도우며 살아가는 법공양을 펼쳤다는 것이며, 식이 녹아 맑아지면 죽 끓듯 하든 망상이 가라앉고 성품이 온화해지고 모든 하는 일에 걸림이 없이 위호를 받고 머물러 있는 곳은 언제나 축복이 풍성하다는 것이다.

현대인들은 너무나 영악하다. 절대로 이득이 없는 일에는 시간이고 돈이고 투자를 하지 않는다. 자기가 지은 죄를, 업을 씻는데도 이해타산이 맞지 않으면 마음이 동요되지 않는다. 그러나 업을 씻으면 업이 씻겨진 맑은 자리 그 광명의 자리에 빛이, 복이 들어가 앉는다. 어쩌면 업의 소멸은 운명론자의 인간의 숙명, 인간의 팔자를 근본적으로 바꿔 놓을 수 있다.

우리가 닦는데 무엇을 닦는가. 버릇을 닦는다 전생에서부터 오래 익혀 몸에 베어버린 습관을 닦아낸다는 것이다(인간의 뇌는 1000억 개의 뇌신경세포로 구성되어 있는데 뇌에는 습관 버릇으로 길들여진 자기만의 신경통로인 적용신경망이 라는 것이 있다. 우리가 수행을 하면 정서반응을 관장하는 신경회로의 집합체인 변연계가 깨어나고 이것은 우리 뇌 안에 잠자고 있는 승과체나 뇌하수체 시상하부등을 자극시켜 경이로운 체험을 뽑아내는 것이니 그러한 작업을 통해 적용신경망의 새로운 신경학적 개선이 이루어진다.) 업을 녹이면 폭포수 같은 지혜가 쏟아져 나온다. 근심걱정이 없어지니 마음이 평안해진다. 두려움에서 해방되니 담대한 용기가 생긴다. 어떻게 인간이 미움을 멀리하고 사람을 사랑할 수 있을까. 다른 종교에는 설명이 없으나 불교에서는 참선이 가장 **빠른** 지름길이고, 염불과 간경과 주력 어느 것으로든 업을 녹이면 녹인 만큼 누구나 사랑하는 마음씨를 찾을 수 있다는 것이다.

말하자면 정신이 통일된 것을 마음의 씨앗이라 하면 환(幻)의 세계의 주범은 망상과 잡념이다. 즉, 버릇이 무의식이 되어 금생으로 따라 나와 잡념과 망상이 전생의 버릇대로 온갖 것을 보고 듣고 놀고 마시다 병들어 늙고 죽으니 정신을 통일시켜 망상과 잡념을 끊으면 마음의 실체가 드러나 커다란 지혜의 문이 열린다는 것이다.

우리는 부처님의 장엄한 바다 속에 머물러 있다. 우주에 미만돼 있는 위대한 법신(法身) 덩어리인 부처님의 기운은 우리 몸에도 생체 에너지라는 무형의 형태로 자리 잡고 있다. 이제 우리는 긴 잠에서 깨어나 사람으로서 본래의 모습을 찾아야 한다. 이것이 우리가 살아있는 이유다. 이렇게 실다운 사람이 되기 위해서 무구 청정한 마음밭을 개간하자는 것이다. 마음 밭의 생체 에너지를 캐자는 것이다.

불교사상을 이야기하기 위해 불생불멸, 중도, 연기를 설명하고 불교를 이해시키기 위해 과학적인 접근을 시도하느라 어렵게들 이야기 하지만 결국 21세기 우주과학시대에 불교가 이 세상에 내놓을 선물 역시 평등이요, 자유라는 정치적, 사회적 메시지다. 아무리 천지가 개벽이 된다. 해도 세상이 진정한 평화를 위해서는 평등과 자유가 최대한 보장되지 않으면 안 된다는 논담이다.

이 지구상의 모든 인간들, 마음이라는 제8아뢰야식을 짊어진 모든 인간은 원천적으로 평등하고 자유로운 존재일 수밖에 없다. 유구한 역사의 흐름 속에서 남녀가 차별되고 양반, 상놈의 수직관계의 계급사회가 형성되고 군주의 무차별한 폭력에 인민이 신음하고 있는 엄청난 배반의 세월 속에 왜 인간은 평등하고 자유로울 수밖에 없는 것인지, 이것이 제대로 설명돼야 인간의 해방이 완전히 이루어질 수 있기에 과학적인 실증을 통하여 객관적으로 입증하게 된다. 예수는 "진리가 너희를 자유케 하리라고 말하였다. 자유인이 되기 위해 우리는 그 진리의 정체를 밝혀야 한다. 바로 그 진리의 정체를 밝히기 위해 이렇게 어려운 설명이 필요했던 것이다.

간난의 세월 속에 못난 세상을 만나 회개치 못한 탐욕의 노예들인 정치하는 사람들의 쥐덫에 걸려 혁혁대는 민중이라는 포로를 해방시키기 위해, 우리는 이렇게 불교의 정치사상을 노래한다. 영혼이라는, 마음이라는 순수에너지를 지니고 있는, 빛의 한 조각을 짊어지고 있는 이 세상의 모든 인간은 태곳적부터 영원히 평등한 자유인이었다.

끝으로 사람들이 행복하게 오래 살 수 있는 방법을 이야기 하면서 이 글을 마무리 하려 한다. 사람은 정도에 따라 다르지만 인체 내에는 3V~5V의 전류가 흐르고 있다. 어린이는 5.5V, 어른은 3V, 노인은 2.5V로 허약체질일수록 전압이 낮아진다. 그러면 전압이 상승하는 효과를 가져와 강한 체력을 유지하며 행복하게 오래 살고 싶으면 어떤 방법이 있을까. 생명광선인 원적외선과의 만남이다.

지구의 모든 생물은 태양에서 보내주는 극히 미미한 빛을 받음으로 존재가 가능하나 태양광선의 열작용 중 강력한 열작용을 하는 빛을 적외선이라 하는데 적외선이란 에너지파의 일종인 전자파이며 파장대가 0.76~1000미크론 범위의 빛이다. 이중 6~14미크론 파장대가 우리 생활에 가장 유익한 원적외선인데 원적외선은 인간의 영혼이 머물렀던 자리라고 하는 송과체와 뇌하수체 그리고 시상하부 등 뇌의 중요부분에 직접적인 영향을 주게 된다. 이 자리를 개발하면 엄청난 능력이 일어나게 되고 우리가 원하는 방향대로 후회 없는 삶을 살다갈 수 있다는 것이다.

3

석가나 예수는 실존 인물인가. 오늘 내가 이 물음을 던지는 것은 새롭게 떠오르는 문명의 전환기에 수천 년 간 우리의 정신을 지배했던 사상이나 종교의 탄생에 혹시 허구적이거나, 진리에 역행하는 오류는 없었는지 이점에 대해 촌치의 편견 없이, 성역 없이 살펴보는 것도 우주과학시대에 절대적인 시대의 요청일 수 있기에 그 작업을 간단없이 기획한 것이다.

아마 시간이 많이 흘렀겠지, 어느 학자가 달라이라마를 만났을 때 처음 던진 물음이 '석가모니는 실존 인물이었나'였다. 소위 고승이라고 하는 달라이라마는 이 물음에 아무 말 없이 이 학자를 이상한 눈으로 쳐다만 보았다 한다.

19세기 말 서구학자들 사이에서는 석가모니의 실존 여부에 대해서 의견이 분분 했다고 한다. 그러나 부처님의 탄생지로 알려진 룸비니에서 아쇼카왕(인도 마우리아 왕조 제3대 왕으로 인도 불교가 가장 성행했고 가장 찬란했을 시대)의 석주가 발견되고 여기에 적힌 문장을 확인하면서 이런 논란은 사라져 버렸다. 이 석주에는 아쇼카문자 93자로 된 다섯 줄의 명문(銘文)이 새겨져 있는데 그 가운데는 다음과 같은 구절이 있다. "석가족의 성자, 부처님 여기서 탄생하셨도다…" B.C 3세기에 아쇼카 석주에 새겨진 이 명문이야말로 부처님이 실존 인물이었음을 밝혀주는 가장 명백한 사료가 될 뿐 아니라 역사의식과 역사에 관련된 자료가 희박한 인도에서 모든 역사적 판단을 하는 기본 자료가 된다.

또한 석가모니 부처님의 십대제자 중의 한 사람인 부루나존자(설법제일)가 손수 그린(초상화 형식으로) 부처님께서 41세 되던 해의 모습이 영국의 왕립박물관에 소장되어 있어 이것 또한 석가모니 부처님의 실존인물임을 입증하는 귀한 자료 중의 하나이다. 부처님의 여러 영정가운데 가장 신빙성이 있는 것으로 추정되는 이 그림은 19세기 영국의 고고학자들이 중국에서 발견하여 영국으로 가져오게 된 것이다.

그렇다면 부처님의 가르침인 대장경은 어떠한가. 돈설화엄 21일이라. 석가모니 부처님은 대각을 이룬 후 제자들 앞에서 화엄경을 21일간 설법하신다. 그러나 제자들은 그 무거운 설법을 도시 알아들을 수가 없었다. 크게 실망한 석가모니 부처님께서 모든 걸 포기하시고 떠나시려 하자 제자들은 부처님의 발목을 붙잡고 눈물을 흘리면서 이 불쌍한 중생들을 제도해 주십사고 거듭거듭 간청을 하게 된다. 부처님께서 측은한 생각이 들어 잠시 사념에 잠기게 되는데 그래서 고안해낸 것이 방편설이다. 어려운 법문을 비유를 하여 설법하신다는 말씀이다.

아함경은 초등학교 과정으로 12년, 방등부는 중·고등학교 과정으로 8년, 반야육 백부는 대학과정으로 21년, 법화 열반부는 대학원 과정으로 8년 이렇게 49년간의 교육기간을 통해 설법할 계획을 세우셨다.

석가모니 부처가 열반하시자 가섭을 비롯한 오백 제자들에 의해 결집이 시작되는데 경전 제1결집은 기원전 486년 석존 입멸 직후 왕사성의 칠엽굴에서 7개월 간 계속되는데 부처님의 법을 전수받은 초조 가섭을 중심으로 석가모니 생전에 가르침을 받았던 출중한 제자들인 500명의 비구가 다문제일(多聞第一) 아난존자의 구전을 중심으로 진행된다.

십대 제자 중에 아난존자는 석가모니의 사촌으로 부처님이 득도 하여 입멸할 때까지 평생을 수행하며 석가모니 부처님의 모든 가르침을 수습 받게 된다. 마하 가섭과 오백 아라한은 아난존자가 수습 받은 이 말씀을 토대로 1차 결집을 하여 오늘날 팔만대장경이라고 하는 말씀의 큰 줄기를 이루게 되었다.

이제 예수에 대해서 몇 가지 물음을 던지지 않을 수 없다. 우리나라만 해도 서기 2천 년 전까지만 해도 교인이 아니더라도 집에 성경책 한 권씩 쉽게 찾을 수 있고 신·구약 성서 한 번쯤은 대충이라도 읽어보았을 것이다. 아담 이브는 물론 모세 아브라함, 다윗, 요한과 예수는 동네아저씨 이름처럼 외우고 다녔을 것이다. 나도 한때는 욥기와 롯에 대해 관심을 가졌고 에스겔, 다니엘, 스가랴에 눈동자를 맞추고 신약을 백과사전처럼 촘촘히 뒤져보기도 하고, 요한계시록을 해석한다고 밤을 센 적도 있었다. 다 지난 이야기지만 거기까지였다. 그것도 이유가 있었으니 어느 날 꿈속에서 2천 년 전 유대 땅에서 일어났던 커다란 역사적 사건인 십자가에 매달린 예수와의 만남 때문이었다.

피를 흘리시며 십자가에서 내려오신 예수는 못 구멍이 뚫린 피 묻은 왼쪽 손으로 나의 왼손을 잡으며 디모데후서를 읽어봐라, 디모데후서를 읽어봐라, 하시며 내 선 자리에서 멀어져 간다. 비몽사몽간에 꿈을 뿌리치며 일어선 나는 성서를 펼쳐 든다. 디모데후서는 "우리 안에 거하시는 성령으로 말미암아" 이 말씀을 담고, 골로새서 장의 "이 비밀은 너희 안에 계신 그리스도이다"로 관계를 맺으며, 바울의 로마서, 사도행전, 요한복음과 고린도전서의 한 구절 한 구절의 생명력 있는 말씀을 찾아내게 하는 커다란 구심점 역할을 한다.

니체는 바울이라는 사람이 최초의 기독교인이요, 그의 존재가 기독교의 발명자라고 말하였다. 사도 바울(10~67)이 없었으면 오늘날 예수의 가르침이 인구에 회자할 수 있었을까. 오늘날 기독교가 세계종교가 될 수 있었을까. 말하자면 예수의 가르침은 바울의 전도가 없었으면 생명령을 잃었고 기독교도 로마학정에 결국 피지도 못했을 것이다.

사도 바울은 길리기아의 다소에서 태어난 유대인이고 그의 본명은 사울이다. 로마 시민권을 가지고 있었으며 처음에는 열렬한 바리새파로서 그리스도교도들을 박해하였다. 다메색으로 가던 중 신비로운 그리스도의 출현을 겪었으며 그 빛으로 3일간 눈이 멀고 그 말씀에 소명을 깨우쳐 사도가 되었다. 3회에 걸쳐 대전도 여행을 했으며 로마에까지 그 발자취를 남겼다. 그동안 옥에 갇히는 등 많은 시련을 겪으면서도 이방인의 사도로서의 사명을 다하였으며 그리스도교 발전의 기초를 굳혔다. 네로 황제의 박해로 로마에서 순교하였는데 바울은 그리스도교의 최대의 전도사였고 최대의 신학자였으며 그리스도교의 신학은 그의 힘으로 크게 틀을 잡았다 한다.

마지막 날 나를 믿는 자를 공중으로 들어올리리라, 라고 말한 휴거이론은 예수의 말씀이 아니라 바울의 논리다. 바울은 전 세계에 예수님 말씀을 전하면서 지나치게 영적인 믿음을 강조하였다. 예수의 재림설도 바울의 신비를 고집하는 뜨거운 신앙심의 영적인 추구요. 고취다. 예수가 말씀이라면 바울은 기독교라는 집을 지은 사람인데, 바울의 영향 하에 초기 기독교의 원래의 모습은 영적운동으로 출발한 것이며 사도 바울이라는 신비적 사상가가 예수를 통하여 일으킨 종교 운동은 당대의 유대인 지역사회에 엄청난 영향을 주었다는 것이다. 이 종교운동으로 인해 예수는 유대민족이 갈망하는 구세주라는 신앙이 일어나고 이 신앙의 교의(敎義)는 유대인 바울에 의해 전개된다.

바울은 우리 각자의 내면에 보편적 영혼 곧 하나님의 마음이 내재되어 있다고 가르쳤다. 바울이 가르친 그리스도교의 핵심 비밀은 "너희 안에 계신 그리스도이다(골로새서 1장 27절)" 그리스도는 우리의 바깥에 있지 않고 우리 모두가 그리스도다.

한편, 고대 그리스·로마의 이교신앙은 오늘날의 그리스도교보다 영적, 도덕적으로 훨씬 뛰어난 사람들이라고 주장하는 사람들이 있다. 예수는 신화라고 주장 하는 사람들이다. 그들은 하나의 신을 믿었고 그 신의 이름은 이집트에서는 오시리스, 그리스에선 디오니소스였다. 그들은 예수의 이야기를 역사적으로 실존했던 메시아의 전기가 아니라 이교도의 유서 깊은 스토리를 토대로 한 하나의 신화라 고 주장한다. 과연 경청할 가치가 있는 것인가.

사실상 기독교 역사는 로마의 콘스탄티누스 황제(274~337)가 기독교를 국교로 공인한 때부터 시작된다. 그때가 313년이었는데 이로서 황제는 신앙의 자유를 인정하고 당시에 전국적으로 벌어지고 있는 그리스도교의 박해를 중지시켰다. 그러나 이 배경에는 정치적 이유가 크게 작용한다. 콘스탄티누스가 기독교를 공인한 것은 서로마의 운세가 기울자 기독교를 정치적으로 이용하여 기울어져 가는 로마제국의 새로운 정신적 일체감을 기초로 삼으려 했다. 말하자면 내전을 종식시키고 즉위한 황제는 여러 곳으로 분할된 로마를 재통일하고 더 더군다나 사분오열된 백성의 마음을 기독교로 묶어낼 수 있다는 수단으로 기독교를 이용하였다. 그러나 당시의 기독교는 교의도 분명히 정립되지 못하였고, 예수를 인간으로 보는 세력인 아리우스파와 예수를 신으로 보는 세력인 아타나시우스파로 양분되었을 뿐이다.

황제의 입장에선 예수를 신으로 만들어야 사분오열된 사람들의 마음을 하나로 묶어낼 수 있어 예수를 인간으로 보는 세력인 아리우스파를 이단으로 규정하여 추방하고 예수를 신으로 보는 아타니시우스파를 정통파로 인정하여 유럽사회에 큰 영향을 끼치며 사실상의 공인된 기독교시대가 열리게 된다.

여기서 주목해야 할 사항은 니케아 종교회의 결과 예수가 신의 아들이라고 하는 문자주의자들은 예수에게 인격신을 부여하여 삼위일체로의 정통파가 되어 로마 교회의 주류가 되었으며, 예수가 신의 아들이라고 하는 교의에 동의하지 않은 영지주의자들은 예수를 인간구원의 능력이 없는 자로 타락시켰다고 하여 이단으로 정리되고 말았다. 이때부터 예수는 만인이 공인하는 신의 아들의 궤도에 오르게 되고 성령의 의미만 바르게 정립되면 삼위일체론이 명확히 확립 되었다 볼 수 있다.

"우리 안에 있는 성령으로 말미암아" 그리스도의 핵심 비밀은 "너희 안에 계신 그리스도이다" 모두 바울의 서신에 나오는 말이다. 우리는 여기서 기독교에서 정의 하는 성령에 대한 바른 이해가 필요하다.

기독교에서는 성령을 다음과 같이 정의한다. 성령은 생명의 창조자로서 생명의 원천이다 그러므로 성령은 생명의 근원이 되는 영이고 생명을 주시는 영이다. 구약성서에서 성령은 하나님의 역사의 도구로서 자연계와 인간의 마음속에 커다란 활동을 하고 있다. 야훼는 사람을 자기 형상대로 만들고 생명의 기운을 불어 넣어서 사람을 성령으로 만들었다고 한다. 이것이 하나님의 영이 인간 속에 들어온 경로이다. 성령은 바로 하나님이며 인간은 반드시 성령을 통해서만 하나님과 교통하게 된다. 성령에 대한 설의는 계속되는데, 성령은 죄인된 우리를 거듭나게 함으로 새롭게 하시는 분이요. 새로운 삶을 살게 하신 분이다. 성령의 새로움이란 인간 본성의 영적혁신이다. 성령은 죄 때문에 죽은 우리를 그리스도와 같은 생명 속으로 이식시켜 그리스도와 같은 형상으로 화하게 하시며 그리스도의 영광에 이르게 된다.

나는 그간 성경을 이해하기 위해 조직신학을 공부해 보았다. 그러나 책을 덮은 후에도 여전히 의문이 남는 것은 천국에 관한 미스터리다. 천국은 외계와 어떻게 다른 것인가. 끝날에 공중휴거하여 하늘나라로 들어 올릴 때 그 많은 기독교인들을 무엇으로 들어 올릴 것인가. 그리고 야훼가 계신 하늘은 이곳 지구에서 몇 십 년 혹은 몇 백 광년 떨어진 천상세계인가, 또 기독교인들의 머릿속에 각인된 하나님의 형상은 어떤 것인가, 인간과 같은 모습을 하고 있는가, 아니면 빛인가, 정신에너지인가, 저 알지 못한 하늘나라의 백보좌에 앉아 시녀들의 보살핌을 받고 있는 하얀 수염 달린 무애자재(無礙自在)한 할아버지인가, 현대 언어로서 표현할 수 없는 그 무엇이라 할 것이 있는가.

나는 오늘 혹성천문학이나 불교우주관적 측면에서 이점과 관계되는 이야기를 올곧이 정립해보려 한다. 태양계는 지구를 포함한 아홉 개의 혹성을 가지고 있는데 은하계에서는 이러한 태양계와 같은 혹성이 최소한도 2천억 개나 되고 우주에는 이러한 은하계가 수천억 개도 더 되게 흩어져 있다고 한다. 이러한 모든 별 가운데 인류가 지금까지 표면화 시킬 수 있었던 곳은 오직 하나 태양뿐이었다. 우리는 이제까지 우주의 물질이 생명을 가지고 숨 쉬고 있는 곳은 이 지구뿐이라고 믿어왔다. 그러나 한 은하계의 2천억 개 중의 하나인 태양의 주위에 9개의 행성이 있듯이 매우 많은 별들이 우리의 태양과 같은 혹성계를 가지고 있을 것이며 그곳에 지적생물이 살고 있을 지도 모른다는 의구심을 품게 되고 지구의 미래를 위해 인류의 모든 지혜를 동원해서 다른 생물체의 세계를 찾으려는 계획이 시도된 것이다. 우주는 빅뱅에 의해 시작된 이래로 150억 년이나 200억 년은 되었으리라는 추정이 있다. 우주에 커다란 혼란이 있은 후 우주에 질서가 잡혀 가는 과정에서 물질과 에너지의 무서운 변환이 생겼으며, 이제야 우리는 이것을 겨우 알기 시작했을 뿐이다. 그러나 십만 혹은 수십만 개의 문명세계가 은하계 속에 다소 무질서하게 흩어져 있다고 한다면 그들에게 여기 작은 지구에도 생명체가 살고 있다고 메시지를 전하기 위해 도킹하려해도 지구에서 가장 가까운 문명세계가 200광년(?)이나 저쪽에 떨어져 있으니 장차 은하계권 외로 진입하여 한 개의 문명세계를 만나려면 최소한 50억 년(지구의 시간개념) 이상을 가져야 한다. 그러나 광자로켓이 발명되면 꿈은 훨씬 빠르게 진행될 수 있다. 혹자는 광자로켓이 200년 정도 되면 지구의 과학의 힘으로 발명될 수 있다고 보는데 광자로켓이 우리 힘으로 개발되면 태양계에서 가장 가까운 외계탐사는 가능하다고 본다는 말씀이다.

그러나 아직은 현대문명의 능력으로는 도저히 영원한 시간의 장벽으로 그들의 세계를 탐사하기는 불가능하다는 판단이 정답일 수 있다. 그렇기에 지금도 우리에게 전파를 보내고 있는 우리보다 훨씬 진보된 기술 문명을 가지고 있는 다른 문명사회가, 그들의 고도의 문명이 낳은 능력의 힘으로 이루어진 그들의 지구 답사를 맞이하는 준비 작업이 우선해야 될 것이라고 나는 생각한다.

2016년 미국대통령 선거에서 민주당의 힐러리 후보는 대통령 선거 공약에서 대통령에 당선되면 U.F.O 혹은 외계의 정체를 밝히겠다고 공약한 바 있는데 많은 사람들이 궁금해 하는 아이젠하워 대통령 시절부터 지금까지 미국의 NASA(미 항공우주국)나, 비행사들의 목격기록이나, CIA, FBI 등에서 바티칸의 제3의 비밀 같이 감추고 있는 외계에 관한 비밀을 전 지구인에게 이제는 공개할 때가 됐다고 본다.

1969년 인류인 최초로 달에 착륙했던 암스트롱이 그의 자서전에서 달에 올라 지구를 보니 한 개의 희미한 작은 구슬에 불과해 저런 조그마한 곳에서 그렇게 많은 문제가 야기되고 있다는 사실에 크게 회의를 느꼈다고 한다. 지구에서 가장 가까운 달(24만 마일), 불과 많은 시간을 들이지 않아도 가볼 수 있는 그 곳에서 작은 구슬이니 좀 떨어진 저편의 고도의 문명세계에서의 지구란 그 존재가 아주 희미할 것이며 그 속에서 사는 인간들이란 모래알보다도 작은 존재로 간주되지 않을 수 없을 것이다. 그렇다고 달을 탐사한 사람처럼 인생관이 크게 바뀌어 타인과 담을 쌓자는 게 아니고, 인생에 회의를 느껴 생을 포기하자는 게 아니다. 바로 언젠가 우리와 같은 생물체가 어느 문명에 의해서 우리 앞에 발견되기까지 우리 스스로 생활의 모든 면에서 눈부신 변환을 하여 우주를 이해하고 우주로 출발하는 열차에 동승하기 위해 지구를 변환시키려는 대역사의 작업이 이루어져야 한다는 이유 때문에 이 글을 쓰고 있다.

구약에 에제키엘(에스겔)에서 그들이 하나님을 목격하였다고 묘사했던 부분을 살펴보면 현대문명의 눈으로 볼 때엔 인공위성을 타고 내려온 우주인의 모습인데도 그들이 하나님이라고 받들었던 역사기록은 당시의 고대문명의 눈으로는 그렇게 표현할 수밖에 없었을 것이다. 당시에 고대인이 로켓이나 원자탄 미사일 등 핵무기, TV나 전화 스마트폰, 비행기, 컴퓨터나 로봇을 접한 시간이 있었다면 그것을 어떻게 표현을 했을까, 이제 시간은 많이 흘러 2천 년을 넘기고 있다. 이게 짧은 시간인가. 공간을 뛰어 넘어 무한한 시간을 향해 달려가자는 4차원 세계의 문턱에 서 있다.

기독교 이야기로 다시 돌아가자. 예수가 죽은 후에 그의 제자들이나 그 후의 신도들에 의해 2세기 초에 쓰인 것을 모아서 만든 것이 신약성서 이다. 신약성서는 서기 48~90년 사이에 만들어졌는데 현재의 형태로 신약성서가 정전(正典)으로 자리를 굳히기 시작한 것은 2세기 말부터이며 5세기경에 정전으로서 확립되었다. 복음서 중에 처음에 나온 것이 마가복음으로 서기 70년으로 추정되며 서기 90년경에 마태복음과 누가복음이 나와 예수의 탄생과 부활에 대한 이야기가 추가되고 서기 120년경에 요한복음이 나와 그리스도교 신학이 발전된다.

원시교단의 신앙고백을 근거로 예수의 사적이 전해지고 신앙고백을 근거로 사적을 전한 사람의 해석이 가해지고 이렇게 신약성서가 완성될 때 그때의 고대 사람들의 생각의 범주란 우리가 발 딛고 서있는 땅, 고개 들어 보이는 저 하늘 외에는 우주에 어떤 항성도 존재하지 않다고 믿었고 우주에 항성은 오직 지구 한 곳에만 머물러 있다고 믿었을 뿐 우주가 이렇게 무변광대한 줄 알지도 못하였을 것이다. 철인(哲人)이 어떻고 고대의 지혜가 어떻다 해도, 감히 시간과 공간 을 뛰어넘는 4차원 세계란 꿈도 꾸지 못하였을 것이다. 그러니 지구가 우주의 중심이고 모든 천체가 지구를 중심으로 돌고 있다고 믿었을 것이다.

말하자면 천동설은 그리스의 천문학자 프톨레아이오스가 2세기 중엽(127~145)에 제창하였는데, 지구는 우주의 중심에 있어 움직이지 않으며 그 주위를 달, 태양, 5행성이 각기 고유의 천구를 타고 공전한다고 하는 우주관이다. 당시는 고대인으로서 대지는 고정되어 있고 하늘이 회전한다고 본 원시인의 생각은 어쩌면 자연스러운 것일 것이다. 당시 고대인의 사상은 우주를 전지전능한 자가 만들어 낸 것이라고 믿었으며 이 사조는 피타고라스와 플라톤을 잇는 주류가 되며 이 지구중심설은 바로 여기에서 뿌리를 내리고 있다.

우주의 중심은 태양이며 나머지 행성들이 모든 태양 주변을 돌고 있다는 코페르니쿠스의 지동설이 세상에 나온 게 1543년인데 지동설이 나오기 까지 1400년간 이 원시적 사고가 근세에 이르기까지 수많은 당대의 지식인들의 중심적 사조로 지혜의 탑을 쌓고 있었다니 참으로 한심한 세계사적 기록들이다.

불교의 우주관에선 한 세상을 3계(界) 28천(天)으로 나눈다. 탐욕이 존재하는 여섯 개의 하늘인 사왕천, 도리천, 야마천(수염마천), 도솔천, 화락천, 타화자재천을 욕계(欲界) 6천(天)이라 하며, 탐욕은 여위었지만, 물질에 대한 애착에서 완전히 벗어나지 못한 열여덟 개 하늘인 범중천, 범보천, 대범천(초선천: 初禪天), 소광천, 무량광천, 광음천(이선천: 二禪天), 소정천, 무량정천, 변정천(삼선천: 三禪天), 무운천, 복생천, 광과천, 무상천, 무번천, 무열천, 선견천, 선현천, 색구경천(사선천: 四禪天) 등을 색계(色界) 18천(天)이라 하며, 욕망과 물질에 대해서 완전히 초월한 순수한 정신세계인 4개의 하늘인 공무변처천, 식무변처천, 무소유처천, 비상 비비상처천 등을 무색계(無色界) 4천(天)이라고 설명한다. 이것을 불교계 일각에선, 부처님이 중생을 제도하기 위한 방편설이라고도 하지만 부처님께서 삼천 년 전에 나는 삼천대천세계(백억세계)를 손바닥에 구슬 보듯이 본다고 하셨으니 그렇게만 이야기 할 수도 없는 노릇이다.

168

불교 우주관에선 천상세계 혹은 외계에 대해서 보다 더 종합적인 분석을 토해낼 수 있어도 아직은 많은 중생들이 이해하기가 어렵고 받아들이기가 너무 무겁고 혹시나 황당무계한 궤변이 될 수 있기에 과학이 눈부시게 발달할 그날까지 천상 세계 혹은 외계에 관한 부분은 논쟁을 유보하는 것이 옳은 처신이라고 생각해 본다. 그러나 한 가지, 불교의 화엄경을 통하여 소개된 바 있는 욕계 6천(天) 중 욕계 2천(天)인 도리천(天)에 대해서 큰 이해를 구하려고 한다. 이 도리천(天)이라는 하늘은 제석천의 33천(天)이라고도 번역하는데 남섬부주(지구)의 위해 8만육순 되는 수미산 꼭대기 에 있는 제석천왕(帝釋天王)은 하늘에 있는 33개의 나라를 다스리는 왕이다. 33개의 천상세계란 제석천왕이 상주하는 중앙의 주선법당천(住善法堂天)을 비롯하여 청전천(天), 위덕염륜천(天), 위덕안천(天), 상행천(天), 주륜천(天), 지혜행천(天), 영조천(天), 주봉천(天), 주산정천(天), 선경성천(天), 발사지천(天), 주구타천(天), 잡전천(天), 주환의원천(天), 광명천(天), 속행천(天), 염마사라천(天), 월행천(天), 위덕륜천(天), 가음희락천(天), 미세행천(天), 여의지천(天), 잡장엄천(天), 바리야다수원천(天), 험안천(天), 주잡험안천(天), 주마니장천(天), 선행지천(天), 금정천(天), 만영치천(天), 주수연지천(天)을 말한다.

우리 민족이 예로부터 가장 신성시하고 최고이념으로 삼았던 제석신앙은 우리 배달민족과는 불가분의 인연관계를 맺고 있다. 우리가 새해를 맞이하여 보신각종을 서른 세 번 치는 것도 위에 말한 제석천왕이 지배하는 서른 세계 하늘나라가 한마음 한뜻이 되어 통일을 기하자는 의미에서 타종을 한다는 것이다.

이쯤 해서 장광설은 거두고 사도 바울에게 질문을 하나 던지는 것으로 이 장을 접으려 한다. 앞서서 나는 예수가 말씀이라면 바울은 기독교라는 집을 지은 사람이다. 바울의 전도가 없었으면 예수의 가르침은 생명력을 잃었을 것이다. 바울은 최대의 전도사였으며 그리스도의 신학은 그의 힘으로 크게 틀을 잡았다고 설의한 바 있다.

내가 바울에게 묻고 싶은 것은 죽은 자의 부활에 관해서다. 이 땅에선 영원한 행복이란 이룰 수 없고 야훼가 사는 저 하늘나라에 가면 영원한 행복을 누릴 수 있다. 예수재림 하는 날 예수 믿는 사람만 데리고 공중휴거 하여 천국에 올라가 영원히 행복하게 살자는 것이다. 더하여 예수재림 하는 날 예수 믿는 사람뿐만 아니라 예수 믿다 죽은 형제들 지금 무덤에서 잠 들고 있는 모든 형제들을 흔들어 깨워 모두 함께 천국에 가서 영원히 행복하게 살자는 것이다.

그리스도교의 큰 특징은 예수의 부활을 전함이었고 다음으로는 신자의 부활을 말하였다. 죽은 자 가운데서의 부활은 그리스도교 선포의 핵심이며 가장 중요한 진리라고 본다.

그리스도는 자신의 부활뿐만 아니라 자기 백성들의 부활을 논하였다. 이렇게 성경은 분명히 죽은 자의 부활을 가르치고 있다. 물론 예수가 재림하는 날 기독교 성도의 죽은 자의 부활은 복음서다. 바울의 서신에 나타난 것이다. 바울에게 질문을 던지는 것은 바울은 누구보다도 죽은 자의 부활에 대해 적극적인 이해를 가졌으며 그리스도의 부활과 신자들의 육체적 부활이 밀접한 관계를 가진다고 선포하신 분이다.

당시 사도 바울은 우주에 관한 지식은 전혀 없었을 것이다. 태양이 지구 주위를 돈다는 천동설 주장도 2세기 중엽에 나왔으니 그전에 죽은 바울은 천동설 자체도 몰랐을 것이며, 그저 저 하늘과 내가 서있는 이 땅이 우주의 전부며 저 하늘에 하나님이 한 분 계시고 그 곳 어느 곳에 천국이 있으며 언젠가 예수님이 재림 하시면 이 땅에 예수 믿는 사람들만 데리고 저 하늘에 올라가 영원히 죽지 않고 행복하게 살 수 있을 것이라 믿었을 것이다. 그뿐 아니라 이 땅을 창조한 하나님의 능력이라면 죽은 자를 살릴 수도 있으니 예수 믿다 죽어 무덤에 잠들어있는 사람들까지도 모두 흔들어 깨워 천국으로 올라간다는 이야기다.

내가 글을 잘못 쓰고 있는 것인가, 아니면 재림설, 휴거이론을 잘못 이해하고 있는 것인가, 라고 물으니 "우리는 그것을 믿습니다."라는 기독교인들의 합창이 들려온다.

하나님의 창조론만 하더라도 넓은 의미로 해석해 천지창조의 원천이 무형의 에너지라면 현대 과학의 눈으로도 이해할 수 있는 부분이 있겠지만, 죽은 자의 부활은 또 휴거하여 천국에서의 영생은 하나님의 창조론보다도 더 받아들이기 어려운 대목이 된다.

성경은 하나님 말씀이요, 예수님 말씀의 기록이다. 그러니 무조건 믿으라고 하지만, 아무리 그렇다 할지라도 초우주 과학 시대에, 혹성 천문학 시대에 양자 물리학 시대에, 분자 생물학 시대에, 강한 인공지능의 시대에 사는 우리로서는 참말로 받아들이기 어려운 부분이 아닐 수 없다.

여기 바울에게 던지는 물음이 있으니 "당신이 지금 이 땅에 다시 찾아온다면 2천 년 전의 죽음의 부활에 대해 지금도 똑같이 그렇게 강조할 것인가." "당신이 지금 이 땅에 찾아온다면 예수가 재림하는 날 예수 믿는 사람만 데리고 공중 휴거하여 천국에 올라간다는 휴거이론을 또 다시 강조할 것인가."

4

나는 지금 복사꽃 피는 우리 고향에서 불교와 기독교가 한 형제임을 정녕코 세상의 진리는 하나라는 사실을 고백하고자 흥취한 마음으로 이 장을 연다.

신약성서 요한복음 1장은 이렇게 시작한다. "태초에 말씀이 계셨다. 말씀이 하나님과 함께하셨고 이 말씀은 곧 하나님이시라. 말씀이 하나님과 함께 하셨고 만물 이 말씀으로 말미암아 지은 바 되었으니 이 말씀 없이 생겨난 것은 하나도 없다. 그 안에 생명이 있었으니, 그 생명은 사람들의 빛이었다. 빛이 어둠 속에서 비춰 어두움이 깨닫지 못하더라.(1절~5절) 말씀이 곧 참 빛이었다. 그 빛이 세상에 와서 모든 사람을 비추고 있었다. 말씀이 세상에 계셨고 세상이 말씀으로 말미암아 지은 바 되었으되 세상은 그 분을 알아보지 못하였다.(9절~11절) 말씀이 육신이 되어서 우리 가운데 거하시매 우리가 그분의 영광을 보니 아버지의 독생자의 영광이요 은혜와 진리가 충만하더라.(14절) 요한은 그 분을 증언하여 외치기를 그 분은 내 뒤에 오시지만 사실은 내가 나기 전부터 계셨기 때문에 나보다 앞서신 분이라고 말한 것은 바로 이 분을 두고 한 말이라고 하였다.(15절) 일찍이 하나님을 본 사람은 없다. 그런데 아버지의 품 안에 계신 외아들로서 하나님과 똑같으신 그 분이 하나님을 알려주셨다.(18절)"

요한복음에서 시사 하는 말씀의 구체적 의미는 무엇인가. 말씀이란 하나님의 뜻이다. 예수로 표상되는 하나님의 뜻이다. 말씀은 그리스도의 신성(神性)이다. 성령(聖靈)이다.

불교에서 참선을 할 때 잡는 화두가 1,700개가 있다 공안(公案)이라고도 하는 물건의 주제 이야기의 말머리라고들 이론적으로는 설명을 하지만 화두란 바로 진리로 인도하는 길잡이다.

참선을 할 때 화두를 잡고 용맹정진하여 화두를 타파하면 장님이 눈떠지듯 무의식의 세계, 진여(眞如)의 세계가 활짝 열려 일체지 무애능(一切智無碍能)을 섭취하고 환골탈태하여 성인의 경지로 승화될 수 있다. 이 1,700개의 공안 중에 이 뭣꼬(이것이 무엇인고) 화두를 잡고 커다란 의심을 품어본다. 천지창조 이전에 한 물건이 있었다. 하늘과 땅은 이 한 물건으로부터 나왔다. 모든 만물이 이 한 물건으로부터 나오지 않은 것이 없다. 천지를 창조한 이 한 물건이라는 놈이 내 몸뚱이에도 있다는데 이것이 무엇인고. 이것을 찾아야 한다.

이것을 찾지 않고 살아가자니 모든 번민과 괴로움에 시달리며 살아갈 수밖에 없다. 여러분은 번민과 괴로움에서 도망쳐 나오는 방법을 알고 있는가. 불성(佛性), 즉 부처님 성품이라고 하며 부처님 마음자리라고도 하는 이 자리가 무엇인고. 이것을 찾아야 지혜의 눈이 벼락 같이 열린다.

무릇 이 땅 위에 지혜 있는 자가 교시하듯 세상의 진리는 하나다. 법신(法身)이요·성령이요, 비로자나불이요·하나님이요, 석가요·예수다. 법신과 비로자나불과 석가는 한 가지 뜻이요, 성령과 하나님과 예수는 한 가지 뜻이다. 말씀(성령)이 사람이 되어서 우리와 함께 계셨다면 예수요, 법신이 불공성취불(不空成就佛)로 중생을 제도하기 위하여 사바세계(지구)에 현신(現身)으로 나오셨다면 석가모니다.(법신비로자나불은 태양이 일체 세간의 어둠을 없애고 만물을 성장시키는 것처럼 온 우주에 충만하여 무한한 빛을 비추는 우주적 통일체의 상징으로 사람을 포함한 온갖 삼라만상의 근원이다.)

공화(空華)환자의 눈으로는 분명히 영생하는 천국이 있고 극락이 있지만 확실히 깨친 사람의 눈으로는 현실 이대로가 극락이요 현실 이대로가 천당이다.

더하여 하나님을 천지창조 이전에 계신 말씀과 동일시한다면 말씀이 법신이요 법신불인 비로자나불이라 해의 하는데 어려움이 없지만 이스라엘 민족의 최고의 유일신인 야훼 하나님을 삼라만상을 창조한 유상(有相)의 색신(色身)인 저 먼 하늘나라 저 먼 천국에 계신 인격신으로 설의한다면 상(相)있는 그 하나님 자리에 들어가 앉아 가부좌를 틀 불신(佛身)은 존재 할 수 없다.

비로자나불과 정비례하는 무상(無相)의 하나님이라면 불생불멸의 무위법이라 할 수 있지만 야훼가 인격신이라면 만물의 생성의 원리를 나고 죽음이 있는 시간적인 생멸법으로 해석하는 세신(細神)의 유위법으로 떨어질 수밖에 없기 때문이다.

인격이란 너다 나다 하는 상(相)이다. 인격신이란 주체가 있어 상대인 인격을 보고 너와 나를 가른다. 여기서 모든 것이 분리되어 모든 사물을 두개의 대립된 개념으로 쪼개버린다. 유와 무, 시와 비, 선과 악, 지상과 천당, 이렇게 대립된 상대의 세계이기에 모순이 있고 투쟁이 있었다. 내가 옳고, 네가 그른 싸움이었다. 야훼 하나님이나 예수님은 진리와 현상을 둘로 쪼개는 분이 아니다. 정신과 물질을 둘로 나누는 분이 아니다. 삼위가 일체라면 일체는 곧 전체며 절대인데 말하자면 하나님이나 예수님은 절대 자리를 알고 가르치는데 그들의 제자들이나 학자들이 이것을 이해 못하고 상대인 인격만 보고 이렇게 쪼개버렸으니 너에게 총을 주고 나에게 화약을 주어 피가 터지도록 싸울 수밖에 없었다.

절대 진리의 자리에서는 무아(無我)다. 부처님은 금강경 구경무아분(究竟無我分)에서 나를 버리는 방법을 가르친다. 커다란 반야의 지혜를 얻기 위해서는 나라고 하는 상인 아상(我相)을 버려야 한다고 교시한다. 이야기는 다시 반복된다. 부처님은 보리수 밑에서 크게 깨치신 후 아! 드디어 얻었다 하시며 인류를 향하여 대 선언을 한다. 너희들은 모두 부처다. 내가 원래 부처인데 부처인줄 모르고 꿈을 꾸고 있었다는 것이다. 깨달았다는 것은 깊은 잠에서 깨어났다는 것이다. 불(佛)을 이뤘다는 것은 망상, 번뇌가 없어졌다는 것이다. 이것은 장엄한 생명의 소리다.

우주에 수많은 부처님이 현신의 몸으로 오셔서 그때마다 똑같이 우주시방세계에 흩어져있는 인류에게 대 선언을 했다. 너희들은 부처다 너희들이 원래 부처인데 왜 꿈을 꾸느냐 잠에서 깨어나라 불(佛)은 빛이요, 광명이다. 다시 이것은 장엄한 생명의 소리다. 소크라테스와 핀다로스 그리고 피타고라스가 이 영감(靈感)의 소리를 알아듣고 너를 찾으라고 하였다. 단군(단군이란, 임금이나 대통령이라는 뜻) 왕검은 그 진리의 말씀과 맥을 같이 하는 천부경(?)을 통하여(81자로 된 천부경이 고조선 때의 가르침이라면 약간 놀랄 일이다) 천인의 자손인 한민족에게 다음과 같이 가르쳤다. 너희들은 홍익인간이다. 널리 퍼져 세상을 이롭게 하라. 대승(大乘)의 보살행을 이루라는 말씀이다.

야훼 하나님이나 예수님은 이 장엄한 진리의 말씀을 모르지 않는다. 오늘날 목자들이 성서 66권만을 부둥켜안고 통성하며 몸부림친다. 그러니 세상 보는 눈이 크게 열리지 않는다. 그러하니 언제까지나 우물 안 개구리 일 수밖에 없다. 갈릴리 호숫가에 나아가 다시 눈을 씻고 세상을 넓게 봐라. 금강경과 반야심경을 읽고 다시 성경을 읽어봐라 새로운 지혜의 문을 발견한다.

자기를 버리는 공부를 터득한다. 이 얼마나 위대한 발견인가. 신부는 금강경, 반야심경을 읽는데 목사는 왜 못 읽는가. 눈 감고 귀 막고 안 듣겠다는 것이다. 그러면서 어떻게 종교화합을 외치며 모공만한 가슴과 거미줄 같은 심장으로 어떻게 인류를 구원할 수 있겠는가. 자기를 버리는 사람이 없으니 당연히 세계적인 종교 지도자가 나올 수 없는 법이다. 예수는 성인이신데 그렇게 가르치지 않았을 것이다.

이제 예수의 옷자락을 붙잡고 복 달라고 아우성치는 모든 중생을 떼어놓고 성자이신 예수님의 말씀을 들어보자.

"원수를 사랑하라. 왼쪽 뺨을 치거든 오른쪽 뺨을 돌려대라. 왼손이 하는 일을 오른손이 모르게 하라. 내가 대접받기를 원한다면 먼저 남을 대접하라. 남의 들보는 보면서 왜 자기 들보는 보지 못 하는가. 심령이 가난한 자는 복이 있나니 천국이 너희 것이니라."

원수를 사랑하는 사람은 나를 버린 사람이다. 아상(我相)이 끊어진 사람이다. 남모르게 베푸는 사람은 대승행을 실천하는 불보살의 행위다. 마음이 청정한 사람은 하나님을 볼 수 있다. 마음속에 싫다·좋다, 밉다·곱다, 라는 생각을 모두 버리면 하나님을 만날 수 있다 마음속의 분별과 망상을 없애면 참으로 하나님을 찾을 수가 있다.

중생을 제도하려 나온 응신(應身)인 석가모니의 위(位)는 예수님일 것이요, 성부인 야훼로부터 나온 초자연적인 인격화된 성령은 법신(法身)일 것이다. 영원히 변치 않는 불멸의 영심인 만유의 본체로서의 법신은 우주의 대기운이요, 충만 된 순수 에너지요, 자비와 사랑의 뿌리요 열매다.

마감하며 금강경의 진리로 대표되는 사구게(四句偈) 중 법신비상분(法身非相分: 법신은 형상이 아니다)에 나오는 말씀을 소개한다. 그때 세존께서 게송으로 말씀하셨다.

약이색견아(若以色見我), 이음성구아(以音聲求我)

시인행사도(是人行邪道), 불능견여래(不能見如來)

만일 모양으로 나를 보려 하거나, 음성으로 나를 찾는 이는

삿된 도를 행하는 사람이니, 절대로 부처를 볼 수 없으리라

5

당나라 실차난타(652~710년)가 번역한 지장본원경의 제2품 분신집회품(분신을 모으는 품)에 보면 지장보살의 분신들이 백천만억 세계에서 백천만억 사람을 제도한다는 구절을 쉽게 읽을 수 있다. 오늘날 유전공학이 발달돼 인간복제에 대한 실험과 연구에 대해 수많은 다툼이 있지만 벌써 3천 년 전에 부처님이 인간복제에 관해 언급했다는 것은 대단히 놀라운 일이다. 설혹 사람들이 의심이 많아서 삼천년 전의 부처님의 이 말씀을 믿을 수 없다 해도, 이 책을 번역한 시기가 서기 700년 전후니, 적어도 1300년 전에 분신에 관한 이야기가 당시 당나라 불교사회에 회자 됐다는 사실을 믿지 않을 수는 없을 것이다. 이에 관한 이야기는 뒷부분에서 거론하기로 하고 먼저 생명체의 창조에 관한 부분을 간단히 터치하는 것으로 이 장을 열어본다.

생명의 근원은 에너지이고 천·지·인은 에너지 작용에 의하여 생겨나며 숙(熟: 모든 원소의 본원인 원질[原質]과 진아[眞我]와의 교섭)의 원리에 의해 창조될 수 있다는 제반사실을 우리는 다음의 논거에 준하여 입증할 수 있다. 이 점을 기억하며 법신과 에테르체에 대한 함수관계를 연역해 본다.

법신(法身)은 인격신이 아니다. 태양이 지구의 물리적인 생명을 유지시켜주는 근원적인 힘, 즉 영적인 파장이다. 세상에 살아 숨 쉬는 생명체는 법신일 뿐이다. 인간의 수가 몇 백억이라도 모든 인간은 마음이라는 생명체를 지닌 법신의 주인공들이니 개체로 쪼개져 나눌 수 없다.

인간의 모든 몸속에는 에데르체라는 전류가 흐르고 있으니 너와 나, 우리는 결코 둘이 아니다. 너의 슬픔이 나의 슬픔이요, 너의 기쁨이 나의 기쁨일 수밖에 없다. 이것이 인간의 본래의 모습이다.

우주의 영이요, 우주의 혼이요, 우주의 정신이라고 일컬어지는 에테르(ether: 에테르, 체[體])란 천지에 가득 차있는 음양 기운이라하고 하는데, 음양기운이란 +·-의 전자기운이다. 에테르는 우주공간에 가득 차 있으며 살아있는 유일한 생명체다. 우주 법계에 충만하여 무한한 빛을 비추는 우주적 통일체의 상징이다. 좀 더 심도 있게 들어가 보면, 에테르체는 에너지와 물질의 중간상태의 광선으로 만들어진 반짝이는 거미줄과 비슷한 미세한 에너지 선들로 이루어져 있다고 한다.

창조와 생명력의 원천인 에테르체는 그 에너지 선을 통해 전기적인 형태로 두뇌에 정보를 전달해 주면 우리의 두뇌는 뇌하수체라는 기관에 의해 다시 한 번 육체에 대한 구체적인 청사진을 짜게 된다. 이렇게 짜인 청사진은 미세한 전류로 바뀌어 송과

선으로 전달되고 송과선 내에 있는 뇌사(모래알 같은 알갱이)가 응집함으로써, 전류는 증폭현상을 일으켜 각 중추신경계에 다시 전달되고 신경계통에 의해 호르몬 분비가 촉진되어 이것이 세포의 활성화로 연결되는 것이다.

우주는 불(佛)이라는 생명덩어리로 꽉 차있다. 무슨 말인가.

태초에 빛의 분열이 일어나 떨어져 나온 파편의 편린이 되어 중생으로 살다가 인체 내의 생체에너지를 캐내 무상, 정등, 정각을 얻어 부처님이 되면 윤회를 끊고 열반하여 본래 큰 빛 덩어리 속으로 들어가게 된다. 순수에너지화 된다는 것이다. 우주에 존재하는 어느 행성이든 생성되고 머무르고 무너지고, 소멸되는 현상이 수 없이 되풀이돼도 법신은 즉 순수에너지는 나고 죽음이 없어 그대로 머물러 있다는 것이다. 불(佛)은 분열되기 전 빛의 본래의 모습이요 중생은 빛에서 쪼개져 나온 한 조각의 비늘이니 부처와 중생은 둘이 아니다. 이것이 진리의 모습이다.

언급하였듯이 지구는 태양이 주는 작은 빛을 받고도 지구의 모든 생물이 자라고 있다. 그러므로 이러한 빛과 전자파를 몸속에 저장시키고 있는 높은 수행자의 힘이 큰 능력으로 우리에게 다가오는 것은 어쩌면 너무도 과학적이다. 그렇기에 그 수행자가 가는 곳엔 복과 세속의 행운의 문이 열린다. 성인이 수고하는 자여, 내게로 오라 내가 그를 편히 쉬게 하였다면 이것이 바로 수행하는 자에게서 에테르체가 흘러나오기 때문이다.

인식한 바와 같이 오늘날 과학이 빛나는 업적을 남기고 인류에 기여한 공로를 인정하지 않을 수 없다. 하지만 불교를 공부하는 사람의 입장에서 보면 지구의 과학수준은 저들이 아무리 큰 소리친다고 한들 아직도 간드러진 산허리를 넘지 못했다 한다.

이런 점을 감안하여 현실을 기초로 한 과학적 기준과 현실 인식을 바탕으로 한 일반의 상식으로는 황당무계하게 들릴 수 있는 이야기 몇 토막을 소개하고자 한다. 어제의 공상과학 영화가 얼마 안 가 현실이 되어가고 있는 첨단과학 문명의 시대에서 또 3천 년 전의 부처님의 말씀들이 문명이 눈부시게 발달되어가고 있는 오늘에 와서야 과학적으로 입증되어가고 있는 우주과학시대에 무슨 말이든 소개하지 못할 이유가 없을 것이다.

지장보살 본원경에 석가모니 부처님께서 어머니 마야부인을 위하여 도리천(忉利天)에 계시면서 설법하셨는데 말로 할래야 할 수 없는 모든 부처님과 큰 보살 마하살이 법회에 오셔서 찬탄하셨다.

그때 무량무수의 세계에 흩어져 중생을 제도하든 백천만억 수의 지장보살의 분신들이 모여 들었는데 이들이 부처님의 신력을 얻어 다 같이 향과 꽃을 가지고와 부처님께 공양을 올렸다. 이때 석가세존께서 지장보살에게 위촉의 말씀을 드리니 "사바세계(지구)에 사는 중생들은 억세고 거칠어 조복하기 힘 드니 내가 열반한 후 이 사바세계에 미륵불이 출세하여 오실 때까지 중생들을 교화하여 모든 괴로움을 여의케 하라고 말씀하신다." 이때 여러 세계에서 온 모든 분신지장보살이 다시 한 몸으로 되어 눈물을 흘리면서 말씀하기를 "제가 저의 분신으로 하여금 우주에 널려있는 백천만억 세계에 두루 하여 한 세계마다 백천만억 분신으로 화현 하고 그 한 몸마다 또 백천만억 사람을 제도하여 삼보에 귀의토록 하리라고 말씀하셨다 한다."

현대 과학 하는 사람에게 묻거늘 커다란 위신력을 가지신 지장보살은 실험실에서 복제를 통하지 않았는데도 백천만억 분신으로 나투고 다시 한 몸으로 모이는 사통팔달, 자유자재, 전지전능한 모습을 우리에게 보여주는데 과학의 이름으로 이 모습을 어떻게 설명해야 하는가, 예전 같으면 말 같지 않은 소리라고 일축하겠지만 지금은 그럴 형편도 아닐 것이다.

지구의 과학자 중에서 예수의 부활에 관한 이야기 모르는 사람이 없겠지만 기독교의 부활을 불교에서는 살활제시라고 하는데 인도의 달마대사의 척리서귀(隻履西歸)나, 중국의 승가대사의 부활은 잘 알려진 이야기다.

프랑스 수녀로 1차 세계대전 전에 죽은 테레즈(1873~1897)수녀는 살아생전에 묵상을 열심히 하고 고행을 열심히 하였다. 1914년 1차 세계대전이 터지자 연합군 측과 독일군 측의 양쪽을 오가면서 수많은 부상병들을 테레즈수녀가 직접 간호하였다는데 수많은 군인들이 테레즈의 치료를 받았고, 전부 보았다고 선언하고 증언하여 전쟁이 끝나고 교황에게 성위를 내려달라고 요청하여 1925년 10월 3일 성녀로 열성(列聖) 되었다.

관세음보살의 도량이 한국에도 유명한 곳이 있지만 세계에서 가장 유명한 곳이 중국의 보타락가산(寶陀落痂山)이다. 중국의 4대 성지 중의 하나인 보타락가산에 조음동(潮音洞)이라는 곳이 있는데 예전에는 그곳에서 누구든지 정성껏 기도하면 수시로 관세음보살이 나타나 여러 동작하는 것을 보게 되면 신심이 솟아나서 가지고 있던 패물이나 재물이란 온갖 것을 다 쏟아놓고 심지어는 너무 감격하여 높은 절벽에서 떨어져 몸을 공양하는 사람들이 있었는데 그래서 사찰에선 신도들이 사신공양(捨身供養) 못하게, 떨어져 죽지 못하도록 절벽에다 쇠징을 박고 철망을 두껍게 그물 쳐 놓은 적이 있었다 한다.(아마 지금은 인간이 타락해서 나타나지 않으실 것 같다. 대선지식께서 어느 날, 현대인들은 호법징계로부터 버림받은 불쌍한 사람들이라고 말씀하시며 슬퍼하는 모습을 보았다.)

이외에도 중국 후량시대의 포대화상이나, 양무제시의 지공스님, 신라 선덕여왕 시절의 혜공스님이나 진평왕시의 혜숙스님, 이 모두가 일체지 무애능을 섭취하여 자유자재로 부활도하고 분신도 하신 동방의 대성인들 이다.

이렇듯 확실히 깨친 인간은 생전, 사후에 자유자재 할 수 있는 능력이 있어 여러 행태로 부활 하는 사람이 무한히 존재한다는 것이다.

불교에는 화신불(化身佛)이라는 말이 있다. 변화신(變化身)이라는 뜻이다. 세속에선 소위 열반하셨다고 한 부처님이 중생을 제도하기 위하여 알맞은 형상으로 화현하든지, 없다가 갑자기 현신(現身), 근기에 응하여 갑자기 화현한 부처님 형상을 말한다.

또한 보살이 분신(分身)으로 나투다, 라는 말이 있다. 불보살이 중생을 교화하기 위하여 그 몸을 나투어 근기에 응해 곳곳에 화현한다는 말이다. 이 화신과 분신의 주설 중에 근기에 응하여 나타난다는 말이 큰 특징이 된다.

그러나 보통사람들의 눈에는 불보살의 모습이 보이지 않는다. 불보살을 보지 못하는 것은 불보살이 이 세상에 없기 때문이 아니라 우리가 상(相)에 빠져 집착의 늪에서 헤어나지 못하기 때문이다. 그러니 우리가 언제든지 눈을 떠 마음의 창문을 열면 언제, 어디서나 화신불로서의 보살님을 만날 수 있다는 것이다.

현재 인간의 수명이 길어봐야 고작 100세다. 불교의 우주관에선 성, 주, 괴, 공(成, 住, 壞, 空)의 반복의 역사를 되풀이해 문명이 고도로 발달하면 다시 말해 과학이 지속적으로 발달하여 앞으로 8백4십만 년 후가 되면 인간의 수명이 8만4천 세까지 늘어날 수 있다고 설명한다. 외계의 문명이 초고속으로 발달하여 인간의 수명이 8만4천 세인 국토가 있을 것이고, 문명발달의 고저에 따라 수만 세 혹을 수천 세, 수백 세, 수십 세 되는 국토도 우주에 무변광대하게 산재해 있다는 것이다.

이 세상이 처음 생겼을 때 천상세계의 사람이 내려와서 사는데 그때 수명이 수십 세가 될 때까지 내려간다 이것을 목숨이 감한다고 해서 감겁(減劫)이라 한다. 이렇게 수십 세까지 내려갔다. 100년에 한 살씩 늘어나 다시 8만4천 세까지 올라갔다 하는 것을 증겁(證劫)이라 하는데 1소겁(小劫)이 증하고 감하는데 각각 839만 9천 년씩 증하고 감해서 1천6백7십9만8천 년이 걸린다.

이렇게 증감이 20번(20소겁)하면 지구의 형태가 이루어지는데, 지구의 형태가 이루어지기까지를 성겁(成劫, 20소겁=3억3천5백9십6만 년: 혼돈의 시대)의 시기라 하고, 지구의 형태가 이루어진 시기를 주겁(住劫, 20소겁=3억3천5백9십6만 년: 지금 지구에서 우리가 살고 있는 시기)의 시기라 하고, 지구가 무너지는 시기를 괴겁(壞劫), 20소겁=3억3천5백9십6만 년), 공간으로 텅 비어 있는 시기를 공겁(空劫, 20소겁=3억3천5백9십6만 년)의 시기라 한다. 결국 지구가 한번 나고 죽는 시기가 1대겁, 즉 80소겁, 13억4천3백8십3만9천9백20년인데 우주는 이러한 성, 주, 괴, 공의 법칙에 의해 되풀이 된다는 것이다.

과학자들은 이 부분에 와서는 불교의 주장일 뿐이라고 말할 것인가. 그렇다면 말이다. 불과 백 년 전의 과학수준하고 오늘날의 과학수준하고 한번 비교해 봐도 엄청난 차이점을 발견할 수 있지 않은가. 더하여 이렇게 빠른 속도로 앞으로 백 년 후 또는 오백 년 후, 천 년 또는 수천 년 동안 과학이 계속 발전해 나간다면 그때 과학수준이 어떠하리라 가상할 수 있겠으며 만 년 또는 오만 년 더 나아가 수십만 년 혹은 수백만 년 후라도 끊임없이 발전해 나간 지구의 모습은 어떤 모습일 것이라고 상상할 수 있겠는가.

논쟁은 유보하고 현대과학은 제구실을 하지 못하면서 무모하

리만치 도전과 모험에만 의욕적이다. 그러나 과학의 발전은 높은 도덕적, 윤리적 토대 위에 겸허하게 그 지평을 열어야 한다. 훌륭한 과학자는 올바른 세계관과 높은 철학적 소양을 반드시 갖추어야 한다는 것이다. 그럼에도 도덕과 윤리를 비웃고 종교와 철학의 의미를 무시하고, 컴컴한 실험실에 쭈그리고 앉아 힘 있는 조직의 비호를 받으며 과학만이 만능이라고 오만을 떠는 저들에게 도대체 지금 과학의 능력으로 할 수 있는 일이 무엇인가라고 묻지 않을 수 없다. 흔하디흔한 가뭄과 홍수, 지진과 해일을 막을 수 있는가.

외계를 탐사하고 지금도 꾸준히 우주선을 발사하면서 지구와 가까운 외계 단 한 곳도 발견 못하고 있지 않은가. 이 마당에 인간을 복제해서 도대체 어디에다 써먹을 것이며, 세포를 채취해서 냉동시켜 우수한 인재를 만들어 무엇으로 써먹을 것이며 인간보다 뛰어난 인공지능을 만들어 어떻게 하겠다는 것인가. 도대체 이 지구를 어디로 끌고 가겠다고 하는 것인가.

이러한 과학의 폭주에 맞서 인류를 위한 올바른 방향으로의 운전이 절실히 요청되기에 백약이 무효인 지구를 치료하기 위해 생명교사를 자처하며 오늘 불교가 우리 곁에 찾아온 것이다.

지구촌의 문제는 어디까지나 사람만이 문제요 사람만이 애물단지니 지식과 두뇌가 모자라 세상의 평화가 멀어지고 있는 것은 아닐진대, 좋은 두뇌 암만 개발해도 세상 평화와 인류 행복에는 아무런 도움이 되지 않을 것이며 문명이 제 아무리 발달돼도 인간의 정신만은 개발하지 않으면 환골탈태 할 수 없다는, 사람만은 수행하지 않으면 번뇌의 늪에서 영원히 헤엄쳐 나올 수 없다는 자명한 사실을 부정하는 사람은 아마 없을 것이다.

우주에 팽만해 있는 마음자리는 둘이 아니라 하나다. 부처님 마음자리와 나의 마음자리는 하나다. 마음자리에는 너와 내가 없다. 그러므로 충돌이 없다. 하나가 전체요 모두가 하나다. 이 몸뚱이가 천상천하유아독존이 아니요. 막힘이 없어 통해 걸림이 없는 마음이 천상천하유아독존이다. 모든 생물은 불성(부처님의 성품)을 지니고 있다. 그러므로 모든 인간은 평등하다. 마음을 가진 자여 너희들 모두는 평등하다. 평등한 자유인이여 이제 긴 잠에서 깨어나 나 자신을 스스로 찾아야 할 때가 온 것이다.

끝으로 지난 세상에 출현한 과거칠불에 관한 이야기를 하면서 이 장을 정리하겠다. 석가모니 부처님 이전에 가섭부처님, 구나함모니 부처님, 구류손부처님, 비사부부처님, 시기부처님, 비바시부처님 등 여섯 분의 부처님이 계셨는데 석가모니 부처님까지 포함해서 과거 칠불이라고 부른다. 먼저 가섭부처님은 인수(人壽) 2만 세때 태어나셔서 느구를 나무 아래서 정각(正刻)을 이루었는데 그는 바라문 종족으로 그의 아버지의 존함은 범덕이고, 어머니는 재주다. 구나함모니부처님은 인수(人壽) 3만 세때 태어나셔서 오잠바라 아래서 성도하시었고 아버지는 야섬발나요 어머니는 울다라이다. 인수(人壽) 4만 세 때 태어나신 구류손부처님은 안화성에서 태어나 시리수 아래서 성불하시었고 아버지는 예득이요 어머니는 선지이시다. 사람목숨 6만 세 때 무유성(無喩城)에서 출생하신 비사부부처님은 바라(婆羅)나무 아래서 성도하시였다. 또, 사람목숨 7만 세 때 광상성(光相城)에서 출생하신 시기 부처님은 분타리나무 아래서 정각하시였고, 사람목숨 8만 4천 세 때 반두바제성(般頭婆提城)에서 출생하신 비바시부처님은 파파라(波波蘿)나무 아래서 성도하시였다.(석가모니는 아버지 정반왕, 어머니 마야부인으로, 룸비니동산 무우수 아래서 인수(人壽) 100세 때 탄생하시고, 31세 때 불타가야의 보리수 아래서 확철대오 하셨으며 80세 때 구시나가라발제하 언덕 사라쌍수 아래서 열반하시였다. 석가는 종족이름이요 석가모니는 석가 씨의 성자란 뜻이나 아버지 정반왕은 중인도 가비라 별설도 성주로, 석가모니는 어렸을 때 실달타태자라고 불렀으며 어머니 마야부인은 석가모니 출생 7일 만에 세상을 떠나셨다.)

제5장

미국의 대서양 문명은 석양의 지는 해다

1

서기 2003년 인류역사상 최초로 문명을 일으킨 약속의 땅에 찾아온 전쟁이라는 손님은 우리 문명사에 무슨 메시지를 남기고 가버렸나, 처음 문명(이라크의 메소포타미아문명)과 마지막 문명(미국의 대서양문명)의 싸움이라고 문명사에 기록되겠지만, 이 전쟁은 표면적으로는 미국이 승리한 전쟁이 될지 모르겠지만 미대서양 문명의 몰락을 좌초한 천치바보 같은 싸움이었다는 사실을 누구도 알지는 못했을 것이다. 결국 처음 문명과 마지막 문명의 충돌은 승자와 패자가 없는 전쟁이요 모두가 패배한 전쟁이었다.

나는 왜 이 시점에서 철 지난 걸프전쟁을 이야기 하고 있는 것일까, 세상의 커다란 변화는, 문명의 대 이동은 어느 날 갑자기 현상이 닥쳐오는 것이 아니요 연극의 시나리오처럼 각본과 연출이 오래 전부터 기획돼 있었다는 것이다.

9·11테러 이후 미국의 부시정권은 이라크를 침공한다. 아메리카의 질서 속에 하나의 세계를 요구하는 거대한 미국이 유엔의 요청에 협조해 마지않은 작은 이라크를 단순히 중동에서 석유패

권을 확보하기 위해 무력침공을 감행한 사건에 대해 당시 세계인들은 어리석은 백인이라는 제하의 비판을 강하게 제기한다. 국가 간의 투쟁 속에 강한 자만이 생존한다는 전근대적인 약육강식의 논리를 오늘 즐겨 찾고 있는 미국은 그리고 부시는 세계평화를 가장 크게 부르짖으면서 세계평화를 위협하기도 하는 어리석은 백인이라고 세계인들은 질타하였다는 것이다.

지금도 미국은 우리는 위대하다고 하늘 높은 줄 모르고 세상을 가르치려고 한다. 경제대국이요, 군사대국이요, 과학강국이라는 오만에 취해 하늘이 반쪽만 하게 보일 것이다. 그러나 지금 미국은 최대의 채무국이요, 중국은 이미 미국을 경제규모에 있어 앞질러 나간다. 작금의 미·중 무역 전쟁은 대서양 문명을 지켜내려는 미국의 몸부림으로 밖에 보이지 않는다. 갈수록 작아만 보이는 미국은 여전히 군사적 힘만 가지고 위대한 아메리카의 위업을 달성할 수 있을까.

그래도 건국의 아버지 워싱턴, 토마스 제퍼슨, 노예해방의 링컨, 민족자결주의를 외친 윌슨, 미합중국을 강하게 만든 루즈벨트 그리고 뉴프런티어의 기수 케네디, 이들을 가졌기에 그동안 미국은 해가 질 줄 몰랐다. 미국의 힘이 경제에 아무리 부서져도 마지막 보루인 과학의 힘이 존재한다는데, 4차 산업혁명의 시대에 특히 인공지능시대에 그들이 가지고 있는 과학의 힘이 얼마나 무기력한지 실감할 날이 찾아올 것이다. 현재 지구의 과학수준으로는 가장 가까운 외계 하나 발견하지 못하고 있고 뇌에 관한 연구는 아직 10%정도 밖에 밝혀내지 못하고 있다. 블랙홀의 정체에 대해 확인할 길이 없으며 지구촌에 무섭게 몰려오는 지진과 해일 쓰나미에 대해 속수무책이다. 암과 파킨슨, 중풍 무수한 희귀병은 물론 감기치료제(현재는 간접적 치료제) 하나 개발 못하고 있으며, 인간의 능력이 얼마나 놀라운 것인지 과학적 실증을 제시 못하고, 지구가 찾아가야 할 미래의 로드맵이 4차원 세계라면 4차원 세계에 대한 과학적 고찰을 시도해 본 적도 없다.

내가 모두에 미국의 부시정부가 페르시아만 지역의 석유자원을 확보하기 위해 군사적 힘을 동원해 걸프전쟁을 일으킨 그 야만적 행위가 왜 미국의 대서양 문명의 몰락을 자초하는 천치 같은 일이라고 말했을까.

미국은 기독교 국가다. 누구보다도 하나님을 의지하고 하나님에 대한 믿음이 강한 나라다. 그런 하늘은 현대문명을 주도하는 미국을 향해 10년간의 간격을 두고 세 번의 시험에 들게 한다. 그때가 월남전 패배로 미국의 정신이 방황하고 있을 때다. 그 첫번째가 1974년부터 4년간 크메르 루주군에 의해 2백만 명이 넘는 크메르 국민들이 플포트정권으로부터 칼과 창으로 살육 당한 사건이다. 그 두 번째가 1984년 에티오피아에 아사자가 1천만 명이 발생해 먹을 것이 없어 창자를 쥐어 틀고 거품을 품으며 굶어 죽어갈 때다. 세 번째가 1994년 르완다 종족끼리의 피비린내는 도륙의 들판이었다. 그 해 여름 르완다에선 인구의

84%를 차지하는 후투족이 소수부족인 투치족을 100일 동안 100만 명을 살육하는 일이 벌어졌다. 친구가 친구를 죽이고 다정한 이웃이 이웃을 소중한 형제가 형제를 무자비하게 살육하였다.

그때 세계질서를 교통정리하고 있는 세계경찰국가인 대서양문명의 주인공은 왜 남에서 북으로 고개를 돌리고 말았을까. 어찌 보면 미국은 그건 남의 나라 일인데 우리가 왜 책임을 져야 하냐고 항변할 수 있다. 그러나 세계평화를 지켜낸다며 핵무기를 만들어 세계질서를 미국 중심으로 재편하고 세계가 자유와 번영 속에 공존하는 사회를 만들겠다고 아세아나 아프리카 중남미 등에서 많은 독재 정권을 원격조정 하여 무너뜨린 사례가 현저히 존재한다.

미국은 또 핵무기 확산금지조약에 서명하기를 거부한 나라다. 핵실험 금지조약을 거부하고 탄도탄 요격미사일협정의 파기를 선언한 나라다. 나는 핵무기를 만들어도 좋으니 너는 핵무기를 만들어서는 안 된다는 것이다. 우리가 세계평화를 지켜줄 테니 너희들은 핵무기를 만들어서도 사용하여서도 안 된다는 배타적 논리다. 이러한 논리에 준거하여서라도 세상에서 행해지는 모든 자유의 균열, 평등의 괴멸, 평화의 분열의 조심에 냉정하게 미대륙의 책임을 묻겠다는 것이다.

무엇보다도 세계 문명을 주도하는 국가는 자긍심과 세계인의 존경과 감사와 찬사를 한 몸에 받으며 사실상 모든 국가, 모든 분야에 걸쳐서 막강한 영향력을 행사하여 그들의 국가에도 끝없는 이익과 도움이 된다면 이것만 가지고도 세계평화와 자유를 지킬 마땅한 의무가 있는 것이다. 그렇기에 규모로 보아 인류 최초의 크메르루스의 인민 대학살, 에티오피아의 천만 아사자, 르완다 종족분쟁에 인권과 세계평화와 자유의 이름으로 개입했어야 했다.

그러나 역사의 신이준 세 번의 시험에 대해 미국은 그건 우리하곤 아무 상관이 없는 남의 나라일 뿐이라고 대답하며 야박하게 등 돌려 버리고 말았다. 그 마지막이 1994년이니 그로부터 만 7년이 되는 2001년, 미국에는 무슨 일이 일어났는가. 2001년 뉴욕의 쌍둥이 빌딩의 참사는 미국시민 삼천 명의 목숨을 빼앗아갔으며, 그로부터 7년이 되는 2008년 서브프라임 모기지로 인한 세계적 금융위기가 일어나, 세계경제를 혼란의 도가니로 몰아넣었다. 그 후 잔잔한 파고는 있었으나 아무 일도 일어나지 않았다.

2016년 미국은 아무 말 없이 트럼프라는 신비스러운 인물을 미국의 최정상의 자리에 앉힌다. 그는 미국이 세계질서를 주도한다는 사명의식에 철저히 따져 묻고 새로운 패션으로 옷을 갈아입고 고립주의, 보호무역이라는 미국을 위한 팍스 아메리카로 철저히 귀의한다. 어쩌면 당연한 귀결일지 모른다.

2,977명의 사망자를 낸 9·11테러는 21세기를 상징적으로 보여주는 사건인데 인류 문명사에 패권주의와 독선으로 가득 찬

미국이라는 거대한 제국의 종말을 고하는 신호탄이다. 이것은 2008년 9월 15일 리먼 브러더스 파산으로 시작한 글로벌 금융 위기로 연결되는데 전 세계를 뒤흔든 서브프라임 모기지는 자본주의 해체의 징조가 서서히 나타나는 현상으로 보는 경우가 참연히 많다. 1901년 빅토리와 여왕의 죽음으로 대영제국이 종말이 예고된 것과 마찬가지다.

과연 9·11테러를 문명의 몰락의 원인으로 규정지을 수 있는가. 역사는 생명력이 있다. 과거 영국의 지중해 문명의 몰락의 증상은 여러 원인이 있지만, 1901년 찬란했던 빅토리아 여왕의 죽음은 지중해 문명의 쇠락의 기운에 기름을 부운 형국이 되고 말았다. 그로부터 꼭 100년이 되는 2001년 9월 11일 야만적 테러로 인한 참사는 단순히 한 테러리스트에 의해 혹은 빈 라덴을 수장으로 한 한 조직의 개입으로 인한 참사라고만 나는 생각하지 않는다. 세상의 주관하는 보이지 않는 힘은 1974년부터 1994년까지 20년 사이에 일어난 세기적 사건에 대한 역사의 보복이라고 나는 생각한다. 그날 이후 역사는 크메르나, 르완다나, 에티오피아를 지구상에서 완전히 지워 버렸나. 그렇지 않다 크메르와 르완다는 그날 이후 슬픔을 딛고 일어나 눈부시게 발전하고 있고 에티오피아를 비롯한 아프리카에는 수많은 세계인들의 도움의 발길이 끊이지 않고 있다. 예전에 그들에게 등을 돌린 매몰찬 선진제국의 지도자가 있었다면, 수많은 세상의 사마리아인(?)들은 배고파 죽어가며, 병들어 죽어가는 그들을 끊임없이 오늘도 돕고 있다. 역사의 신은 그들을 살리고, 그때 그들을 버린 비정한 저들을 언젠가 심판할 것이다. 그 구체적 근거가 문명의 이동이다.

우리는 문명사의 심판대에 미문명의 몰락의 원인이 될 부시정권의 이라크 침공의 역사의 재심을 청구하여야 한다. 9·11테러 사건이 발생한지 2년이 되는 2003년 역사적 징벌에 대한 회개도 없이 역사의 보복에 대한 두려움도 없이 철없는 부시 정부는 페르시아만 지역의 석유자원을 확보하기 위해 군사적 힘을 동원해 이라크를 침공하였다. 이 문제는 문명의 전환에도 연계되었기에 정확히 살펴볼 필요성이 제기된다.

부시는 이라크 침공의 이유를 다음과 같이 설명한다. "이라크는 대량살상 무기를 폐기한다는 약속을 안 지켰으며 유엔무기사찰단을 도청하고 속였고 알카에다를 포함한 테러 집단을 지원하고, 테러집단 등은 이라크의 도움으로 생물, 화학 무기를 갖게 된다. 사담 후세인의 군사력이 강해지면 미국을 포함한 다른 나라를 공격할 것이므로 우리는 그들에게 공격 받기 전에 그들을 무력화시켜야 한다는 것이다." 그러나 이 표면적인 이유도 사실과 많이 다르다는 점을 발견한다. 전쟁 발발 직전 유엔무기사찰단의 수차례에 걸친 발표에 의하면 이라크는 무기사찰에 대해 만족할만한 협조를 하고 있었고 미국이 주장하는 생화학 무기 등의 살상 무기는 발견되지 않고 있었으며 대량파괴무기 생산을 위한 이동시설이나 지하시설에 대한 증거를 발견하지 못했다. 또

한 이라크 정부가 유엔의 요청에 의해 사정거리 150㎞가 넘은 '알사무드 2' 미사일에 대한 대대적인 폐기를 하였다고 사찰단의 브르스 단장이 밝힌 바 있다.

이 같은 정황을 반추해 볼 때 처음문명(메소포타미아 문명)인 이라크에 대한 무력침공의 미국의 근본 노림수는 중동지역 전체에 대한 보다 직접적인 장악력 확대와 석유이권 등 에너지 전략에 연결되어 있음을 읽을 수 있다. 당시 미국은 향후 중동질서를 미국에 유리하게 재편하기 위해서도 이라크의 친미정권이 반드시 필요한 것으로 보고 있었으며, 이 전쟁 획책의 뒤에 석유이권이 결부되어 있다는 사실을 직시할 필요가 있다. 미국과 영국은 그때엔 세계 제2의 산유국인 이라크에 대한 아무런 석유개발권이 없었다. 그러나 이라크의 석유개발사업이 전쟁 후 에는 미국과 영국 등에 돌아가고 독점적 기득권을 가지고 있던 프랑스, 러시아, 중국들의 회사 등의 입지가 줄어든다는 것이다.

당시 세계 곳곳에서 반전구호가 터져 나오고, 프랑스, 독일 등 전통적 우방마저 전쟁에 반대했지만 미국의 이라크 무장 해제 의지를 꺾지는 못했다. 나는 지금까지 전 세계인들이 한 목소리로 미국의 무력침공을 이렇게 격렬하게 성토한 적을 본 적이 없었다. 많은 세계인들이 한 목소리로 부시의 이라크 침공을 패권주의의 발호요 제국주의의 출현이라고 비판의 강도를 높였는데도 중동의 석유 패권을 확보하는 것만이 미국의 국익에 도움이 되어 전쟁을 일으킬 수밖에 없었다면 사랑과 희생과 정의라는 그들의 건국이념 또한 커다란 훼손을 감수하지 않을 수 없을 것이며 미국의 지도력과 영향력 또한 큰 타격을 입었을 것으로 보이고 세계 문명사에 돌이킬 수 없는 오점을 남기게 되었을 것이다.

1960년대 흑인 민권운동가 마틴 루터 킹이 미국역사에 등장하기 전까지만 해도 흑인 학생들은 백인 학생과 함께 수업을 받을 수가 없었다. 교수의 강의를 복도 창문에 서서 온갖 소음을 견디며 창문 틈으로 강의를 들어야 했고, 흑인은 버스 안에서 빈자리가 있어도 앉을 수가 없었다. 이것이 당시 연방법원 판사의 판결이었다. 그러던 것이 그로부터 불과 반세기도 채 되기 전에 흑인이 미합중국의 대통령이 되었다. 놀라운 일이 아닐 수 없다. 역사의 신의 설계가 작동하는 줄 알았다. 추락한 미국의 위상을 크게 높이고 과거의 영광을 재현하는 줄 알았다. 오바마가 재임 8년 동안 대국답게 문명의 주인공답게 세상의 고민을 짊어지고 인민들의 고통을 나누며 세상의 불협화음을 화해로 선도하려는 사랑과 믿음과 나눔이라는 미국 조상의 건국이념을 되찾아 위대한 미국을 건설할 줄 알았다. 그러나 그는 역부족이었다. 오히려 오바마의 한계나 힘이 미치지 못하기 보다는 미국이 빠진 침체의 늪이 매우 절망적이고 회복하기 힘든 상태인 것 같다.

영국의 청교도들이 박해를 피해 102명의 미 건국의 조상들은 메이플라워호를 타고 미국으로 건너와 메사추세츠주 동북단 보스턴에 도착한 이후 살을 에는 듯한 추위를 견디며 가져간 식량마저 다 떨어지자 마지막까지 살아남은 41명의 이민단들은 서로가 서로를 껴안고 쌀 한 톨이라도 나눠먹으며 사랑과 희생과 봉사라는 그리스도 정신을 미국에 심은 후 아름다운 생을 마감하게 된다. 이렇게 미국의 정신은 그리스도에서 싹이 트며 미국의 역사는 그렇게 장엄하게 시작된다. 이것을 기념하는 날이 추수감사절인데, 미국은 지금 건국의 아버지들이 물려준 사랑과 희생과 봉사라는 그리스도 정신으로 무장된 건국의 이념이 살아 꿈틀대고 있다고 생각하는가. 이 물음에 자신 있게 'yes'라고 대답할 미국인은 저 백인우월자들 빼놓고는 거의 없을 것이다. 안타깝게도 그들은 해 지는 골고다 언덕에 하나님을 묻어버리고 성난 대서양 앞바다에 생명의 말씀을 내던져 버렸다.

이제 대서양 문명의 등불이 꺼지고 태평양 문명의 여명이 밝아오는 것인가. 슈펭글러나 토인비의 주장대로 참말로 서양문명이 서서히 몰락의 잔영을 밟게 되는 것인가. 그러나 오늘날 팍스아메리카를 외치며 아메리카의 질서 속에 하나의 세계를 요구하는 미국이 장승처럼 버티고서 있는 마당에 문명의 전환이 쉽게 이루 어질까. 세계 최강의 군사력을 보유하고 국제정치의 요람이며 경제대국이고 컴퓨터, 우주, 항공산업, 로봇, 유전공학까지 최첨단 과학의 중심인 대서양 문명이 그렇게 간단하게 몰락할 수 있을까. 인터넷 제국이며 디지털 혁명을 선도하며 4차 산업혁명까지 주도하여 21세기도 미국의 미국을 위한 미국에 의한 세계지배를 꿈꾸는 그들의 야심이 쉽게 포기 될 수 있을까.

지구과학사에는 가이아 이론이라는 것이 있다. 서구인들은 지금까지 지구의 자연을 정복과 개척의 대상으로만 보아왔다. 그 결과 오존층이 파괴되고 공해와 대기오염으로 이제 정복과 개척의 한계를 넘어 걷잡을 수 없이 환경파괴가 진행 되고 있다. 지구 생리학에선 지구의 모든 생물과 무생물이 상호연계 하여 지구환경을 전체 생물의 생존권에 적합하도록 환경을 조절해 왔는데 이것을 지구의 자정력이라고 가르친다. 이렇게 지구에는 자정력이 있어, 자정력의 한계를 넘어 환경파괴가 진행될 때 말하자면 자연은 자연 질서를 유지하는 능력을 가지고 있지만 오염이 누적되어 환경용량을 초래하게 되면 자연은 인류를 멸망시키려는 질병과 재앙을 일으키게 된다는 것이다.

이 가이아 이론이 허상의 이론일 수 있다. 그러나 현대문명의 달리는 열차의 궤도에 공동이 뚫렸다면 전체가 파멸되기 전에 대서양 횡단을 중단시켜야 한다. 이것은 인간의 몫이 아니라 자연의 몫이다. 자연은 생명력이 있다. 자연은 선택된 메시아일 수 있고 지혜의 공덕모일 수도 있다. 역사의 신은 지금 인류의 미래에 대해 어떠한 각본을 설계하고 있는 것일까. 진정 미국의 대서양 문명의 역할은 끝나가고 있는 것일까.

나방이 저 죽을 줄 모르고 달려드는 반딧불 같은 환영의 현실을 부여잡은 발 앞밖에 볼 줄 모르는 사바(娑婆)의 민초들은 면밀히 조작(操作)된 인류의 내일의 운명에 대해 깊이 통찰해 볼 능력이 없다. 그렇지만 미국이 그들의 건국이념을 다시 짊어지고 그들 오른손 위에 성경을 다시 올려놓아 세계를 위해 봉사하며 아버지로서의 사명을 완수하듯 조상 미국의 정신으로 되돌아갈 수만 있다면 미국의 대서양문명의 몰락을 막을 수 있을 것인가. 답을 찾지 못해 우물거리고 있을 때 구약성서의 욥기의 기도소리가 들려온다.

"도둑이야 하는 고함소리에 쫓기는 도둑처럼 인간 세상에서 쫓겨나던 그들 급류에 팬 골짜기 벼랑에나 몸을 붙이고 땅굴이나 바위틈에 숨어 살면서 딸기나무 속에서 울부짖고 가시나무 밑에 웅크리고 앉던 이름도 없는 바보 같은 것들, 회초리에 몰려 제 고장에서 쫓겨나던 그들, 내가 저것들을 그렇게 천대하고 비웃고 차별했는데, 내가 이제 그것들의 조롱거리가 되고, 비웃고 수군거리는 대상이 되었구나."

세계최초로 문명세계를 건설했던 이라크의 슈메르인들은 문명세계의 건설이 악마의 거래였다고 말한다. 문명은 우리에게 희망과 꿈과 이상을 심어주지만 폭력과 탐욕과 파괴도 함께 자라게 한다.

새로운 문명의 부상으로 새로운 질서가 21세기에 성취될 것이라는 희망을 버리지 않는다면 우리의 역사를 새로운 관점에서 바라보아야 한다. 이 혼돈의 역사에서 서양의 가치는 서양의 역사에서 읽어볼 수 있다. 개인주의, 경쟁과 정복 패권주의 이런 세계관을 지닌 사람들이 계속 세계를 움직여 나간다면 다른 문명세계들이 필연적으로 겪었던 몰락의 시간대에 접어들것으로 보인다. 이런 사적(史的) 충고에도 끝없는 자만에 취해있는 미국의 대서양 문명이나, 개인주의, 패권주의, 경쟁과 정복이라는 환영을 밟고 새롭게 세계무대에서 용트림하는 종국이나 커다란 성찰의 시간을 가져야 한다.

많은 사람들은 대서양 문명의 주인공인 미국은 지금 몰락의 길을 걸어가고 있다고 마치 합창이나 하듯 한 목소리로 입을 모으고 있다. 미국이 쇄락해가는 원인이야 여러 가지가 있겠지만 그중 가장 소중한 것이 잃어버린 신앙의 역사에서 찾아보아야 할 것이라고 말한다. 미국이라는 나라에, 그 민중들에게 비전이 없다든지, 지도자의 결핍이라든지, 미국이 군사력 말고는 세상에 내놓을 것이 없다든지, 세계 경찰국가를 포기하고 보호무역주의로 회귀했다든지, 이·팔분쟁을 조장한다든지, 이런 모든 문제들이 대서양 문명의 종말을 재촉하고는 있지만 문명의 몰락의 원인이라고 볼 수 없고 결정적인 원인이 있다면 그들 조상인 프로테스탄트의 퓨리턴 정신을 유기한 데서 찾아볼 수밖에 없다고 사람들은 말한다.

미국의 달러 뒷면에는 'In God we trust(우리가 믿는 신 안에서)'라는 구절이 새겨져 있다 이것은 미국이라는 새로운 자유신앙을 가진 세계적인 하나의 형태를 지닌 나라가 비로소 태어났다는 것이다.

미대륙으로 처음으로 건너와 살게 된 필그림 파더(Pilgrim father)들은 청교도들의 박해를 피해 신앙의 자유세계를 꿈꾸던 사람들이다. 자유스러운 대륙에 가서 하나님이 원하는 자유의 천국을 만들고, 보다 자유스러운 생활을 해보겠다고 나선 사람들이다. 1620년 청교도와 그밖의 사람들로 구성된 최초의 이민단은 메이플라워호를 타고 신앙의 자유의 천국을 찾아 목숨을 걸고 대서양을 건넜다.

바로 이렇게 종교의 핍박에 못 이겨 각국에서 몰려온 신교도들은 결속하여 하나님의 이름으로 하나의 나라(One Nation Under God)를 세우게 되었다. 이것이 미국의 건국의 이념이요 건국의 기초다. 이렇게 하나님의 사랑 봉사, 희생의 정신으로 세워진 나라가 미합중국이다. 미국은 바로 하나님이 세운 나라라는 것이다.

오늘날 미국의 얼굴들은 건국 조상의 얼굴과 어떻게 다른가, 하나님이 세운 나라인 미국은 그들의 건국이념을 제대로 실천하고 있는가, 또한 오늘날 미국의 교회의 얼굴은 어떤 모습을 하고 있는가, 목자는 양을 팽개치고 하나님을 팔아 성전에 바벨탑을 쌓고 있지 않는가.

신·구교의 성직자는 마치 하늘에서 내려온 신선인양 당신 앞에 무릎 꿇고 앉은 너무 많이 아픈 어린양의 머리에 손을 얹고 하나님의 은총을 주문하는데 당신들이 그들의 무릎 앞에 꿇어 앉아 그들의 얼굴에 눈물을 씻어주며 그들의 아픔을 차라리 짊어져야 되는 것이 아닌가.

삭풍이 몰아치는 영하 30도의 강추위에 공룡만한 교회문을 예수가 노크한다. 아무리 문을 두드려도 그 문을 열어주지 않아 슬픈 표정을 하고 예수는 돌아선다. 언필칭 미국 교회는 하나님의 냉혹한 학대 속에서 몸뚱이가 종기에 곪아터져 다 썩게 되도 끝내 내 탓이요 하며 하나님을 끈질기게 사망하는 욥기의 모습으로 돌아가야 한다.

이제 세계사 속에 미국은 어떻게 오늘의 미국을 만들었으며 세계 속에 어떻게 싹트게 되었는지 살펴 볼 차례이다.

17세기 후반 영국의 정치사상가 존 로크는 주권재민, 대표제에 의한 민주주의, 삼권분립과 개인의 자유와 인권 보장이라는 민주주의 대 선언을 표방하는데 이 정치사상은 서유럽 민주주의에 근본사상이 되며 프랑스혁명은 물론 미국의 독립혁명에 큰 영향을 미친다.

18세기 후반 프랑스의 사상가 루소는 인간성 회복과 평등사상을 외치며 재래의 전통이나 국왕과 교회의 권위에 구애되지 않고, 인간의 이성에 의하여 사회의 불합리성을 고쳐보려고 자연주의 경험주의 합리주의의 사상을 토대로 볼테르, 몽테스키외와 함께 계몽의 시대를 열게 되는데, 이 계몽사상은 18세기를 기점으로 세계적인 추세로 확산돼 나가는데 그 중 이 사상의 영향을 가장 크게 받은 나라는 독립운동을 통해 신흥, 신세계를 건설한 미합중국이며 18세기 후반 자유의 상징적 국가로 구름을 뚫고 솟아오르는 태양처럼 세상의 주목을 받게 된다.

미국이 태양처럼 세계무대에 등장하기 전까지 서유럽의 역사는 크고 작은 많은 전쟁과 피로 얼룩진 역사였다. 그렇기에 존 로크의 민주주의: 자유, 인권이라는 세계관은 인류에게 주어진 큰 선물이었다. 이렇게 18세기 들어 계몽주의 물결이 유럽을 휩쓸면서 전통적인 종교의 역할이 현대과학과 세속주의 앞에서 시들어지기 시작했다.

여기서 강조되는 종교적 역할의 침체란 마녀사냥으로 인한 종교재판을 일컫는 것으로 이것으로 인해 가톨릭교회는 커다란 수렁으로 빠지게 된다. 가톨릭의 만행은 여기서 그치지 않고 아프리카에서 남미에서 전 세계적으로 끔직한 살인의 행군은 이어지는데, 역사는 가톨릭의 이 역사적 만행을 피에 굶주린 악마의 살육지변이라고 정의한다. 서유럽의 야만은 그 대가로 종교개혁이라는 보상을 받게 되는데 이 종교개혁이라는 폭풍의 시대를 거쳐 하나님은 유럽을 버리고 새로운 신천지 미국을 선택한다. 때를 같이하여 수백만 명의 유럽의 가난한 인민들은 17세기에서 20세기까지 젖과 꿀이 흐르는 희망찬 신세계인 미국으로 이주하게 된다.

20세기는 유럽의 강대국들이 전 세계를 전쟁의 수렁으로 몰아넣었던 시기다. 백인이라는 인종의 우월성과 강대국의 패권주의 때문에 수천만의 죄 없는 사람들이 1·2차 세계대전을 통해 억울하게 죽어갔다. 이런 와중에 미국은 새로운 세계의 중심에 서기 위해 새로운 질서가 필요했다. 프로테스탄트와 독점자본주의인데 이것은 앵글로 색슨의 우월성에 바탕을 둔 새로운 질서였다.

다시 말해 신질서란 퓨리턴의 개척정신과 자본의 힘이었다. 군사력도, 과학도, 세계경찰국도, 결국 자본이 없이는 강한 미국을 만들 수가 없었다. 서양의 힘이란 돈이다. 자본주의 국가체제에선 당연한 행태이지만 미국을 움직이는 힘은 엄청난 재력을 가진 재벌에서 나온다는 이야기다. 물론 자유, 민주주의, 인권

을 표방하지만 이런 가치를 뛰어넘는 절대적 가치가 머니(mon-
ey)라는 것이다. 지금까지 이런 질서가 미국을 움직여 왔다.

미국의 어느 정권이든 유대인에 대한 따뜻한 관심, 말하자면
아팔 분쟁에 뛰어들어 이스라엘을 적극적으로 보호하는 일련의
행위에 대해 우리는 이해하기가 매우 어려웠다. 왜 미국은 자국
처럼 이스라엘을 돕고 있는 것인가, 미국에서 유대인은 어떤 얼
굴을 하고 있는가, 미국이 세운 나라도 아닌데 어찌하여 이스라
엘이 침공을 당할라치면 마치 미국이 침략 당한 것처럼 온 정성
을 쏟아 붓고 있는가 알고 보니 이유는 간단하였다. 3억3천만 명
에 달하는 미국인중 유대인의 인구는 660만 정도지만 세계적 억
만장자 중 30%가 유대인이라는 사실이다. 이 단편적인 예(例) 하
나만으로도 미국의 큰 가치가 무엇인가 하는 것을 여실히 증명할
수 있다는 것이다. 이제 영국의 지중해 문명의 몰락과 떠오르는
태양인 미국의 대서양 문명의 도래의 시기를 진단해 본다.

1869년부터, 1913년 사이에 경이적인 성장율을 보이던 미국
은 1914년, 영국을 넘어서 세계 경제대국이 되었다.(1914년으로부
터 100년이 되는 2014년에 이르러 경제규모에서 중국(17조6천억)이 미국
(17조)을 앞질렀다) 역사적 배경을 보면 1차 세계대전이 끝난 1918
년 그때까지 세계를 지배했던 영국이 쇠락하기 시작하고 미국이
세계최대의 채권국으로 세계시장을 좌우하게 되어 새로운 세계
의 중심국가로 떠오르게 된다.

영국의 지중해시대는 나폴레옹이 몰락한 1815년부터 세계대

전이 끝난 1918년까지 약 100년의 사이라고 볼 수 있다면(제국주의 정책에 의한 식민지 통지의 거인[?]의 시대를 이룩하여 세계의 대제국으로 등장한 영국의 황금시대는 빅토리아 여왕의 시절인 1837~1901년이며 빅토리아여왕이 죽은 1901년부터 급격히 쇠락하기 시작하였다.)

미국의 대서양 시대는 1918년부터 현대 어느 시점까지로 규정지을 수 있느냐. 역사에도 법칙이 있듯이 문명사에도 법칙이 존재한다. 미대서양 문명의 몰락은 2001년 뉴욕 쌍둥이빌딩 폭격사건으로 쇠락하기 시작하여 2008년 세계금융위기를 거치며 제4차 산업혁명의 시대로 접어들어 빅 데이터, 인공지능, 로봇공학 등의 시대가 열리면서 새로운 문명의 이동의 표준을 읽게 된다.

서양의 합리주의 철학은, 플라톤의 이데아 사상에서 토대가 마련되었다. 이데아 사상의 맹점은 가시적인 것만 받아들이고 보이지 않는 것을 철저히 배격했다. 플라톤은 현실을 떠난 절대란 있을 수 없다며 현실과 이상을 분리시켰다. 근세에 나온 헤겔은 변증법을 들고 인류의 문제 해결에 도전한다. 정(正)이라는 사상이 나와서 이것에 모순이 생기면 반(反)이라는 사상이 나오고 시간이 지나면 정(正)도 아니고 반(反)도 아닌 것이 서로서로 종합이 되어 합(合)이라는 사상이 나온다는 이론인데 이것은 바로 모순의 논리다. 시간을 전제로 한 역사적 발전과정이다. 그러나 플라톤의 유심론에서 헤겔의 관념론에 이르기까지 어느 것도 인류의 문제를 흔쾌히 해결해 주지 못했다.

그렇다면 인류의 문제를 해결해줄 새로운 사상은 없는 것인가. 나는 이 책에 서 플라톤의 이데아나, 헤겔의 변증법을 뛰어넘는 사상이 동양에 존재하고 있다고 여러 번 설명한 적이 있다.

바로 중도(中道)사상이다. 다시 말하자면 중도(中道)라는 것은 모순이 융합된 세계를 말하는데 세상의 이치는 모두 상대적으로 이루어져 있어 상호대립을 이루게 되는데 그러므로 인류사의 흥망과 변천은 오직 모순과 투쟁의 연속뿐이었다. 수천 년 간 세계문명을 주도해온 서양의 칼든 자들아, 당신들은 선악, 시비, 고락 등의 상호 모순된 대립 투쟁의 세계가 현실의 참모습으로 흔히 생각하지만 이는 허망한 분별로 착각된 거짓 모습이다. 진실만 말하자면 세상의 참된 이치는 대립의 소멸과 그 융합에 있다. 중도사상은 선악, 시비, 고락 등과 같은 상대적 대립의 양쪽을 버리고 그의 모순, 갈등이 상통하여 융합하는 폭포수 같은 역사상 최고의 가르침이다.

이제 마감하며 미국은 다시 위대해질 수 없는 것인가. 미국을 사랑하는 한 동양인의 간절한 기도일 수도 있다. 해 지는 미국이 다시 살아나려면 제2의 종교개혁을 일으켜 대서양 앞바다에 집어던진 성경을 오른손에 올려놓고, 골고다 언덕에 묻어버린 하나님의 아들을 미국의 가슴속에 다시 묻어야 한다.

우리가 믿는 하나님 안(In God we trust)에서, 하나님의 이름으로 하나의 나라(One Nation Under God)를 새롭게 건설해야 한다.

　21세기 초기, 지금 이 시기는 100년이나 200년만에 해체되는 간단한 격변이나 이동기가 아니다. 2천 년만에 찾아오는 문명의 대전환기라는 점이 특이하다. 지금 지구상의 두드러진 변화의 조짐은 글로벌스탠다드에 적응하는 새로운 패러다임과의 만남으로 이어진다. 이런 시대에 낡은 사고, 고정된 렌즈, 인습에 젖은 구각으로는 새 시대에 적응하기가 매우 힘들다.

　2천 년 초기에 세계화란 미국화였지만 2008년 리먼브러더스 파산으로 시작한 글로벌 금융위기는 세계경제질서의 재편을 부르고 자본주의 해체의 징조를 보는 듯 했다. 그 이후 미국의 지구촌에 대한 영향력은 급속히 감소되고 그 대신 지구 변천사의 한 개의 원칙인 신문명의 표준이 새로운 화두로 등장되며 신 질서로 서의 전개는 기독교를 대신할 수 있는 새로운 사상체계를 요구하게 된다.

　기원 4세기 로마의 콘스탄티누스 황제가 기독교를 국교로 공인한 후 천 년의 화려했던 팍스로마시대를 기점으로 프랑스, 독일, 영국에 이르기까지 유럽 전체가 가난과 질병과 전쟁의 광풍

속에서 혹한의 삭풍을 이겨낼 수 있었던 것도 기독교 정신이었고 미국까지도 기독교 정신이 그들의 건국이념이 되어 20세기까지 세계질서를 지배할 수 있었다는 것이다.

사람들은 이제 역사의 발전전개를 기억하며 문명의 이동의 과정을 유심히 바라볼 필요가 있다. 이집트, 메소포타미아 문명(이라크의 농업이 최초로 발달 되었기에 메소포타미아 문명이 최초의 문명의 시작이라고 보는 경향이 있다.)으로 시작하여 그리스, 헬레니즘을 거쳐 로마의 반도문명으로 들어가고 다시 동로마를 멸망시킨 투르크족(터키)에 의해 약 100년간, 몽골족에 의해 100년간, 스페인·포르투갈에 의해 100년간 세계지배의 순간이 지나가고 대영제국의 지중해 문명으로 이 동하여 산업혁명과 식민지 쟁탈 이라는 제국주의의 야만의 시대를 거치고 마침내 미국의 대서양문명으로 문명은 이동을 거듭하게 된다.

아세아에서 시작한 문명이 지구를 한 바퀴 돌고 또다시 아세아의 태평양문명으로 이동되는 이 놀라운 역사적 상황전개를 그저 우연이라고 바라볼 수 있는가. 각본이 존재한다는 것이다. 필연적인 보이지 않는 힘(나는 역사의 신이라고 부른다)의 섭리가 작용하고 있다는 것이다. 어느 시대든 문명의 주인공이 엄연히 정해져 있다는 것이다.

세계의 문명은 대체로 팍스로마나, 팍스브리턴, 팍스아메리카의 주도로 이루어진다. 로마는 군사의 힘에 의해 세계를 지배했고, 영국은 군사력보다는 경제력에 의해 세계를 지배했고, 미국은 군사력, 경제력보다는 과학의 힘에 의해 세계를 지배했다. 앞으로 닥쳐올 태평양 문명은 문화의 힘에 의해 세계를 지배할 차례이다.

그렇다면 21세기 새로운 문명의 전환기에 세기적 격변기에 기독교를 대신할 새로운 문명사적 신질서는 무엇인가. 결국 동양 문명의 정신으로 대변되는 불교와의 만남으로 신질서의 정립이 세워진다고 보는 것이 타당하다. 1600년간 세계의 정신을 지배해온 기독교가 이제 새로운 시대에 답을 주지 못하고 있다. 지난 2천 년의 역사는 피비린내 나는 정복의 역사였다 내가 소유하기 위하여 너의 것을 빼앗고 내가 살기 위해 너를 죽여야 했다. 내가 먹기 위해 너의 입을 못질하고 나의 영화를 위해 너의 모든 것을 불 질러야 했다.

특히나 지난 백년의 전쟁과 질병과 가난과 미움과 고통속의 서글픈 역사를 우리는 기억하고 있다. 지난 1~2천 년의 역사, 특히나 산업혁명 이후 1~2백 년간의 역사는 실패한 역사지 성공의 역사는 아니었다.

앞서 지적한 바와 같이 지금까지 세계주의를 제창하며 물불을 가리지 않고 헤쳐 나가는 그들의 무기는 물질이요, 힘이요, 자본이었다. 그러나 21세기는 적어도 2~30년 안에 20세기에 적용된 사상과 법칙의 퇴조가 분명하게 요구되고 좌초 되고 만다는 믿음을 간직하여야 한다. 그렇다면 글로벌스탠다드에 적응하는 새로운 패러다임이란 무엇인가.

저 유명한 육조 혜능대사는 "세상 모두가 나 옳고 너 그른 싸움이니 나 그르고 너 옳은 줄만 알면 싸움이 영원히 그치게 될 것이다. 그러니 깊이 깨달아, 나 옳고 너 그름을 버리고 항상 나의 잘못만 보아야 할 것이다."라고 말씀하신다. 바로 이것이 동양의 정신이다. 이것이 21세기가 요구하는 새로운 패러다임이다. 바로 이것이 태평양문명으로 자리매김할 동양문명이 이 땅에 찾아와야 하는 당위인 것이다.

불교의 정신이란 무엇인가, 나 낮춤이요, 너 높임이다. 불(佛)의 참뜻이 너 높일 줄 아는 데 있다면 모든 종교의 본질은 나 낮춤에 있을 것이다. 진리의 당체가 이럴진데, 세상에 참 평화가 오려면 너 옳고 나 낮춤의 모습으로 나아가야 한다.

인격은 나다 너다 하는 상(相)이다. 이것만 떨어지면 마음, 영혼이라는 절대적 진리가 오롯이 드러난다. 세상에 자리 잡고 있는 초월 신을 전제로 한 종교는 상대인 인격을 보고 진리와 현상을 쪼개 사물을 두 개의 대립된 세계로 나누었다. 이렇게 대립된 상대의 세계이기에 모순이 있고 투쟁이 있었다. 나 옳고 너 그른 싸움이었다. 그렇기에 사상에 참 평화가 오려면 인격신이 끊어져야 한다. 인격신이 끊어져야 석가와 예수가 만날 수 있고 불교와 기독교가 몸뚱어리의 만남이 아닌 영혼, 정신의 만남으로 이루어질 수 있다.

그러나 턱 놓고 한 가지 진실만 말하자면 미국의 대서양 문명으로서는 도저히 인격신을 끊을 수가 없다. 2천 년 간의 서양문명의 역사는 이 세상에 씻을 수 없는 상처를 남겼다. 끝없는 욕망과 탐욕으로, 지구를 병들게 하고 지구의 밝은 비전을 탕진시키고 말았다.

저 덩치 크고 하얀 백인 우월자들, 양고기에 상어 알을 씹으며 파이프를 입에 물고 거드름 떨며 유색인종을 차별하는 저 바이킹의 후손들, 소위 강대국이라는 그들이 세계평화를 위하여 인류에게 내놓는 정치, 경제, 문화, 과학, 자연 등 무수한 평화 메뉴라는 것이 인류에 빛이 되며 만인에 공의롭고 세계인이 감화되는 공정한 법칙에 의해 운용되고 있는가.

북미, 서구 열강의 세력들은 과거 지구촌에서 일어난 비극적 사건에 대해 강변할 자유가 있다. 저 아프리카에서 배고파 죽어간 수천만의 아사자들에 대해 왜 우리에게 책임을 묻느냐고 반문할 수 있다. 그건 아프리카의 재앙이지 저건 크메르의 미친 독재자의 광란이지 그걸 왜 우리에게 책임을 묻느냐고 항변할 수 있다.

역사에 눈이 있으니 수백 년 전부터 지금까지의 세계역사를 보자. 서구 열강들이 오늘날 평화와 자유와 민주주의를 외치지만 이렇게까지 오기에 숱한 이전투구가 있어 강물을 피로 물들였고 인민은 세도가의 도구의 사슬로 분탕질 당했다. 독일, 영국, 프랑스, 이탈리아, 스페인, 포르투갈 등 당시 열강의 제후들이 세계지도를 그들 멋대로 가르고 찢고 수많은 영토를 분할하고 한 뼘의 영토를 차지하느라 백 년 혹은 30년, 수많은 전쟁을 일으키고 근세에 이르기까지 세계지도를 몇 번이고 바꾸는 와중에 제국주의 열강에 그 얼마나 많은 식민지 민초의 심장이 찢어지고 인권이 매몰되고 간뇌가 처참히 유린당했는가. 그러던 그들이 어느 사이에 선한 양이 되고 세상의 주인이 되어 머슴을 부리겠다니 덧없고 덧없는 이 무슨 세월의 조화더냐. 일본과 독일, 영국, 프랑스 등의 침략자에 더럽혀진 세계인의 심장에 정신적 보상이라도 있어야 되지 않겠는가.

미국은 예외였던가. 그들의 조상이 신대륙에 들어갈 때 어떠했는가. 그 죄 없는 인디언을 얼마나 잔인하게 토벌했는가. 미국의 박물관엔 인디언을 토벌하기 위해 머리 하나에 백 달러씩 주고 사들였던 유물이 지금도 보존되고 있다.

멸망은 곧 시작이다. 반듯한 청산은 개벽의 여명을 부른다. 열강의 제국들이 그들이 저지른 무수한 범죄에 진심으로 참회하고 그 대가로 약소민족에게 희생과 봉사라는 자그마한 보상이라도 내놓은 적이 있었던가. 세계사에 범죄를 저지른 살인자들의 진정한 참회의 눈물이 없었기에 아직까지 세상의 평화와 자유는 소원하다.

진정한 참회란 무엇인가. 침략자의 희생의 제물은 무엇인가 그들이 더럽힌 회색의 땅을 그들의 손으로 개간하는 것이다. 희생이라는 자본을 투자하여 세상을 도덕과 윤리가 이기는 장밋빛으로 바꾸어 줘야 했다. 그랬더라면 적어도 세상에 먹을 것이 없어 굶어 죽는 사람은 없었을 것이다. 그랬더라면 대명천지에 수백만의 만물의 영장(?)들이 칼과 창으로 난도질당하지는 못했을 것이다.

언젠가 영국의 수상의 입에서 아랍의 폭군이 무모한 도발을 향해 진운을 한다고 저것이 바로 약육강식의 논리라고 항변한 바 있다. 걸프전쟁 때 이라크의 후세인을 지칭해 하는 말이다. 상전벽해던가. 어제의 역사를 잊어버린 철없는 지도자의 헛소리인가. 영국의 과거 식민지 땅에서 저지른 죄업을 잊은 지 오래던가. 이제 세계가 아무것도 안하고 그대로 있는 한, 각자 뿌린 씨대로 받을 것이다. 지금 세계가 희생을 무릅쓰고라도 한 통치고 깨어나지 않는 한 바벨탑은 분명히 썩은 고목처럼 쓰러지고야 말 것이다. 결국 대서양문명의 몰락은 미국만이 아니라 서양문명 전체의 몰락이라는 말씀이다.

다음의 글은 신약전서 고리도전서에 나오는 사랑의 본질을 일깨워주는 구절인데 사랑의 참 의미를 상실하고 있는 현대 사회에 진정한 사랑은 무엇인가 하는 화두를 던지며 우리에게 큰 가르침을 주고 있다.

"내가 인간의 여러 언어를 말하고 천사의 말을 할지라도, 사랑이 없으면 소리 나는 구리와 울리는 꽹과리가 되고 내가 예언하는 능력이 있어 모든 비밀과 지식을 알고 산을 옮길 만한 믿음이 있을지라도 사랑이 없으면 내가 아무것도 아니다. 내가 내게 있는 모든 것으로 구제하고 또 내 몸을 불사르게 내줄지라도 사랑이 없으면 내게 아무 유익이 없느니라. 사랑은 오래 참고 사랑은 온유하며 시기하지 아니하며 사랑은 자랑하지 아니하며 교만하지 아니하며 무례히 행하지 아니하며 자기의 유익을 구하지 아니하며 성내지 아니하며 악한 것을 생각하지 아니하며, 불의를 기뻐하지 아니하며 진리와 함께 기뻐하며, 모든 것을 참으며 모든 것을 믿으며 모든 것 만 바라며 모든 것을 견디느니라."

　우리가 이것을 모르고 있었구나, 한 시대의 몰락은 사람이 사람에 대한 사랑을 버렸을 때 찾아오는구나, 거북이 등 껍데기 같은 담벼락에 아롱새롱 붙어있는 사랑의 샘물이 구정물로 변했을 때 찾아오는구나.

　어제 밤의 광명이 비출지라도 오늘 새벽 별들이 어두웠다면, 너희는 동틈을 보지 못하였을 것이다. 그러니 낮에도 어둠을 만나고, 대낮에도 어둡기를 밤과 같이 하느니라.

제6장

중국은 19세기 독일을 모방하고 있다

1

　2008년 '서브프라임 모기지'로 발발한 세계 금융위기는 1991년 소련붕괴 만큼의 중요한 사건이 되었는데 중국은 이 사건을 미국권력의 항구적인 쇠퇴 징후로 파악하고 중국 스스로 세계대국으로 부상하는 계기로 삼겠다고 작심하는 것 같다. 이런 중국의 부상은 19세기 후반 유럽패권국으로 부상한 빌헬름 치하의 독일에 비유한다. 여기에 주목해야 할 대목은 침체하는 패권국가와 상승하는 도전국가간의 관계를 어떻게 정리 하느냐가 관건인데 결국 1차세계대전도 19세기 말 침체하는 영국세력과 빠르게 성장하는 독일세력과의 정면충돌에 의한 사건이었다. 결국 쇠퇴하는 지중해 문명국에 정면으로 도전한 상승국가인 독일이 다음 문명의 주인공이 되지 못하고 건국이념을 쳐들고 자유와 세계질서라는 시대정신을 읽고 준비해온 미국이 문명의 주인공이 되었듯이 미국과 중국이 정면으로 충돌하는 시기에 새로운 문명의 표준을 읽고 준비하고 있는 새로운 국가가 다음 새로운 시대의 역사를 창도할 수 있다고 본다. 어제의 역사는 내일의 거울이다.

영국의 지중해 문명의 전성기인 빅토리아 왕조 시대엔 세계를 바르게 다스려야 한다는 확신이 있었다. 미국도 전성기에 평화봉사단을 전 세계에 파견하여 낙후된 후진 국가들의 민중에게 기술을 가르치고, 전수하여 서로 돕고 사는 평화의 사도가 되어 세계를 공명정대하게 다스려야 한다는 철학을 심어 주었다.

중국은 무엇으로 세계를 다스려야 하는가. 종교도 도덕적 자산도 불태워 버린 그들이 경제 하나로 세계를 다스릴 수 있는가. 중국이 세계강대국으로 발돋움하려면 아시아 질서, 더 나아가 세계질서에 걸맞은 새로운 대안을 내놓아야 한다. 그 문명사적 대안이 유교인가. 공산이데올로기를 포기하지 못하고 민주주의에 대한 도전, 50여 개 소수민족의 통합, 도시와 농촌간의 양극화 문제 등의 산적한 과제를 안고 있는 중국이 내놓은 문명의 대안이 고작 유교라면 패권주의의 또 하나의 부활 이외에는 새로운 가치라 말할 수 없다. 공산주의 국가에서는 종교를 인정하지 못하는 모순이 새로운 문명의 주역의 갈 길을 가로막는다. 또한 21세기에는 경제대국이라는 슬로건만 가지고는 문명의 주역이 될 수 없다는 점을 강조한다.

중국에는 7세기경 세계가 부러워 할 찬란한 불교의 역사가 있었다. 삼십삼조라고 하며 살아있는 부처님이라 하는 육조 혜능이라는 큰 보물이 존재했다. 그가 휘날린 선풍은 그의 제자인 남악회양, 마조, 백장, 황벽, 임제, 덕산, 조주 같은 불교 역사상 찾기 힘든 위대한 선지식들에 의해 세계만방에 찬연하게 퍼져 나갔다. 현대 중국인들은 찬란했던 과거 중국의 불교역사를 기억하고 있는가. 당신들의 조상인 이 위대한 선지식들을 알고나 있는 것인가. 이렇게 찬란한 불교문화를 꽃피우며 수백 년 내려온 휘황한 불교 산맥은 명·청조 시대에 꺼지기 시작하여 결국은 공산주의 시대가 서막을 올리며 그 존재 자체를 몽땅 잃어버리고 이제 그 껍데기만 남아 늦은 가을 낙엽처럼 뒹굴어댄다. 그들이 그 위대한 불교자산을 다시 찾을 수 있을까.

세월이 지나 중국은 공산혁명을 완수하고 문화혁명의 시대를 거쳐 등소평 시대에 이르러, 그들은 문화혁명 때 그들이 버린 공자를 부활시켜 유교의 울림으로 세계의 정신을 점화시키려 한다.

중국은 국민통합과 새로운 사회문화의 주체를 공자사상에서 찾고자 하고 나아가 중국이 전 인류의 정신적 가치체계와 새로운 문화의 종주국이 된다는 논리를 공자에게서 새롭게 해석해 내고자 한다.

그러나 인의예지를 바탕으로 하는 공·맹의 가르침은 도덕적 자산에 불과하다. 송 나라 때 주희(주자)에 이르러 노불사상을 가미하여 철학적 체계를 갖추게 되는데 그 이론적 근거는 이기이원론(理氣二元論)이다. 좀 더 발전하여 왕양명에 이르러 이(理)와 기(氣)는 다르지 않고 하나라는 이기일원론(二氣一元論)이 성립되어 이때 비로소 종교적 체계를 갖추게 된다. 일기일원론으로 집대성되는 현대사회의 진리체계를 무시한 채 다만 학문적인 차원에 머무는 공·맹의 사상만을 강조하며, 이러한 도덕적 자본만으로 인류의 정신을 두들기겠다면 사상적으로 원시적 형태에 머무를 수밖에 없으며 새로운 문명의 시대에 지적 충만한 세계인의 정신을 울릴 수 없다는 지적이다.

2

중국의 시진핑 국가주석이 추진하는 일대일로(一帶一路)는 육상, 해상 실크로드 프로젝트인데 이것은 중국이 남아시아, 동남아시아, 중앙아시아, 중동, 아프리카를 거쳐 유럽까지 철도와 항구, 도로 등 기존 인프라에 산업투자를 해 중국의 영향력을 확대하겠다는 경제협력 계획이다.

중국이 중국몽(夢)을 실현하고자 한다면 그래서 중국이 세계의 중심으로 인류에 크게 기여를 하려면 전 인류를 위한 보편적 이념이 나올 수 있어야 한다. 국제 사회의 보편적 가치인 인권과 민주주의 언론자유 등을 세계인 속에서 함께 공유해야 할 것이다.

둘째, 중국인 13억 인구의 중국판 정사각 운동(친절, 질서, 신용, 정직)이 절대적으로 필요하다 요커(遊客)라 불리는 중국인 단체 관광객은 곳곳에서 많은 사람들의 공분을 쌓기도 한다. 세계 곳곳을 떼 지어 다니며 아무데서나 소리를 질러대며 그들이 머물다 떠난 곳엔 쓰레기가 산처럼 쌓인다. 아무데나 큰소리치며 떠들어 대는 경박감, 쓰레기를 아무데나 함부로 버리는 몰상식에서 그들의 알량한 품격을 읽을 수 있다. 요커가 버리고 간 쓰레기를 치우느라 한국의 제주공항엔 업무가 마비된 적이 있었다. 일대 일로를 아무리 질러대도 사람들이 친절하지 못하고 기본질서가 무너지고 타인의 가치를 인정 하고 배려하는 모습을 찾아볼 수 없는 나라는 선진국가라 말할 수 없다. 중국이 선진국가가 되려면 먼저 선진 국민이 되는 공부를 시켜야 한다.

셋째, 문명의 주인공이 되려면 그 문명을 주도할 사상과 철학이 있어야 한다. 공자의 유교를 들고 나오지만 유교를 종교라 말하기가 어렵다. 세계인의 가슴에 불을 지르려면 살아있는 생명력이 있어야 하는데 사서삼경은 도덕적 가르침에 불과하지, 사람이 왜 만물의 영장인지에 대한 답이 없고 사람에게는 본래의 성품이라는 것이 있어 만승천자 부럽지 않은 대자유인의 삶의 길이 있는데 이 길을 가르쳐주지 못하고 있다. 그렇기에 자기 것이 좀 빈약하다면 남의 것이라도 자기 것으로 각색하여 특화해야 하는데 공산주의는 종교를 부정하기에 남의 것을 내 것으로 만들 수단조차도 마련할 수 없다는 것이다.

그런 와중에 시진핑은 국가주석의 장기집권을 금지한 헌법조항을 삭제하는 개헌안을 통과시켜 장기집권의 길을 터놓았다. 사람들은 누구나 가난에서 벗어나면 생각의 자유가 싹이 튼다. 인민들의 사고가 커가는 줄도 모르고 그는 모택동의 1인체제로 회귀하고 있다. 시진핑은 당대회에서 강한 군사력에 대한 꿈을 강조하면서 2050년까지 세계 1위 군사대국이 되겠다고 천명했고 이와 궤를 같이하여 2025년까지는 핵 추진 항공모함을 건조하겠다는 계획을 발표했다.

이 말은 결국 공산혁명 100주년이 되는 2049년까지 미국을 누르고 세계패권을 장악할 꿈을 꾸고 있다는 것이다. 시진핑은 2012년 국가주석이 된 이후부터 꾸준히 중화민족의 위대한 부흥을 외치며 중국이라는 나라는 이미 깨어났다고 말한 바 있다. 21세기가 중국의 시대라는 중국 측의 관점은 19세기로부터 100년을 영국이 세계교역을 주도했고 1914년 미국이 세계 1위 무역대국으로서 새로운 100년을 열었듯이 2014년 중국이 미국의 교역규모를 제치면서 21세기 100년의 시대를 열게 된 맥락과 같은 것으로 보는 것 같다. 그래서 중국의 시대가 시작 됐다는 이러한 논리는 정치, 문화, 군사, 과학, 모든 면을 무시하고 오직 교역 규모만 제일 크면 문명을 주도할 수 있다는 천려한 발상과 같다. G·N·P만 3만 불을 넘으면 나라 백성이 야만적이라 해도 무조건 선진국가로 진입했다고 보는 논리와 다르지 않다.

그러나 중국 대세론이 환상이라는 사람은 1980년대 일본에 대해 착각을 일으켰던 것과 마찬가지다. 중국경제가 과거와 같은 형태로 계속 성장할 수가 없고 빈부 간의 소득 격차가 너무 크다는 것이다. 1968년 일본이 세계 2위의 경제대국이 되었을 때 서기 2천 년에는 일본이 미국을 추월할 것이라는 학자들이 많았다. 그러나 일본은 오래지 않아 여지없이 추락하고 말았으며 이제 중국이 그 자리를 대신하게 되었다.

중국이 그 자리를 유지하고 미국을 추월하여 21세기의 세계

문명(태평양문명)을 주도하려면 첫째, 세계평화와 번영을 위한 중국의 역할과 책임이라는 비전을 세계사에 제시하여야 한다. 둘째, 19세기까지만 해도 경제력, 군사력 등으로 강대국이 결정됐지만 적어도 새로운 문명의 주인공이 되려면 인간의 존엄성이라는 가치를 존중하는 세계관이 확립되어야 한다. 현대 국가에서 민주화를 이루지 않으면 선진화된 나라가 없는데 반민주·반인권 국가에서 어떻게 이 세계사적 명령을 극복할 것인가.

미국이 자유와 정의와 봉사라는 건국의 가치를 사장 시키지 않고 오랫동안 세계인의 가슴속에 심어 주었듯이, 보다 더 값진 가치를 세상에 내놓지 않고서는 경제력 군사력만 가지고는 새로운 문명을 주도할 수 없다. 중국이 가지고 있는 힘은 패권주의의 상징인 자본과 물질이다. 경쟁과 정복 등 패권주의의 세계관을 가진 사람들로 계속 세계를 운전해 나가겠다면 꽃이 피지도 못하고 죽어버리는 참담한 결과를 초래하게 될는지도 모른다. 자본과 힘만으로 세상을 다스리려는 저등문명의 오만에 지쳐버린 인류는 새로운 사상과 철학을 목말라 하고 있기 때문이다.

영국의 청교도들이 메이플리워호를 타고 메사추세츠주 보스턴 항구에 내려 시작된 필그림 파더들의 고난과 역경, 사랑과 희생과 봉사가 미국의 건국이념 이었듯이 새로운 태평양 문명의 시대를 이끌 지도국의 지도이념은 나눔과 상생이어야 한다. 오늘날 경제대국으로 발돋움 하는 중국에게 묻는다. 경제대국, 군사대국의 꿈을 꾸지만 오늘날 지구를 한 바퀴 돌고 6천 년 만에 찾아오는 동양문명의 시대에 새로운 이데아를 찾아 갈증이 심한 얼굴로 물을 구하는 인류에게 줄 새로운 비전을 가지고 있는가. 공산주의 국가에서 어떤 이념으로 이 세상을 지도할 것이며 어떤 세계관으로 인류에 공헌할 것인가. 세계를 이끌 문명의 표준을 중국은 가지고 있는가. 약육강식, 패권주의, 전쟁과 슬픔, 미움과 고통, 갈증과 분열을 일거에 혁파할 수 있는 새로운 패러다임과의 만남이 준비돼 있는가라고 우리는 준엄하게 묻지 않을 수 없다.

20세기엔 힘의 논리가 지배하여 냉전 이데올로기가 싹이 터 그 한자리를 소련과 중공이 차지했지만 20세기가 끝날 무렵 소련이 붕괴된 것은 경제의 실패 때문이었다. 세계 최고의 핵보유국의 하나인 소련은 그 수많은 소련민중을 먹여 살릴 수 없어 1991년 구 소련을 해체하기에 이르렀다. 그에 반해 20세기 후반 중국은 등소평의 흑묘백묘론으로 경제적 어려움을 정면으로 돌파하여 마침내 자본주의 맹주인 미국 못지않게 자본주의 나라가 되어 세계경제 2위의 자리에 올라 미국을 위협해 세계를 놀라게 하였다.

앞장에서 설명한 바 있듯이 중국은 2008년의 미국의 금융위기를 미국권력의 결정적인 쇠퇴 징후로 파악하고 중국 스스로 세계대국으로 부상하는 계기로 삼기를 작심한 바 있다.

중국은 현재 태양관 발전기술과 용융염 원자로 기술이 세계 1위며 인공위성 기술은 뛰어나고 ICBM은 세계최고의 성능을 자랑하고 있다. 그리고 항공우주 기술이나. 잠수함 기술도 얼마 가지 않아 미국과 맞서게 될 것이다.

대부분의 지표에서 중국이 미국을 능가했다는 사실은 인정한다. 중국은 휴대전화기와, 전자상거래 부분에서도 세계의 가장 큰 시장이며 인터넷 사용자도 가장 많은 나라다. 여러 번 소개한 바와 같이 2014년 미국의 경제규모는 17조 중국의 경제규모는 17조6천억 달러다. 이런 흐름이 계속 이어진다면 2023년까지 중국의 경제규모는 미국보다 더 격차가 벌어질 것으로 전문가들은 보고 있다.

그러나 중국의 앞날이 순탄하지만은 않을 것 같다. 야심차게 들어 올린 일대일로, 소위 중국몽에 대한 태클이 심상치 않다. 중국은 군사동맹국 하나 없고 국경을 접한 14개국과 모두 영토 분쟁을 하고 있으며, 인도·태평양 전략 참가국인 미국, 호주, 인도, 일본 등은 중국의 일대일로에 의한 영향력 확대에 대해 견제 움직임이 거세지고 있다.

프랑스와의 전쟁에서 승리하여 비스마르크에 의한 통일국가를 이룬 독일은 유럽 대륙에서 가장 강력한 나라가 되었다. 1914년에 이르러 영국은 독일이 유럽에서 전략적 우위를 점하는 것을 막기 위해 이전의 경쟁 상대였던 러시아 및 프랑스와 힘을 합쳐 싸우게 된다. 독일이 영국의 주적이 된 이유는 신흥세력이 자국의 안위(군사적, 경제적)를 위협하는 것처럼 보일 때 지배세력이 느끼는 공포는 한층 가중된다는 논리이다. 결국 독일이 영국의 견제에 의해 세계지배를 이룩하지 못 했듯이 중국도 그와 같이 미국의 견제로 세계지배의 기회를 잃게 될 지도 모른다.

중국은 2050년대에 세계패권의 꿈을 꾸고 있다. 꿈을 이루기 위해선 그때까지 연 6%대의 경제성장률을 유지해야 한다. 그러나 미국은 절대로 중국의 야심을 수수방관하지 않을 것이다. 미·중의 남중국해와 무역갈등 등은 아직 시작에 불과하다. 미국은 끊임없이 견제하고 두 나라의 충돌은 중국의 꿈이 무너질 때까지 이어질 것이다. 속된말로 '너 죽고 나 죽자'이다. 둘 다 죽으면 다음 문명은 어느 누가 주도할 것인가. 독일인가, 영국인가. 이때 쓰는 말이 세계는 미래를 읽고 그 시대에 알맞은 상품을 알고 이사야의 예언처럼 준비하는 자의 것이다. 그러면 어떤 나라가 두 나라의 영향력을 대신할 것인가.

지금 지구상에서 뜨겁게 논쟁이 되고 있는 환경오염과 지구온난화 등 기후변화에 대한 신흥 자본주의 국가들의 자세는 어떠한가. 중국의 13억 6천만 명 인도의 12억 4천만 명 등 26억 명의 인구는 지금 자본주의에 깊이 심취되고 있는 형국이다. 어쩌면 이들은 지금부터 시작일 수도 있다. 서구(西歐)는 환경오염, 지구온난화, 기후변화에 대해 발 빠르게 자본주의 수정을 하고 있다. 지금까지 자본주의가 지구환경을 급속도로 파괴함으로써 지구온난화와 환경오염 문제를 일으켰다는 측면이 강했기 때문이다.

이 문제를 해결하려는 미국을 비롯한 선진 국가들은 이산화탄소의 배출량을 삭감하고 모든 환경오염을 시키는 원인을 제거하자는 선언을 하여도 이런 선진국들의 주장에 대해 중국과 인도는 "우리는 앞으로 더 발전해야 한다"며 환경보다 자국의 발전을 우선한다는 현상이다 보니 우리를 방해하지 말라고 하는 이들을 설득하기가 쉽지 않다는 것이다. 중국은 지구온난화로 인한 기후변화 실태가 얼마나 심각한 것인지 깨닫지 못하고 있는 것 같다. 지금 기후변화로 인해 동남아세아의 여러 국가들이 해수면 상승에 직접적인 위협을 받고 있는 이 심각한 현실을 중국은 모른 척 하고 있는 것 같다.

지구온난화와 해수면 상승의 큰 원인은 산업혁명 이후 세계가 석탄, 석유등 화석 연료를 주요 에너지로 사용한 데 기인한다. 석탄, 석유 등 화석연료에서 배출되는 온실가스인 이산화탄소, 메탄, 일산화질소 중 이산화탄소가 주범인데, 이런 온실가스 비중을 줄여 기후변화에 대체하자는 것이 기후변화총회의 총의다. 세계는 지금 화석연료를 대체할 수 있는 태양광과 풍력에너지 등 신생에너지를 개발하기 위해 박차를 가하고 있지만 태산명동서일필(泰山鳴動鼠一匹: 태산이 큰 소리를 내며 흔들리고 뒤를 이어 쥐 한 마리가 태어남. 즉 요란하게 시작했지만 결과는 매우 사소한 모양을 가리킴)이 되지 않을까 염려스럽다.

중국과 인도는 최초에 자국의 경제성장을 위하여 반대하였고 미국도 기후변화총회에 탈퇴선언을 공언하니 앞으로 어떻게 총회가 진척될지 모를 일이다. 소위 지국의 이익만을 계산하는 강대국들이기에 믿을 것 하나 없고, 지구가 언젠가 침몰할지 모르니 미리 예비를 하자는 데도 당장 나 안 죽으니 미래의 일은 우리가 알 바 아니라고 당나귀처럼 미쳐 날뛰니 그러니 세계역사가 전쟁과 폭력과 피나는 정복의 역사뿐이었을 것이다.

이산화탄소로 인하여 남극의 만년빙이 녹고 공해로 대기가 오염되어 오존층이 파괴되고 그로 인해 삼림이 폐허 되고 폐수로 바닷물이 황폐화되는 지구가 말기 암 환자가 되어가는 데도 세상의 지도자들은 언제까지 자국의 이익만을 위해 눈을 감고 귀를 닫으려는가.

지구의 지축이 바로 서 있지 못하고 23도 7분정도 경사져 있다는 사실을 모르는 사람은 없을 것이다. 구한말(1885년) 계룡산에 들어가 정역(正易)의 원리를 연구한 조선의 김일부는 지축의 정립운동으로 극이 이동됨에 북극의 얼음이 녹아 지구의 판도가 바뀌어 세계인구의 3분의 2가 죽게 된다고 전한 바 있다. 이는 지축의 대이변으로 지각의 파격적인 변화에 의하여 동·서양의 많은 나라들이 대격진과 바다 속으로 침몰되는 해일과 대홍수의 천재지변을 말하는 것이다.

김일부는 계속하여 지구에 잠재해있는 불덩이가 북빙하로 향하여 빙산을 녹이고 있다는 것은 이성을 모르는 처녀가 규문을 열고 성숙한 처녀로 변하여가는 과정과도 같으니 인류의 멸망이 아니라 새로운 성숙이라고 말한다.

이 정역팔괘는 후천팔괘로서 23도 7분가량 기울어진 지축이 바로서고 지축속의 불기운(火氣)이 지구의 북극으로 들어가서 북극의 빙산이 녹는 이 시기에 지구의 3분의 2가 소멸되고 육지의 면적이 3배로 늘어나 세계는 전쟁이 없는 평화로운 시대가 오지 않을 수 없다는 충격적인 메시지를 전하고 있다.

지금 우리가 사용하고 있는 음력은 6천 년 전 복희씨(伏義氏)의 시대에 만들어졌는데 이 음력에는 윤날과 윤달이 있다. 윤달이 생기는 이치는 지구의 축이 23도 7분정도 기울어져 있기 때문에 생기는 법인데 지구의 축이 바로 세워져 윤날과 윤달이 없어지고 위도와 경도가 없어지면 인간이 지닌 속성으로서의 윤도수가 없어짐에 인간사회의 부조리가 모두 없어진다는 것이다.

다시 말해 지구가 기울어져 사람들이 태양열을 받기 때문에 지구와 인간 등 세계가 불합리하게 구성되어 있고 지구에 사는 인간들이 너무 거칠고 억세서 조복(調伏)하기가 어려웠는데, 기울어진 지축이 바로 서면 모든 부조리는 근본적으로 해소된다는 논리다.

여기서 우리는 중국의 중국몽을 향한 약진도 신문명을 주도하려는 야심찬 플랜도 환경오염, 지구온난화, 기후변화 등 지구를 멸망케 하는 원인으로 해서 앞으로 타격을 크게 받게 될 것이라는 판단이 든다.

어쩌면 신문명의 도약이 전혀 예기치 않은 엉뚱한 곳에서 브레이크가 걸릴 수 있다는 결론이다.

4

왜 한국과 중국의 과거를 이야기해야 하는가. 통일한국이 세계중심국가로 부상할 수 있을까. 한국의 천민보수들은 뜬금없는 소리라고 조소하겠지만 통일한국이 현실화 되면 모든 분야에서 세계가 놀랄 정도의 비약적 발전을 이룰 것이다. 그런 의미에서 중국과의 과거, 현재, 미래에 관한 진솔한 스토리가 필요할 것 같다.

시진핑은 대한민국을 과거 1200년간 중국에 조공을 바치던 소위 속국이라는 이미지가 뇌리에 박혀있는 것은 아닌가. 동북삼성의 공정이 그렇고 미·중 정상회담에서 미국의 트럼프 대통령에게 한국은 과거 중국의 일부였다고 말한 것이 그렇고 그의 거만한 자태가 그런 생각을 떨쳐버리지 못하게 한다. 그가 바라는 것은 두 개의 조선반도를 적당히 저울질 하며 중국의 영향권에 넣어 중국 질서로 복귀시키고자 하는 것인가.

그런 생각을 갖게 되는 것은 중국은 역사적으로 한반도를 변방의 속국으로 만들거나 해양세력의 대륙진출을 막는 완충지대로 사용해왔다. 우직한 우리 선조들은 중국이 정한 중화질서를 진심으로 수용하였고, 중국을 문명의 표준으로 삼으며 사대하면서 소중화(小中華)임을 자랑스러워했다.

과거가 부끄럽다고 해서 우리가 스스로 중국과의 관계를 경색시킬 필요는 없다. 그러나 중국이 아직도 과거 대중화(大中華)시대의 사고를 갖고 과거의 잣대로 남·북한 문제, 통일문제 등 한국 문제를 간섭하려 든다면 오늘날 한국이 어떤 모습으로 탈바꿈하였는지 또 한국이 어떤 야심을 가졌는지 분명히 소개시킬 필요가 있다.

그런 의미라도 우리는 있을 수 없는, 그런 생각을 만에 하나라도 해서는 안 되는, 한국인의 자존심을 상하게 하는, 중국질서의 편입을 단호히 배척하면서, 이제부터 라도 중국에 대한 의존을 줄이고 인도, 베트남 등 아시아 지역에서 터키, 폴란드 등 유럽 지역에서 새로운 길을 찾아야 한다.

중국과 북한이 알아야 할 것은 한국은 소프트웨어에 강국이라는 점이다. 중국은 하드웨어로 미국과 어깨를 겨루고 있지만, 소프트웨어는 한국을 따라오지 못한다. 세계 기능올림픽에 한국을 추월한 나라가 있는가.

특히 북한과 같이 낙후한 나라의 개발은 우선 소프트강국이 개발에 앞장서줘야 한다. 미국에서 2년 걸리는 건설 작업을 한국의 기술자는 몇 달 만에 해치운다. 그것도 아주 견고하고 정교하게 빌딩, 아파트, 건물뿐만 아니라 운하, 도로, 항만, 선박 등 한국인 기술은 세계에서 인정받는 기술이고, 통신, 전기, 수도, 특히 중공업까지 세계인의 수많은 경쟁력 속에 외국의 발주자가 한국을 선택하는 이유가 있다. 사업적인 측면에서만큼은 한국인은 근면하고 신의를 지키며 기술을 인정한다는 것이다. 그렇기에 작은 거인은 아시아의 용이 될 수 있었다.

시진핑 주석이 48년생이고 리커창 총리가 55년생이면 한·중의 역사를 알 법도 한데 그들 표현대로라면 한·중 우호 천년의 역사를 이어가면서 "한·중은 오랜 역사 속에서 서로 슬픔과 기쁨을 함께하며 영욕의 세월을 함께했다. 더하여 한·중의 역사를 거울삼아 평화를 수호함으로써 동북아의 인민을 위해 밝은 미래를 열어나가기를 희망한다."라고 말하지만, 사실만 말하자면 한국과 중국의 천년의 역사는 침략의 역사였고 중국은 종주국일 뿐이다. 정확히 1200년간은 사대의 역사였다. 조공을 바치고 중요한 국사는 중국의 양해 하에 성립되었다. 중국은 형님 국가요 우리가 받들어 모셔야 할 황제 국가였다. 중국과 한국이 언제 기쁨과 슬픔을 함께 하였으며 영욕의 세월을 언제 함께 했나. 1200년간 중국은 받들어 모셔야 할 우리의 상전이었지 공히 평등한 관계가 아니었다.

경제대국이며 또 우리의 중국 수출이 26%라는 현실을 직시하여 각 방면에서 우호적인 협력을 이어가는 것은 좋은 일이지만, 우리는 형제 국가라는 그런 낯 간지러운 말들은 삼가야 할 것이다.

1200년의 사대를 떠올리면 분노가 슬픔과 함께 교차된다. 우리의 반만년 역사에서 외침이 대·소 구백 번인데 대부분 중국의 침략을 받은 거지 조선을 노략질 하고 끊임없이 괴롭힌 건 대부분 오늘날의 중화민국이 아니었던가. 당시는 중국이 사분오열돼 오랑캐들이 세세처처에서 발호하였지만 결국은 중국 하나로 통일이 되었잖은가. 한·중의 역사가 기쁨과 슬픔을 나눠 갖고 영욕을 함께 한 나라였다고 그렇게 말해서는 안 된다. 어찌 보면 틀린 말도 아니지, 기쁨은 지들이 갖고 슬픔은 우리에게 넘겨주고, 영광은 지들이 업고 치욕은 우리에게 버렸지, 그들은 지금도 동북공정을 통해 고구려는 자기 땅이라고 우기며 교활한 침략의 역사를 되풀이하고 있다.

중국은 건국 백주년이 되는 2049년을 경제력 군사력에서 미국을 따라잡고 명실 공히 세계 문명의 대국으로 자리매김하여 찬란한 대중화(大中華)의 시대를 열겠다는 게 꿈이다. 그리고 그 중심에 국가주석 시진핑이 있다.

대한민국에서 오늘 거대한 중국을 이길 수 있다고 생각하는 사람은 아마 나 말고 없을 것이다. 대부분의 민중들이 다음 태평양문명의 시대를 열 나라는 중국이라고 믿고 있을 것이다. 그러나 나의 생각은 여러분의 생각과 다르다. 나는 경제력, 군사력에서 중국을 이길 수 있다고 말하지 않았다. 4차 산업혁명의 시대에, 앞으로의 백년은 문화강국이 세계를 지배한다고 하였다. 경제력, 군사력은 힘이요, 물질이다. 이것만 가지곤 깨어있는 영악한 세계인의 가슴을 움직일 수 없다.

"내가 이 세상을 이겼노라." 칼을 대지에 품고 머리를 치켜 올려 하늘을 보며 두 손을 벌린 시저의 포효다. 지금은 기원전 수백 년 시저의 시대가 아니다. 그러함에도 힘과 자본을 가지고 세상을 지배한 패권의 시대는 2천 년이 지난 지금도 계속되고 있다. 토하고 싶지 않은가.

지구의 역사는 농경사회에서 산업사회로, 정보화사회로 발전하여 왔고 인공지능의 시대로 대표되는 4차 산업혁명시대로 진입했다. 나는 이 시대를 지식산업의 시대라고도 표현하는데, 지식산업시대의 핵심적 학문은 두뇌과학, 인공지능학, 신경생리학, 유전공학, 원자물리학, 분자생물학, 혹성천문학 등이다. 특히 21세기를 주도한 중추적인 학문인 인지과학은 결국 인간의 관찰력을 높이고 지혜로움을 발달시켜 도덕적 인격의 함양이 사회의 최우선의 가치가 되는 신 계몽의 시대와의 만남으로 이어진다는 것이다.

그렇기에 세상의 지배자는 이 시대적 사명을 외면하지 말아야 할 것이며, 만약 잘못된 사고가 파편화되어 야만의 문명의 노예가 되면, 결국 강한 인공지능의 시대를 여는 실수가 접목돼 기계의 종이 되는 저등문명의 세계로 추락하고 말 것이다. 이런 의미에서 통일한국은 세계사적 사명감을 갖고 중국과 선의의 경쟁을 하여야 한다.

중국하면 먼저 겁만 먹고 스스로 포기하거나 싸울 생각도 안 하고 도망가 버리는데 세계무대에 주인공이 되려면 그 시대에 알맞은 디자인이라는 게 있다, 지금은 과거 영국처럼 남의 나라를 식민지화해서 내 것으로 만들 수도 없다. 세상을 지배하는 데 인구가 많아야 하고 땅이 넓어야 함은 농경사회나 산업화시대까지는 몰라도 정보화시대나 지금 찾아오는 4차 산업혁명시대에 사는 사람들로선 지혜롭지 못한 퇴영된 주장이다 과거에는 큰 놈이 작은 놈을 잡아먹었다. 지금은 빠른 놈이 느린 놈을 잡아먹는다. 과거에는 땅이 크고 힘이 세고 인구가 많아야 세계를 먹을 수 있었다. 지금은 두뇌 과학의 시대다. 누가 어떤 아이디어를 갖고 있느냐에 세간 싸움에 승패가 갈린다.

재차 강조하지만 4차 산업혁명의 시대엔 문화강국이 세계를 지배한다고 설파한 바 있다. 핵항공모함, 핵잠수함, 핵탄두미사일 등 지구를 몇 번이고 망하게 할 수 있는 무시무시한 무기들을 선진국가들은 보유하고 있다. 그러나 세계가 문화의 시대로 접어들면 이 모든 핵무기들이 하루아침에 무용지물이 된다는 것이다. 소련은 세계 최대의 핵보유국가였다. 소련이 하루아침에 무너진 것은 경제가 파탄 나서 붕괴된 것이지, 핵무기가 부족해서 스스로 파산선고를 내린 것은 아니다. 핵무기란 핵 없는 나라를 향해선 은근한 힘의 과시이며 위협용으로 써먹을 수는 있어도 핵무기를 사용해서 팍스로마와 같이 세상을 통째 집어 먹을 수는 없는 노릇이다. 많은 용기 있는 세계인들이 핵 앞에 굴복하지 말고 두려워하지 말고 비겁하게 도망가지만 않는다면 세상에 자유와 평화를 사랑하는 사마리아인(?)들 에겐 자동소총

보다도 무섭지 않을 것이다.

세상의 평화를 갈구하는 지구인들에게 핵을 퍼붓는 미친 지도자가 있다면 그 나라는 지구상에서 영원히 버림받게 될 것이요 그 땅에 살고 있는 백성들은 자유와 평화의 밭에 바빌로니아 포로처럼 갇혀 세계에서 조롱 받는 악의 씨앗이 될 것이다. 군사력이 세상을 지배하는 시대는 지나갔다. 오늘이 왔는데도 내일로 달려가지 않고 어제에 머물러 있겠다면 그런 사람들을 시대의 낙오자라고 한다.

우리 대한민국은 6·25전쟁을 거쳐 동족상잔의 참혹한 비극을 겪었고. 그 전쟁의 폐허 위에 나라를 다시 재건하기 시작했다. 독재자도 만나고 쿠데타도 만나고 민주주의를 위한 장엄한 투쟁의 역사도 갖게 됐다. 대한민국은 피와 땀으로 얼룩진 그 짧은 역사 속에서 경이적인 경제발전을 이룩하였고 독재정권을 무너뜨리고 민주주의를 성취하여 세계인의 아낌없는 찬사를 받았다.

박정희, 전두환 독재정권을 비판하니까 일본의 어느 학자가 독재를 안 하고 어떻게 그렇게 짧은 시일 안에 놀라운 경제기적을 일으킬 수 있느냐고 반문하였다. 그러나 세상이 놀라워한 것은 한국인들의 정의와 용기다. 배부르게 해주었으면 잘 먹고 잘 싸며 인생이나 즐기면 되지 무슨 민주주의 따위를 요구하냐는 독재자들에게(세상에는 경제발전을 이룩한 공[?]으로 평생 왕짓거리 하는 놈들이 많지 않은가) 사람은 빵만으로는 살 수 없다, 자유를 다

오, 평화를 원한다고 분연히 땅 짚고 일어선 한국인들의 그런 용기 말이다.

세상의 많은 사람들도 미디어를 통해 기억하겠지만 2016년 겨울 밤 한국에서 일어난 촛불시민혁명에 대한 이야기다. 앞서 한국 편에서 언급하였지만 이 촛불시민혁명은 나라의 자존심을 세계만방에 여지없이 무너뜨리고도 끝까지 자기 죄를 인정하지 않고 바둥대며 버티었던 무능하고 부패한 이상한 정권을 한 명의 부상자도 없이 평화적인 시위로 몰아낸 세계 최초의 명예혁명이었다. 그 해 독일의 권위 있는 단체에서 한국의 모든 시민에게 올해의 위대한 시민상을 수여하였다.

한국인은 한다면 하는 민족이다. 그것이 의롭지 못하고 나라의 심장에 상처를 주고 국민의 자존심을 짓밟은 수치스러운 일이라면, 탱크가 수천 대가 몰려와도, 기관총으로 아무리 쏘아대도 피하지 않고 맞서 싸울 정의로운 백성들이다. 역사가 오천 년이 아닌가. 이제 다시 깨어나 역사적 사명감을 가지고 통일의 밭을 개간할 준비가 되어있는 민족이다.

대한민국의 경제력은 세계 10위권을 들락날락하며, 군사력도 세계 10위권에 들어간다. 인구만 해도 남한만 오천만이요 남·북한 합치면 팔천만에 가깝다. 땅은 좁지만 누가 아랴, 지혜로운 선조들이 먼 훗날 후손들을 위하여 바다 속에 귀한 보물을 숨겨 놓았을지 모를 일이다.

모두에서 동북아의 맹주의 자리를 놓고 중국과 선의의 경쟁

을 하자고 하였다. 민주주의, 인권에 관한 이야기는 이 대목에
선 되도록이면 삼가겠다. 다만 한국은 문화강국이 될 수 있는
중요한 요소와 첩경이 되는 불교문화를 소중한 가치로 자산으
로 삼고 있다는 사실을 기억하자. 불교의 위대함은 이 책에서
수차례 강조되어 반복하지 않겠다. 다만 끝으로 하고 싶은 말은
우리가 가는 길은 세계인의 길이요, 세계를 위한 길이요, 중국
이 가는 길은 중국인의 길이요, 중국을 위한 길일뿐이다.

제7장

먼 길 가는 길손이여, 좀 쉬었다 가자

1

사주, 관상 등 역학은 과거에는 미신이라고 하여 배척을 하기도 했지만 지금은 통계학으로 받아들여 과학의 한 지평을 열게 된다. 통계학을 기본으로 저자의 생각을 조금 보태 일체의 한국의 정치적 현상을 조망해 보려 한다.

우리나라에서 대통령이 되려면 갖추어야 할 조건이랄까. 뭐 그런 게 있다. 우선 비종교인이, 대통령이 된 적이 없다.(한국의 역대 대통령은 거의 다 종교인인데 묘한 것은 개신교가 당선되면 가톨릭이 뒤를 잇고 불교가 다음 차례인데 특히 불교인 경우는 본인이 불교신자인 경우는 없고 영부인이 열렬한 불교 신자다. 본인이 종교가 없으면 대부분 아내의 종교를 따르게 된다.) 다음으로 우리나라 대통령을 살펴보면 돼지띠, 뱀띠, 용띠가 주류를 이룬다. 민선 대통령 중에 두어 명을 빼놓고는 이 범주에 속한다.

더하여 우리나라 대권은 초대 대통령 이승만(황해도 평산)을 제외하곤 T.K.P.K가 정권을 잡았으나 이상하게도 인물이 많은 충청도에선 대통령이 탄생되지 않는다.(조병옥, 윤보선[내각책임제 하의 실권 없는 대통령], 이회창, 반기문, 김종필 등 대권을 잡을만한 인물인데

248

도 기회가 오지 않는다.) 최규하는 강원도이고, 인천 출신인 장면(제2공화국 내각책임제 하의 총리, 대통령 중심제 하의 대통령과 같은 실권자)은 모두 집권 1년을 넘기지 못했고, 신익희도 경기도 광주 출신인데 애석하게도 대통령 당선을 목전에 두고 타계하고 말았다.

박정희가 정권을 잡은 1961년 5월부터 박근혜가 몰락한 2017년 4월까지 56년 중(5년은 김대중 정권, 8개월은 최규하 통치) 50년간 T.K. 5명, P.K. 2명의 경상도 정권이 이 나라를 통치하였다.(보통사람들은 여·야 구분 없이 경상도 사람이 정권을 잡으면 경상도 정권, 호남사람이 정권을 잡으면 호남 정권이라 한다.) 그러나 T.K.P.K. 천지인 세상에 균열이 생기기 시작한다. 말하자면 문재인은 부산사람으로 알고 P.K 정권이라 말할 수 있으나 문재인의 고향은 부친의 고향인 함경북도 함흥이다. 그의 부친은 1950년 12월 함경남도 흥남항에서 1만4천 명의 피란민과 함께 상선 메리디스 빅토리호를 타고 거제에 도착해 간난의 생활을 일구어낸 실향민이다.

계속하여 국무총리를 역임한 사람이 대통령에 당선된 사람이 없다. 하늘은 공평하던가. 적어도 한 나라의 재상을 지낸 사람이 최고 권력까지 넘보는 것은 큰 욕심이라는 말인가 보다.(최규하가 있기는 하나 전두환의 기획에 의한 8개월의 통치기한도 이 범주에 들어가는지……)

경상도 정권 50년과 함께 군사정권은 약속이나 한 듯이 반듯한 30년이니 모두가 한 세대(30년), 반세기(50년)를 넘어가지 못한다.

다음으로 이 나라 보수와 진보의 민낯을 해부하려 한다. 1960년대, 1970년대 그 이후까지 제1야당인 신민당을 좌파내지 진보정당이라고 말하지 않았다. 그러나 언제부터인가 김대중이 대통령이 된 후 노무현 시대까지 좌파라는 말이 심심찮게 우리의 뇌리를 자극하곤 했다 오늘날까지 한 20년 됐나, 저희들끼리 누가 원치도 않았는데 보수, 진보의 진영을 구축했고 민중들은 부화뇌동하여 좌파 우파의 진영 싸움에 몰식하고 만다.

당의 정강, 정책만을 놓고 보면 보수의 가치는 자유, 성장, 반공이며 진보의 가치는 평등, 분배, 통일이다. 그러나 현실을 살펴보면 보수는 자유를 외치지만 권위주의 그늘에서 벗어나지 못했고 시장자유를 외치지만 관치경제의 그늘에서 벗어나지 못했고 성장을 말하지만 재벌위주의 성장이었다. 반공으로 빨갱이 사냥을 마음껏 해왔으니 21세기 동터 오르는 새벽에 그 낡은 이념은 박물관이나 들어가 앉아있을 유물이다. 진보의 평등, 분배, 평화통일의 가치도 많은 부작용과 괴리로 점철된다.

보수, 진보가 주장하는 가치와 덕목은 그들만의 것이 아니라 민주화 시대에 살아갈 민중이 모두 공유해야 할 집합화된 가치일 수밖에 없다. 자유와 평등은 높은 민주주의 개념이고 정부개입 없는 완전 시장자유는 노련한 테크닉을 요구하고 성장도 90%에 육박하는 중소기업 주도성장에 집중하면 분배의 요건을 충분히 갖추게 된다. 그리고 평화 통일이란 우리민족이 공동으로 개척해야 할 역사적 과제임에 틀림없다.

　1948년 헌정수립 이후 보수가 58년을 집권했으며 진보라면 겨우 12년을 상회 하고 있다. 보수 58년의 상징이라면 독재, 군사정권, 기득권, 권위주의 이런 단어밖에 떠오르지 않는다. 경제건설도 독재, 군정이라는 역사적 퇴영에 가려 맑고 밝게 빛나지 못하고 있다. 우리나라에 진보정당이라고 자신 있게 내세울 만한 정당은 있는가. 거의 다 보수정당이지 중도보수냐, 보수우익이냐로 갈라질 뿐 보수의 큰 틀에서 벗어나지 못하고 있다. 그러한 속에서도 한국 정당 중에 진보의 색채가 상대적으로 뚜렷한 정당이 정의당이라고 나는 믿고 싶다. 갈고 닦고 환골탈태하여 백성의 공감을 얻을 수 있는 비전을 제시하고 나라의 미래를 설계할 수 있는 역량을 발휘할 수만 있다면 언젠가 이 나라 진보정당 최초로 제1야당이라는 신화를 창조하는 것도 어려운 일이 아닐 것이다.

2천 년 들어 우리나라에 세 번의 전염병이 엄습해 왔다. 2003년에 사드, 2009년에 신종플루, 2015년에 메르스, 이같이 6년 간격으로 기습적으로 찾아온 바 있다.

비슷비슷한 전염병이 전 세계에 걸쳐 창궐하고 있는데 우리도 언제 닥쳐올지도 모를 또 다른 형태의 전염병에 미리 대비해야 한다. 지금까지 우리에게 찾아온 바이러스들은 체액 등에 의해서 전염되지 인류가 가장 두려워하는 공기로 전염되지 않는다는 것이다. 만약 공기로 감염될 수 있는 신종바이러스가 출현한다면 이것이 가장 우려하고 있는 메가톤급 바이러스일 수 있다.

정부는 어떤 심각한 바이러스가 출현해도 최선을 다해 퇴치시킬 수 있는 질병 메뉴얼에 따라 시스템을 보완해야 한다. 질병관리 본부를 질병관리청으로 독립해 운영시키고 중앙정부와 지방정부가 하나로 통일된 가이드라인과 시스템에 따라 대처해야 한다. 그래도 걱정되는 부분이 있다.

신종감염 질환은 각종 개발을 위해 야생동물 서식지를 파괴하는 과정에서 동물이 갖고 있던 바이러스 세균이 사람에게 옮겨져 활개를 친다는 것이다. 다시 말해 동물에게 있던 바이러스가 사람에게 옮겨지는 이유는 사람이 자연환경을 파괴한 탓이라는 것인데, 항차 원인 바이러스가 규명된 바이러스가 들어와도 온 나라가 휘청했는데 원인 균도 밝혀지지 않은 신종전염병이 발병하면 지금 우리 시스템으로 대응할 수 있을까.

이쯤해서 우리는 자연의 보복이라는 경구를 관념적으로 나마 이해해야 한다. 지금까지 우리는 문명의 발달이라는 미명하에 자연을 너무나 학대했다. 자연의 고마움을 너무나도 몰랐다. 모든 생물은 인간을 위해서 만들어진 것처럼 착각을 하고 자연을 천대해 왔다. 그러나 인간이 정신작용을 하듯이 식물도 정신작용을 하고 인간의 육체가 에너지 파동을 하듯이 식물도 에너지 파동을 하여 주파수를 보낸다. 자연은 우리의 친구요. 우리가 돌아가 편히 쉴 안식처다. 자연을, 나를 사랑하듯이 사랑해야 한다. 자연에게 무서운 보복을 당하지 않기 위해서라도 자연으로 돌아가 자연과 대화를 해야 한다.

세상이 아무리 바뀌어도 정답은 인간의 마음씨다. 아름다운 마음씨를 가진 사람에겐 병이 오지 못한다. 본디 수양하는 사람에겐 강한 면역력이 있어 병이 붙지 못한다.

여기 뜻있는 사람들의 따가운 충고가 있다 문제는 사람이다. 브레이크가 없는 방종한 자본의 사회에서 신음하며 토해낸 인간성의 상실은, 기형적 사회의 탄생을 초래하고 이로 인해 파상된 문화적 바이러스가 결국 생물학적 종(種)의 진화를 멈추게 해 이것이 인류 전체에게 주는 파급적 효과는 지극히 심대하여 결국 자연에 의한 폭력으로 땅은 파국을 맞게 될지도 모른다는 보편적 예후를 통설한다.

3

　고토 회복이란 옛 땅을 도로 찾겠다는 것인데 단군시대마저 신화라고 부정하는 일부 종교인과 학자들의 주장대로라면, 우리 역사는 분명히 삼국시대부터 존재했을 텐데, 그렇다면 광개토대왕이나 장수왕이 만주 전역을 지배한 것은 우리 땅이 아닌 남의 땅을 강제로 침략하여 빼앗은 것이지 고토를 회복한 것이라 말할 수 없을 것이다. 우리 땅이라면 총면적 22만 1000㎢에 지나지 않는 삼한에 만족해야 하는 것이지, 무엄하게 있지도 않은 고토를 어떻게 회복하겠다는 말인가.

　아마도 저들은 삼한만이 우리 역사라고 말하고 싶었을 것이다. 그러나 자신 있게 우리는 이야기 할 수 있다. 견디기 어려운 고난의 역사 속에서 900번이 넘는 대·소의 외침을 만났으면서도 한 번도 남의 나라를 침략해 본 적이 없는 사마리아인 같이 순박한 민중이라는 이 역사적 사실이 오늘 겨레를 감동케 한다.

　누가 이 어린양 같은 백성들에게 침략을 강요할 수 있었을까. 광개토대왕이 북벌을 감행하고 장수왕이 그 영토를 확장하고 겨레의 수많은 왕과 장수들이 북벌을 이루려 했던 것은 그 땅이 분명히 우리의 조선의 땅이요 잃어버린 우리의 제국이었기 때문이다.

이 땅이 천박한 오랑캐들에 의해 노략질 당하고 북해도의 해적들에 의해 윤간 당할 때 자비로운 어머니의 가슴처럼 슬픔을 쓸어안고 말없이 인내하며 살을 에는 동토에서 초인같이 살아온 착한 민중의 삶의 서사시가 사상에 존재한다. 이런 민중들이 어떻게 남의 땅을 약탈할 수 있을까. 오랑캐들이 이 땅은 우리가 버린 것이니 너희들이나 가지라고 그냥 내팽개쳐도 우리 것이 아닌 것은 탐내지도 않고 쳐다보지도 않은 것이 자랑스러운 배달의 자손 홍익인간들의 본래의 모습들이었다. 그때는 그랬다. 지금은 민중이 타락했지만 우리의 먼 조상의 모습은 그러했다. 그렇게 아름다운 천인의 자손이었다.

조선에 태어나서 조선의 말을 하고 조선의 글을 쓰며 조선의 물을 먹고 자랐으면서, 왜 단군조선의 실상을 탐구해 보려 들지 않고, 환국의 역사에 귀를 열어보려 하지도 않고 애써 지우려고만 드는가. 세계 속에 저 나라들은 없는 신화도 만들어서 자국민의 자긍심에 심지를 태워주고, 말 같지 않은 전설을 영롱하게 채색하여 자국의 역사를 미화시켜 찬탄하고들 있는데 중국인들도 인정하는 단군조선의 역사를, 세계사에 존재했던 단군조선의 역사를, 지엽적인 허점을 찾아서 모두 다 부정하려고만 들다니 참으로 그들은 우리의 친구가 아니다. 참으로 그들은 나쁜 사람들이다. 단군을 죽여서 그들이 얻는 이익이 무엇이냐.

단군시대의 역사를 기록한 문헌들이 잦은 외침으로 소실되고 남아있는 문헌마저도 일본이 조선을 병탄하고 강제로 수거하여 소각시켜 버렸다. 일본의 조선역사의 왜곡날조는 내선일체를 위해 철저한 계획에 의해 이루어진다. 일본이 조선보다 긴 역사를 갖고 있는 형님국가가 되기 위해서라도 단군의 2333년은 지워 버려야 했다. 전국에 있는 단군사당을 불태우고 단군에 대한 모든 사료를 소각했다. 엄연한 단군의 역사를 신화로 치부하여 완전히 죽여 버리고 만다. 이렇게 일제가 만들어놓은 식민사관이 해방이 된지 70년이 넘는 작금의 우주과학 시대까지도 일부 학자와 일부 종교인들에 의해 고대신화내지는 야사처럼 왜곡 반포되고 있다니 이 엄연한 역사의 유린이 우리를 너무 슬프게 한다.

4

    지금으로부터 2천 년에서 3천 년 사이에 세계적 인물들이 태양처럼 지구를 찾아왔다. 4대 성인인 석가, 예수. 공자, 소크라테스를 비롯하여 노자, 플라톤, 아리스토텔레스, 용수보살, 디오게네스, 피타고라스 같은 천 년에 한 번 나올까 말까한 커다란 인물들이 폭포처럼 쏟아져 나왔다.

    아직도 우리는 그들에게 영감을 얻고 가르침을 배우고 내일의 희망을 찾는다. 그런데 매우 궁금한 것은 그들의 사생활에 대해서는 알려진 것이 별로 없다. 석가와 예수 외에는 간단한 지식 말고는 그들이 결혼을 했는지 했다면 자식을 낳아 어떻게 키웠는지, 또 그들은 구체적으로 어떻게 살다 어떻게 생을 마감했는지 알 수가 없다. 내가 무지해서 알지 못한 줄은 모르겠지만 그들의 간단한 삶의 여정 외에는 나는 알지 못한다.

    한편 그로부터 세월이 많이 지나 지금으로부터 한 3~4백 년 사이에 또 한 번의 세기적 인물들이 목마르고 병들어가는 이 지구촌을 찾는다. 이번에는 종류도 다양해 화가, 음악가, 작가, 철학자, 사상가, 과학자들이 장엄한 오케스트라의 지휘자처럼 현란하게 그들의 재주를 대지 위에 선사한다.

그러나 서글프게도 그 위대한 인간들이 평생 장가를 가지 않고 혼자 살았거나, 혼자 살다 몹쓸 병에 걸려 죽었다는 이야기다.

저 유명한 괴테, 칸트, 뉴턴, 데카르트, 파스칼, 스피노자, 루소, 존 로크, 볼테르, 카브르 등은 평생을 독신으로 살다 생을 마감했고, 인구에 회자해온 유명한 음악가 슈베르트나 차이코프스키, 화가 고갱이나 작가 모파상 등이 모두 매독으로 죽었다. 화가 고흐는 정신병자가 되어 면도칼로 귀를 자르고 권총자살까지 하다 끝내 발광을 하다 죽었고, 헨델과 도스토예프스키는 간질 환자였으며 고독하게 살다간 니체는 미쳐서 죽어버리고 베토벤도 몹쓸 병(?)에 걸려 귀머거리가 되어 필담으로 의사소통을 하는 칠흑 같은 어둠 속에서 유명한 〈제9교향곡〉, 〈장엄미사곡〉, 〈현악4중주곡〉 등을 만들어냈다. 그것은 음악이자 곧 그의 죽음의 철학이다.

오늘날에 우리에게 그들의 사생활이 바로 전해진들 그게 큰 문제가 되었겠는가. 사람들에게 중요한 것은 베토벤이나 슈베르트, 차이코프스키, 고갱이나 모파상 등이 남겨놓은 아름답고 값진 작품들이었을 것이다. 모두가 어둠속을 헤매며 생애에 극치의 작품을 내놓을 수 있었다는 공통점이 있다.

알고 보면 세상 별 것 있는가? 세상의 영웅들의 삶을 들여다보면 야릇한 감정을 느낄 수도 있어 세상 별 것 아니라는 자조적인 말들을 내뱉을 수 있을 것이다.

지난날 어느 작가가 죽으면서 나는 태어나서 나무와 물과 산을 사랑하였으되 인간의 진실 됨이 어려움을 알고 간다는 말을 했다는 기억이 있다. 물론 죽음 앞에서 누구나 다 순수할 수 있지만 그러나 그것은 거짓말이다.

그는 나무도 물도 사랑하지 않았다. 그가 나무와 물과 산을 진심으로 사랑하였다면 그는 인간의 진실 됨을 알고 갔을 것이다. 결국 그는 인간을 사랑하려는 노력도 없었고 인간을 사랑하지도 않았다는 이야기다.

나무와 물과 산과 인간이 모두 살아있는 유기체인데 우리의 혼백이 저 산과 물과 나무에 꽉 차있는데 그것을 안다면 왜 인간의 진실 됨을 몰랐을까. 결국 이 세상에 태어나서 세상을 이겼노라고 말하는 사람은 시저와 같은 칼잡이가 아니고 스테파노 같이 나무와 물과 산을 사랑한 사람이었다는 것이다.

　지구에서 살고 있는 중생은 종교적인 계시에 의해서, 과학적인 분석에 의해서, 인간의 심성이 포악해짐에 의해서, 우주의 법칙을 관조하는 생명력 있는 역사의 사실증명에 의해서, 혹은 예언가의 미래의 예언의 소리를 들으며 지구재앙의 원인 혹은 필연성에 대해서 한번쯤 우리의 귓문을 열어본 적이 있었을 것이다.

　지구에 재앙이 닥쳐올 것인가. 그 후에 지구의 모습은 과연 어떻게 달라져 갈 것인가. 천년멸망설에 999년 밤 12시 미혹한 세계인들이 촛불을 켜고 멸망의 날을 초조와 불안과 공포 속에 떨며 기다리다 그 예언의 소리가 끝내 해괴한 조어가 되어 허공 속에 묻혀 어디론가 날아가 버렸듯이 아무 일도 일어나지 않을지도 모른다. 그러나 이번에 우리에게 닥쳐올지도 모르는 지구의 재앙은 어쩌면 과거의 역사적 사실 증명에 의해서, 지구의 멸망은 아니더라도 우리에게 커다란 상처를 줄지도 모른다는 불길한 예감이 든다. 미래의 역사를 보려면 어제의 역사를 반추해 볼 필요가 있기에 그렇다. 이것은 살아 숨 쉬는 역사의 사실증명이 있기에 더욱 더 그렇다.

역사의 사실증명이란 무엇인가. 어쩌면 이것은 우리의 삶, 내일의 지구의 운명과도 직결될 수 있는 일이기에 내가 알고 있는 지식의 범주에서 좀 살펴봐야 할 것 같다. 내가 다루고자 하는 의제는 복제인간, 유전자 조작(操作)에 의한 슈퍼인간 그리고 합성인간이다.

한 20년 전쯤 지구라는 조그마한 행성에선 복제인간에 대한 논의가 활발히 진행된 바 있었다. 이 논제의 절정은 복제 양 돌리의 탄생으로 인간 구설의 정점을 찍는다. 양의 복제가 실험실에서 단 한 번에 성공을 한 것은 아니며 무려 277회의 실험을 거쳐 성공을 하게 된다. 그 후 언론을 통해 보도된 "인간복제는 가능한가"라는 화두는 우리 인류에게 커다란 논란을 일으키게 되었다.

여성의 난소에서 난자를 채취해 세포핵을 제거한 다음 남성이나 여성의 체세포에서 핵만을 빼내 난자와 세포를 융합시키면 체세포를 제공한 사람의 수정란이 만들어지고 이를 여성의 자궁 속에 넣어 착상시켜 세포분열을 거듭해 정상적인 태아로 자라나면 태아는 10개월간의 임신기간을 거쳐 체세포의 주인과 동일한 유전자를 가진 아기로 복제되어 세상에 태어나게 된다는 것이다. 이것이 인간복제의 과정이다.

세상은 곧 생명윤리지침을 엄격히 규정하고 인간 복제의 길을 배아단계로부터 철저히 차단시켜 복제 자체를 근원적으로 봉쇄

시켜 버린다. 물론 복제에 관한 놀라운 기술은 인공생명체의 탄생이 목적이 아니라 지금 지구상에서 해결하지 못한 무수한 질병인 암, 에이즈, 중풍, 파킨슨, 루게릭 등 불치의 병을 치료하려는 목적에서 출발한 것이지만 생명윤리라는 장벽에 부딪혀 활발히 빛을 보지 못하게 된다.

양의 복제만 해도 276번의 실패 끝에 겨우 성공을 거두었으니 인간의 복제가 지금 과학의 수준으로 가능한 것인가 하는 회의(懷疑)를 품고도 끊임없이 도전하는 세력(조직)은 분명히 존재할 수 있기에 가상이지만 우리도 모르는 사이에 어딘가 복제인간이 탄생될 수도 있을 것이다.

그 다음이 생식계열 유전자를 조작(操作)하는 기술에 의한 슈퍼인간의 출현이다. 이것은 복제인간보다 한층 더 위험한 이야기다. 2010년 컴퓨터 프로그램으로 실험실에서 만들어낸 인공유전자를 주입한 첫 인공생명체(박테리아)가 탄생했다. 이 기술이 발전하면 공해를 제거하고 친환경 바이오 연료 등에 쓰일 맞춤형 박테리아를 실험실에서 대량생산할 수 있으며, 나쁜 콜레스테롤을 먹어 치우는 박테리아같이 인간에게 유익한 생물을 대량 생산하고 생명의 비밀을 밝힐 초석이 된다. 뿐만 아니라 인간은 DNA내 30억 쌍의 염기서열에 유전자를 담고 있는데 염기서열을 분석하는 컴퓨터 성능이 크게 발전하여 싼값으로 개인의 질병, 신체적 특정정보를 분석하고 질병을 일으킬 수 있는 유전자들을 건강한 유전자들로 대치할 수 있는 유전자 혁명시대가 열리고 있다는 것이다. 유전자 공학의 발전은 매우 고무적이지만 반론도 만만치 않게 제기된다.

이 분야의 전문가들은 먼저 인공박테리아 기술이 테러리스트들에게 생화학 무기 등으로 악용될 수 있다고 본다. 다시 말해 생명공학의 실책으로 인한 바이오테러의 위협을 간과해서는 안 된다고 강조한다. 영국의 권위 있는 학자는 공해를 퇴치하기 위한 인공지능 박테리아가 더 고약한 공해가 될 수 있다고 충고하였다. 이런 경고에도 불구하고 질병과 맞서 싸우기 위해 백신을 개발하고 앞으로 변화하는 세상에 살아남기 위해 과학은 우리 자신의 몸을 개조하는 유전자 도구를 만들어 내는 단계까지 접어들고 있으며 여기서 끝이지 않고 생식계열 유전자를 조작하는 기술로 슈퍼인간을 태어나도록 하는 특정한 유전자 배열을 만들어 낼 수 있는 능력을 갖게 됐다는 것이다.

세계적으로 권위 있는 학자들은 분노에 가득 찬 형상으로 인공유전자 및 인공생명체를 강력히 통제하지 않으면 머지않아 생명체가 교란돼 지구상에서 생명체가 영원히 사라질 수 있다고 강력히 경고한다.

복제인간이나 유전자 조작(操作)에 의한 슈퍼인간에 관한 논쟁도 한때 떠들썩하더니만 어느 날 갑자기 우리들 시야에서 사라져 버렸다. 생명윤리논란을 잠시 피해가기 위한 방책일지 모르겠지만, 세상만사 모두를 걱정하는 오지랖 넓은 거사(居士) 유탄(維坦)은 이렇게 생각하고도 남음이 있다. 과학자들은 실험실에서 인류 역사상 경험하지 못한 상상을 초월할 만큼의 뛰어난 슈퍼인류를 태어나게 할 수 있는 유전공학 능력을 참말로 보유하고 있다면, 그들은 절대로 포기하지 않을 것이다. 어떠한 난관이 있고, 시간이 걸리더라도 끊임없이 연구하고 도전하여 필연코 그들의 목적을 달성할 수 있을 것이다.

말은 이렇게 미래진행형으로 말하지만 생명윤리에 위배되고 인간사회의 충격을 줄이기 위해 보도가 안 될 뿐이지, 유전자 조작에 의해 슈퍼인간이 지금 어디선가 창조되고 있을지도 모른다는 불길한 예감을 떨쳐버릴 수 없다. 과학자들의 의욕이 하늘을 찌를 정도로 충천되었기에 어떠한 장벽도 뚫을 수 있다는 지나친 욕구가 의구심을 떨쳐 버릴 수 없게 된다는 것이다. 사실 권력과 손을 잡든지 권력의 보호를 받든지, 권력이 눈을 감으면 세상사 두려울 게 무엇이겠으며 세상사 이루지 못할 일이 무엇이 있겠는가. 권력은 자본에서 창출되며 자본은 곧 힘이요 마력이자 현대의 신이다.

끝으로 합성인간에 대해 설명해 본다. 합성인간이란 지금 일어나고 있는 인공지능시대에 출현할 수 있는 사람과 기계의 결합이다. 사람의 장기 중 많은 부분이 기계로 대체되고 뇌에 칩이나 임플란트를 삽입하여 인간의 지적 능력을 상승시켜 기계와 인간으로 합성된 인간을 말한다. 세계적인 신경학자는 우리의 지식이 진보한 미래의 어느 시점에 유전자 과학에 의한 단백질과 아미노산 혹은 공학에 의한 칩과 구리선을 재료로 사용하여 나쁜 성질을 가지지 않고 좋은 성질만 가진 생물을 만들 수 있다고 공언한 바 있다. 합성인간에 대한 보조적 학설이다.

일찍이 한국의 위대한 선승은 가장 행복한 사람은 지구상에 태어나지 않은 사람이라 하였고 태어날 수밖에 없다면 서너 살 때 일찍 부모를 여의고 스님을 만나 어린 시절을 절에서 보내며 공부를 어려서부터 시작한 아이가 다음으로 행복한 사람이라고 말하셨다. 인간은 만 3~4살(5~6살) 사이에 인격이 형성되기 때문에 이때 전인적인 교육을 시켜 올바르게 잘 키우게 되면 실험실에서 생명을 만들지 않아도 이따가 성장해서 사회의 훌륭한 동량이 돼서 실험실에서 만든 어느 생명체보다도 월등한 슈퍼인간으로 성장할 수 있다고 확신 할 수 있다. 인간은 태곳적부터 법신(法身)을 지닌 위대한 영장이다. 무명(無明)에 가려 앞을 더듬거렸을 뿐이지 떼가 잔뜩 낀 거울을 아주 밝게 닦아내듯이 마음을 닦아내면 일체지무애능을 얻어 위대한 인간으로 승화될 수 있을 것이다.

지금 우리는 대단히 위험한 시대에 살고 있다. 만약 종의 진화가 실험실에서 이루어진다면, 단 한 명의 인간이라도 실험실에서 생산 된다면 세상은 끝나고 말 것이라고 경고할 수 있다. 종의 진화의 생멸의 법칙을 무시하고 실험실에서 우수한 인간종자를 번식시켰다면 인간은 끝장이고 지구는 종말을 맞이할 수밖에 없다고 주장할 수 있다는 것이다.

지구의 해수면이 올라가고 예측을 불허하는 기후변화, 걷잡을 수 없는 환경오염, 살인적인 미세먼지, 온갖 공해로 세상의 내일을 예측할 수 없다. 불확실성 시대에 인류의 해악인, 불치의 온갖 질병치료와 공해를 퇴치시키는 실험 연구에 끝나지 않고 종내 종(種)을 발전시키고 보다 나은 인간을 만들기 위해 유전공학의 기술을 사용한다든가 인간을 복제해서 복제인간을 세상에 방출해 세계 질서를 교란시킨다면 지구는 끝나고 말 것이라는 경고를 무시해서는 안 될 것이다. 이 경고가 끝내 무시된다면 수천 년간 가혹하게 천대받고 발길로 이리저리 채이며 혹독하게 고통 받던 자연은 인간을 향해, 지구를 향해, 무서운 보복을 시작할 것이다. 여기서 추정해 볼 수 있는 가능성 있는 가공할 공포의 대상은 무서운 괴실병인 메가톤급 바이러스의 출현과 지구의 지축이 바로서기 위한 대격진의 지각변동이라고 말할 수 있다. 우주에는 법칙이라는 것이 있다. 사람들은 특히 정치인들은 그 잘난 과학자들은 우주의 법칙이라는 것을 우습게 생각하는 경향이 매우 크다. 가뭄 하나 못 막으면서, 해일이 올 때 쯤 이면 꼼짝 못하고 지하동굴에 숨어 있다가 순간이 지나면 어디선가 기어 나와 교만의 잔꾀를 부리며 눈알을 뱅뱅 돌리고 하늘을 향해 큰소리치기가 일쑤다.

앞장에서 소개한 바와 같이 불교에는 성주괴공(成住壞空)이라는 우주의 법칙이라는 것이 있다. 지구의 형태가 이루어지기까지를 성겁(成劫, 20소겁=3억3천5백9십6만 년)의 시기라 하고 지구의 형태가 이루어진 시기를 주겁(住劫, 20소겁=3억3천5십9십6만 년)의 시기라 한다. 성겁의 시기가 끝나고 주겁의 시기가 시작 될 때, 말하자면 사람이 살 수 있는 "이 세상이 처음 생겼을 때 천상세계의 사람이 내려와서 사는데" 이렇게 시작하는 불교의 우주관은 수천 년이 지난 현대에 와서 어느 생물학자의 특수한 이론과 피할 수 없이 만나게 된다.

DNA의 이중나선구조를 규명해 노벨상을 받은 생물학자 프랜시스 크릭 박사는 우리의 DNA는 우주선을 통해 다른 행성에서 의도적으로 지구에 보내졌으며 지구의 모든 생명체는 단일한 외계 조직으로부터 파생된 복제라는 내용의 이론을 1973년에 이미 발표했다. 정향적 범균론(directed panspermia)이라는 이 이론에서 그는 지구의 생명체는 지구가 갓 생겨날 시점에 상당히 발달한 문명이 일종의 우주선에 태워 보낸 미생물에서 시작된 것이라고 말하며 그 증거로 모든 생명체의 유전자 크기가 동일하다는 것과 지구에 나타난 최초의 유기체는 더욱 단순한 버전 형태가 전혀 없이 급속히 등장하였다는 것을 예시로 들었다.

이제 끝맺을 시간이 왔다. 우리는 속인이다. 세속에 흐느적거리며 속세에 찌들어 정신이 병든 포유동물이기에 지구의 재앙을 속세를 달관한 어느 철인의 모습처럼 흉내 내며 맞이할 수가 없으며 어느 날 갑자기 우리에게 엄습한 재난을 방지할 아무러한 대책도 없다. 옛날 옛적에 지진이 일어나 이란에서 5만 명이 인도에선 10만 명이 죽고, 멕시코 아르헨티나에서 수만 명의 생명이 지진으로 지구상에서 자취를 감춰버린 그 능극의 재앙을 보앗듯이 그저 운명으로 받아들일 수밖에 없다.

　세상을 둘러보자 대체로 독재국가들이 무너지고 자유화의 물결이 넘치고 사람들이 전체적으로 눈을 뜨고 있다. 하지만 생태계는 돌이킬 수 없을 정도로 파괴되어 있고 인간의 심성은 개량하기 힘들 정도로 황폐해져 갔다. 이걸 치료하기에 이미 때가 늦지 않았던가, 어떻게 해야 하나, 무슨 방법이 없을까.

　이제 우리는 앞으로의 삶을 어떻게 설계할 것인가, 지구의 재앙 같은 그런 일은 일어나지 않을 것이라며, 부질없는 소리라 일축하고 열심히 나를 위해 한 뼘의 땅이라도 더 차지하려고 덤벼올 것인가. 아니면 스스로 끊을 수 없는 이 몸뚱어리 끝내 살아남게 해달라고 교회에 나가 기도하고 절에 나가 엎드려 절이나 할 것인가. 사람다운 사람은, 사람답게 살아온 사람은, 오늘 몽매한 현실 앞에 조용히 눈을 감고 중인의 가슴을 치듯이 이 어두운 새벽에 종을 치기 위해 눈을 뜬다.

　불교에서는 세상의 종말이라는 말을 철저히 거부한다. 우주는 성주괴공의 법칙에 의해 운행될 뿐 파멸해 완전히 없어진다는 멸망이라는 말을 지금 사용하지 않는다. 구태여 말하자면 개벽이라고 말하는 것이 더욱더 현실적일 수 있다.

　내가 이 글에서 지구의 재앙이 머지않아 찾아올 것같이 공포 분위기를 조성한 것 같은 측면이 없지 않으나, 심성이 메말라가는 인간들에게 서로 돕고 살자며 경각심을 불러 일으킨 것뿐이니 아무 걱정하지 말고 열심히 살면 아무 일도 일어나지 않을 것이다.

　그러나 설사 지구에 예기치 못할 달갑지 않은 손님(?)이 찾아
온다 해도 우리는 당당하게 그 손님을 맞이할 용기가 필요하다.
살려고 발버둥을 치면 쥐덫에 걸린 들쥐처럼 무저갱으로 떨어져
버릴 것이며, 죽으려고 목을 내놓으면 여기 선인(仙人)이 있어 목
을 칠 화살을 꺾어 저 먼 창공을 나는 비둘기의 입에 물려줄 것
이다.

6

머지않아 아직까지 지구상에서 경험해보지 못한 커다란 문화사적 전환기라는 인공지능의 시대가 찾아올 것이다.

지금의 초등학생들은 인공지능과 경쟁을 해야 할 최초의 시대가 될 것이다. 그러므로 인공지능이 미치지 못하는 창의적이고 감성적인 인재로 키우는 교육이 필수적인데, 무엇보다 시급한 과제는 만 3~5살 사이의 유치원 과정의 교육이다.

인간은 누구나 3~5살 사이에 인격이 형성되는데 이때 전인교육을 제대로 시키면 3~5살 사이에 참고 견디는 습관을 기르게 된다. 남에게 폐 끼치지 않는 사람으로 키우게 된다. 타인과 공유하는 공동선을 벌써 그 나이에 키우게 된다. 공부도 잘하며 창의성과 감성지능도 키우게 된다. 3~5살에 참고 견디는 아이는 20년 후도 참고 견디는데 그러지 못한 아이들은 20년 후에도 조그만 일이라도 참고 견디지 못한다.

사람에게는 IQ, PQ(재능), EQ의 능력이 있다. 하고 싶은 일이 있는데 참고 견디며 안 하는 아이들은 EQ가 높은 아이들이다. 또 하기 싫은 일이 있는데 참고 하는 아이들은 EQ가 높은 아이들이다. 3~5살 때 인격형성이 바르게 되면 평생 동안 바른 인간이 되며 행복한 삶을 살게 된다. 그러므로 여러 가지 특성을 살리고 재능을 발견하고, 최적의 적성을 살리는 유아교육에 대한 최상의 프로그램 최상의 교육 시스템을 만들어야 한다. 이것이 세상이 혁명적으로 바뀔 인공지능의 시대에 국가가 국민을 위해 준비해야 할 최우선의 과제이다.

그러나 국가의 독자적인 추진력만 가지고서는 교육, 특히 유아교육은 성공할 수가 없다. 자식의 성공을 위해선 모든 것을 버릴 수 있는 세계적으로 교육열이 높은 한국의 부모들의 적극적인 협조가 있어야 한다.

한국의 부모들은 자식이 남보다 공부를 더 잘하고 일류 대학에 가서 좋은 직업을 갖고, 출세하여 보란 듯이 살기를 원한다. 사람이 정직하고 친절하고 인격이 훌륭함은 그들에겐 중요하지 않다. 이렇게 어려서부터 그런 환경에 길들여진 아이들은 남에게 이겨야 한다는 강박관념 속에 갇혀 그런 사회적 환경이 만들어 놓은 성공의 꽃길만 밟아가다보니, 창의적이지 못하고 미시적인 세상만 보며 더욱이 남에게 봉사하고 이웃을 돕고 남을 돕고 사는 그런 삶을 살아갈 수가 없게 된다는 것이다. 그러나 따지고 보면 우리가 좀 극성스러울 뿐이지 세상 자체가 무한경쟁의 시대였고 적자생존의 법칙이 적용되는 사회이었기에 인간은 결국 이기적으로 흐를 수밖에 없었을 것이다.

아는 바와 같이 지금까지의 문명은 존재론에 기반 되어 왔다.

현대철학의 기조는 자신을 부각시키고 자신의 존재를 사회에 각인시키기 위한 것이다. 부모의 자녀교육도 그런 철학적 사고에 기인한다. 말하자면 무질서의 경쟁력과 그중에서 자신의 존재의 무게를 키워가려는 문화가 현대문명을 지탱해 주고 있다는 것이다.

아무리 세상의 환경이 그럴지라도, 국가는 현대의 유아교육의 성공이 훗날 통일한국이 세계무대에서 힘차게 준동할 때 어제의 3~5살 어린아이들이 내일의 이 나라의 중심인물이 되어 세계 문명을 주도하게 될 것이라는 확신을 심어주어 국가가 제시하는 전인교육 프로그램에 적극 동참하기를 아이의 부모들에게 적극적으로 호소해야 할 것이다.

7

구약의 천지창조설을 보면 에덴의 동산에 생명의 나무와 지혜의 나무가 있다. 하나님은 지혜의 나무의 사과를 따먹지 말라고 하였다. 그러나 이브는 사탄인 뱀의 유혹에 넘어가 사과를 따먹고 만다. 아담과 이브가 사과를 따먹자, 지혜의 눈, 다시 말해 무의식의 세계에서 의식의 세계로 돌아와 부끄럼을 알게 됨에 알몸을 가리게 된다. 이 대목에서 중요한 것은 하나님의 세계란 무의식의 세계였다는 것이다. 나를 잊은 무아의 상태였다. 나를 버리는 무소유의 상태였다. 모든 사물을 공(空)으로 보는 무상(無相)의 상태였다.

결국 그들은 의식의 세계, 속 된 지식의 세계, 소유의 세계, 집착의 세계로 돌아오고 만다. 말하자면 시간과 공간이 융합된 하나님의 세계에서 시간과 공간이 분리된 인간의 세계로 돌아왔다는 것이다.

결혼이라는 것에 생각해보자. 결혼이란 의식의 세계가 만들어낸 대표적 표상이요, 소유와 존재론적 세계형성의 블록이자 근원을 이룬다. 사람들은 이미 짜인 조직과 질서 속에서 생명체가 없는 의식덩어리가 만들어낸 법과 규율이라는 데 얽매여서 저가 장가 가니 나도 가고, 저가 새끼 낳아 기르니 나도 낳아 기른다. 내가 장가 가는 이유가 무엇이고, 자식 낳아 기르는 이유가 무엇인지 알 필요가 없다. 어쩌면 결혼은 성문화된 지고의 법률과도 같으니 감히 그 놀음에 어찌 돌을 던질 수 있을까.

현실의 실정이 그렇듯이 우리네 생활에 결혼이라는 문제에 부딪혀 결혼자체에 회의를 느끼며 고민하는 사람은 별로 없다. 결혼할 마땅한 상대가 없다든지 혹은 결혼할 준비가 돼있지 않아서 말하자면 아파트가 마련 안됐다든지 직업이 시원치 않다든지 상대방 연인의 마음에 들 수 있는 조건이 부합돼지 못해 잠을 못 이룰 뿐이지 결혼 그 자체가 얼마나 인간을 억압하고 행위와 형식에 구속돼야 하는지 지금은 모르고 있다.

물론 이런 주장에 동의하지 않는 사람도 있고 그런 이유로 결혼을 원치 않는 사람을 이상히 여기고 이방인으로 본다. 그러나 결혼이 시작되므로 우리 에게는 강한 소유욕이 들어오게 된다. 자식을 낳아 가정을 이루면 우리 주위의 울타리는 철망으로 칭칭 감아 에고의 벽을 두껍게 쌓는다. 가히 전투적이다.

우리가 원치 않아도 사회가 구조적으로 전투적으로 조직돼 있어 누구도 이 전선에 이탈할 수가 없게 된다. 총만 안 들었지, 사는 게 전쟁이다. 그래도 사랑하나 남는다고 한다. 사랑? 특히 부부간의 사랑이란 의무요 봉사지 영원한 사랑이란 있을 수 없고 더더군다나 영혼을 사랑한다는 것은 더욱더 가능치 못하다. 남녀 간에 애정 이것은 언젠가 식을 수밖에 없는 것이기 때문이다.

자식을 낳아 귀엽고 한때는 사랑스러워도 자라서 다 크면 그 자식들도 세속의 불장난에 춤추고 나부낀다. 날이 갈수록 야속한 세상살이가 되어버려 부모는 자식에게 크게 강요를 하고 자식은 부모에게 순종하기를 거부한다.

물론 남녀 간 한평생 연인의 감정으로 사랑하는 사람도 있을 테고 부모 자식 간의 사랑이 변치 않는 금반지처럼 깨져도 부서지지 않는 다이아몬드처럼 금빛 날개를 타고 나는 영혼의 가정, 노아의 가정을 만드는 사람도 어딘가는 있을 수 있겠지만 대부분은 그렇지가 못하단다.

우리가 삶에 애착을 강하게 느끼고 섹스와 부귀공명의 노예가 되어 세속의 욕망의 숲에 취해 흐느적거리면서 어떻게 노아의 가정을 만들 수 있을까. 결국 이렇게 살다 보면 세속의 유희에 빠져 어느덧 이마에 주름이 굵어지고 늙고 병들어 몸에서는 냄새가 나오는 세월을 막을 수 없어 진맥이 빠지고 가느다란 다리가 휘청거리며 가냘픈 허리가 허우적거릴 때 그때는 사색도 있을 수 없고 사고도 정지되어 세상에서 정열이 식어지고 기가 빠져 심지어는 가정에서까지도 대접받지 못하는 불우한 한 마리의 포유동물이 되어 버릴 수밖에 없지 않은가.

어차피 우리가 세상에 태어난 이상 이렇게 사는 방법 외에는 뾰족한 해답이 나올 수 없다. 과연 다른 방법이 없을까?

그러나 언젠가 사람들이 살아가는 방법, 결혼을 하고 자식을 낮고 틀에 박힌 사회적인 삶의 관념은 죽고 창조적인 삶이나 승화된 삶의 형질이 우리가 찾아가야 할 미래의 역사의 길이라는 확신을 믿을 수만 있다면, 방법은 찾을 수 있다는 이야기다.

아담, 이브가 의식의 세계로 쫓겨나며 받은 원죄라는 형벌이 있었다면 회개라는 이름으로 그 원죄를 깨끗이 씻어 무의식의 세계인 하나님의 세계로 돌아가기 위해 사하라 사막에서 기도하는 어느 수도사의 삶을 배워야 하고, 히말라야 기슭에서 명상하는 구도자의 삶을 흉내라도 내야 한다.

우리가 살고 있는 돼먹지 못한 이 세상에 지지고 볶고 미쳐 날뛰며 정신없이 살아가는 세상에서 한 발자국 성큼 물러나 물끄러미 우리를 바라보며 새 세상을 창조하는 그림을 열두 번씩 그려대는 그들의 삶을 배워야 한다. 언젠가 그들은 지금 그리고 있는 그림을 지우고 또 지우고 다시 지운 후에 이따가 수많은 중생들이 경탄할 이상적인 가정의 모형을 그려낼 것이기 때문이다.

　우리는 왜 사는가, 어떻게 사는 게 가치 있고 보람 있는 삶인가. 이 문제에 대한 해답은 간단치가 않다. 생의 한가운데서, 사노라면 맛볼 수 있는 밀려오는 허무감, 애잔한 서러움, 엄습해오는 고독감, 그리고 두려움, 이 모든 고통을 세상은 고해라는 이름으로 정의한다. 그러므로 세상이 왜 고통스러운 바다인지 진지하게 그 의미를 해부하고 분석함이란 매우 의미 있는 일이 될 것이다.

　우리네 세상은 혼자 아무리 수행을 해서 크게 도를 얻어도 공동선이 이루어지지 않고서는 진정으로 행복한 사회를 만날 수가 없다. 우리가 살고 있는 이 사바세계(번뇌가 가득 찬 고통스러운 세계)의 사람들은 너무 억세고 거칠어서 조복(調伏: 마음을 바른 상태에 두어 악을 억제하고 몸을 제어 하는 것)하기가 힘들다고 한다. 이 거친 세상에 거친 사람들을 만나 거칠게 살다 초라하게 인생을 마감해야 되겠냐고, 내 이놈의 세상을 뜯어 고쳐 보겠다고 아무리 몸부림을 쳐도 눈 하나 깜빡하지 않는 세상이란 놈이 저기 장승처럼 버티고 서있다.

우리는 나눔의 철학을 말이나 글로 배운다. 사랑을 또 배운다. 사랑 없는 세상을 어떻게 살 수가 있느냐고 앙탈(?)을 부린다. 그들의 사랑이란 어떤 사랑인가. 내 것이야, 너 없인 못살아, 소유의 사랑이다. 자식도 애비와 에미의 소유의 산물이다. 너는 내 것이야 하며 달려들 때 도망갈 때도 없고, 참으로 숨 막히는 감옥이라고 절규하는 소년, 소녀들의 애원이 들리는 듯하다. 예전에도 이런 시대가 있었다. 부모 눈치 보지 않고 자기 의지대로 어느 것 하나 할 수 있었을까. 나 싫어도 부모 말이라면 순종해야 하는 게 효도의 본(本)이었지 불복이라는 언어가 씨알이나 먹힐 시대였든가.

이제 인지가 발달해서 사람들이 눈을 뜨고 많이 깨어가고 있다. 새로운 시대엔 한층 높은 철학을 배워야 한 즉 "하나가 전체요 전체가 하나"라는 참된 이치를 익히지 않고서는 이 암울한 세상에 진정한 평화와 행복은 찾아오지 않는다. 어떠한 삶의 행동선(善)이 필요한가. "나눔이다. 배품이다." 식상한 단어라 외면받지만 그러나 이 산맥을 뚫지 않고서는 어두운 밤을 걸어갈 수가 없다.

왜 하나가 전체인가. 왜 너와 내가 둘이 아닌가. 우리가 살고 있는 세상에 물질계를 구성하고 있는 기본 성분은 에너지이다. 그러나 몸과 마음이 하나라는 일원론이 성립되기 전까지는 하나가 전체라는 등식은 성립될 수가 없었다. 우주 자연계는 질량과 에너지 두 가지 요소로 구성되었다. 고전물리학에선 질량은 질량분별의 법칙, 에너지는 에너지보존법칙의 두 개의 대립된 개념으로 구분되었는데 현대에 와서 아인슈타인의 등가원리가 나옴으로 질량은 에너지요, 에너지는 질량이라는 등식이 성립되고 만다.

원래 물질인 기체, 고체, 액체는 분자로 구성되고 분자는 원자로 원자는 입자, 입자는 소립자로 구성되어 모든 물체는 소립자 뭉치였는데 쿼크라는 입자가 새롭게 발견되어 물리학자들은 물질의 최소단위를 쿼크라고 명명하고 있다.

이렇게 물질을 계측 관찰하다 보면 마지막엔 최소단위인 순수에너지만 남게 되는데, 따라서 우리와 모든 사물은 에너지의 집합체이고 우리의 내면과 온갖 현상계가 에너지로 이루어져 하나의 거대한 에너지 장을 형성하고 있다. 이렇듯 우리 인간은 무한한 그물의 한 코처럼 무수한 인연에 의해 존재 하는 것이다. 말하자면 인간을 비롯한 모든 생물들은 마음이라는 생명체를 지닌 법신(모든 생물의 신성을 유지시키는 근원적인 힘)의 주인공들이니 개체로 쪼개져 나눌 수 없다. 너와 나, 우리는 둘이 아니니 너의 기쁨이 나의 기쁨이요, 너의 슬픔이 나의 슬픔이다.

하나가 전체라는 참된 이치를 아는 사람은, 너와 내가 둘이 아니라는 위대한 진실을 깨닫는 사람은, 모든 두려움으로부터 해방되고, 죽음과 모든 공포로부터 해방된다. 무명의 옷을 벗은 사람이다.

끝으로 죽음 앞에서 용감했던 어느 사형수의 이야기를 잠시 소개한다.

아주 오래된 일이지만 지금도 나는 어느 사형수의 마지막 모습을 기억한다. 잠깐의 실수로 사람을 죽여 사형집행장에서 형장의 이슬로 사라졌지만 죽음 앞에서 당당했던 젊은 사형수의 모습을 기억한다.

그러니까 그때 내가 군검찰부에 근무했을 때 어느 날 사형수들의 사형집행 현장을 목격하게 된다. 안이 지그재그형의 그물이 쳐져 밖이 안 보이는 죄수 이송차가 사형집행 현장에 도착해 문을 열어 사형수들을 쏟아 놓자 키가 그리 크지 않은 작달막한 젊은 이가 나의 시선을 끈다. 말뚝이 놓여있는 주위를 살펴보고 '아 이제 나는 죽는구나'라는 두려움에 약간 움찔하지만 이내 머리를 꼿꼿이 들고 자가가 죽을 말뚝을 찾아 순순히 집행하사에게 몸을 맡긴다. 손을 뒤로 하고 가슴과 허리를 묶고 검찰관의 판결문 낭독이 있자 목사의 기도가 이어진다.

기도가 끝나자 검은 천으로 눈을 가리려 할 때 목사가 다시 돌아와 그 사형수 귀에다 무슨 말을 속삭이자 그 23세의 젊은 청년의 입가에 활짝 미소가 떠오른다. 호쾌한 웃음이다. 눈을 가리고 30초만 있으면 죽는데 환한 웃음이 나올 수 있을까. 어느 사형수는 몸부림치거나 겁먹은 표정으로 울면서 어머니를 찾았으나 그만은 참말로 죽음의 현장에서 산 사람의 모습을 보였다.

구속이 된 후 기독교에 귀의하여 1년여 기간에 집행 현장에 나온 목사와의 교우로 기독교인이 되었고 유언도 자기가 지은 죄를 용서해 주고 가족들에게 기독교 귀의를 바라며 자기가 못다한 기독교의 복음을 부탁한다는 유언을 남기고 웃으며 죽는 스물세 살의 젊은이의 모습이 같은 스물세 살의 나에게 많은 생각을 하게 해 주었다.

사람은 어떻게 배불리 잘 사느냐 하는 문제가 중요하고 우리가 그렇게 삶의 목표를 설정해 놓았기에 문명은 발달되었지만 사회는 어두운 악순환을 거듭해 오고 있다. 그러지 말고 어떻게 잘 죽을 수 있느냐에 목표를 설정할 때 우리의 황폐한 정신세계는 무척이나 개간이 될 것이다. 죽음을 두려워하지 않는 사람들의 삶의 모습은 결코 오늘날 우리 주위에서 볼 수 있는 인간의 자잘한 모습은 아닐 것이다.

9

앞으로 맞이할 천 년의 시대에 불교가 왜 대안이 되어야 하느냐? 나는 이 장에서 불교의 우월성을 강조하여 타 종교와 차별화 하자는 것이 아니다 이 시대에 불교가 준비하고 있는 해답이 무엇인지 함께 두들겨 보자는 것이다.

문명이 발달됨에 따라 그 시대에 어울리는 사상적 디자인이 설계될 수 있는 것이다. 2천 년 전까지는 유교나 기독교가 동·서양의 체질에 걸맞은 종교일 수도 있었다. 그러나 21세기, 더 나아가 앞으로 천 년의 시대에는 우주과학시대에 걸 맞는 불교와 같은 종교를 찾아가야 한다. 수천 년 간 기독교 전성시대는 엄연히 존재했고 유교의 전성시대도 국지적이지만 생기있게 존재했다. 기독교는 구원의 종교이며 유교는 도덕적으로 인격을 함양시키는 종교이기에 세속에서 제 가치를 발휘할 수 있었다.

그러나 불교는 세속적인 종교차원을 훨씬 넘어서고 있다 불교는 자각의 종교지 기복의 종교, 구원의 종교가 아니다. 하지만 불행하게도 불교의 역사는 중국에만 2천 년, 한국에만도 1600년이지만, 기복종교에 지나지 않았을 뿐 참불교의 정신과는 거리가 너무나도 멀었다. 특히 한국불교는 1600년 동안 왕족불교, 귀족불교였지 민중의 불교는 아니었다. 민중을 통치하기 위한 수단으로 민중을 짜먹고 달래기 위한 방편으로 불교를 정치도구로 이용하였을 뿐이었다. 민중이 그토록 어려운 불교를 이해할 수 있었겠으며 역경(譯經)도 되지 않은 불교를, 선지식(고승)을 만나기조차 어려운데 어디 가서 불교의 심오한 원리를 이해할 수 있었겠는가. 그냥 기복이지, 복 빌러 절에 가는 거겠지, 또 불교면 그냥 불교지 통일불교(신라), 호국불교(고려), 구국불교(이조), 평화불교(현대)라니 이게 도대체 무슨 말인지 나는 무식해서 알아들을 수가 없다.

어찌됐든 한국에 찬란한 불교문화시대가 있었음을 부인하지 않지만 누가 무어라 해도 불교는 왕족 귀족들의 것이요 승려들이 것이었다. 설혹 왕족과 귀족, 승려들이 불교의 진수를 고승 대덕의 법문을 통해 이해되고 터득하여 참불교의 뜻을 받아들였다 해도 불교의 핵심인 중도나 불생불멸의 진리가 과학적으로 실증이 안 되고 객관적으로 입증이 되지 않은 상태에서 민중의 가슴에 뜨겁게 와 닿을 수 있었겠으며 세계인의 가슴에 불을 지를 수 있었겠는가. 한마디로 말해 불교의 교리만은 당시 아무리 공부를 많이 한 사람이래도, 선지식(善知識)의 도움 없이는 쉽게 이해를 구할 수가 없었을 것이다. 그러므로 엄격히 말해 석가세존의 입멸 후 지금까지 부처의 말씀인 팔만대장경은 존재했어도 아세아 쪽에서만 국지적으로 꽃이 피었을 뿐, 전 세계적으론 불교의 전성시대는 존재하지 않았다고 볼 수밖에 없다.

학문이 발달하기 전에는 불교라고 하면 그저 부처님의 가르침이라는 막연한 생각이 떠오를 뿐이었는데 학문이 발달됨에 따라 불교도 역사적인 전개에 따라 근본불교, 원시불교, 부파불교, 대승불교 등으로 연구하게 되었다. 근본불교란 부처님과 부처님 제자들에 의해 이루어진 초기의 불교를 말하고, 원사불교란 부처님 입멸하신 후 부처님 제자들 이후부터 부파의 분열 이전까지 100여 년 동안의 불교를 말한다. 그 뒤로 수십 개의 부파가 나뉘어 서로 이론적 논쟁을 하게 되었는데 그 시대의 불교를 부파불교라 한다. 부파성립 이후의 교단은 거의 소승(小乘)불교에 의해 지배당하게 되는데 여기서 소승을 배격하고 근본불교 정신으로 되돌아가려고 일어난 것이 대승(大乘)불교다.

대승불교 운동은 기원전 2~3세기경 인도의 용수(龍樹)보살에 의해 처음으로 일어나게 되는데 용수는 중관(中觀)사상으로 대승의 진리를 체계화시킨다. 중국에서는 이런 불교사상을 수용하여 대승적인 교학을 발전시켰는데 그 대표적인 종파가 화엄종, 법상종, 천태종, 선종 등이다. 그러나 불교사상의 발전과 역사적 전개는 현대에 와서 원자물리학이 발달하여 불교의 진리가 입증된 후에라야 불교의 전성시대의 개막을 알리게 된다.

오늘날 원자물리학자들의 입을 통해 우주 자연계는 질량과 에너지 두 가지 요소로 구성되었으며 모든 만법, 우주 전체가 불생불멸이라는 말을 들을 수 있다. 시간적으로 영원하고 공간적으로 무한한 세계가 불생불멸의 세계다. 이렇게 불생불멸은 원자과학으로 증명되었고 원자물리학으로 확실히 증명되었다.

그러면 기독교나 회교, 힌두교나 유교는 왜 세속적인 종교인지 살펴볼 필요가 있다. 만물의 생성원리를 없던 것이 새로 탄생하여 생겨난다는 가르침으로 해석하면 시간적 해석이 되어 전변설(轉變設)에 떨어지게 된다. 전변설은 오늘날 하나님격인 범(梵: Branman)에서 일체 만물이 나왔다는 인도의 고대종교 사상이다. 초월신을 전제로 한 기독교, 회교 모두가 이에 속한다. 이들은 제법실유(諸法實有) 즉 모든 법에는 실체가 있으므로 고정적으로 생사(나고 죽음)가 있다고 보고 있다.

만물을 존재의 원리인 무시무종(無始無終: 우리가 살아가는 삶은 둥근 원 이다. 원에는 처음 시작하는 곳과 끝나는 곳이 없다.)으로 보지 않고 생성의 원리인 나고 죽음이 있는 생멸법(生滅法)으로 해석하는 유교도 이 범주를 벗어나지 못하고 있다. 불교에서는 이것을 소승(小乘) 사상이라고 한다.

그러나 불교는 근본적으로 사고와 해석을 달리한다. 알기 쉽게 설명해 보면, 불교 교리에 삼법인(三法印)이라는 것이 있다. 일체개고(一切皆苦) 제행무상(諸行無常), 제법무아(諸法無我)를 말하는데 불교 교리에선 이것과 합치되지 않으면 불교가 아니라고 설명한다.

'모든 것이 괴로움이다(일체개고[一切皆苦])' 하는 것은 모든 현상계가 무상(제행무상[諸行無常]) 하다는 것과 같다. 무상이 아닐 것 같으면 괴로움이 있을 수 없다. 무상이란 변(變)한다는 의미이며 변한다는 것은 고정성이 없기 때문에 가능한 것이다.

오늘날 과학자들은 부처가 설명한 이 변화의 법칙을 받아들이고 있다. 모든 것은 에너지의 소용돌이이며 그 안에 연속적인 장(場)이 존재치 않으며 끊임없이 파동과 에너지로 변환되고 있다는 것이다. 이와 같이 모든 것이 변천하는 까닭은 있는 것(有)과 없는 것(無)을 막론하고 모든 존재에 변하지 않는 어떤 상주불변(常注不變)하는 성품이 없기 때문이다. 그러므로 모든 것에는 불변의 실체가 없다(제법무아[諸法無我]). 우리의 몸과 마음은 오온(五蘊=色, 愛, 想, 行, 識)이 가정적으로 화합하여 있을 뿐 무아(無我)라는 것이다.

위에서 지적하듯 우주의 모든 것에 나라고 할 것은 없다는 제법무아의 참된 이치를 터득하지 못하고 나라는 실체가 있다고 믿는 소승(小乘)들은 집착과 번뇌의 친구가 되어 무한한 공간속으로 함몰되어 고통과 괴로움 속에서 헤어날 수 없게 된다. 이것이 세속의 종교라고 지적하는 큰 이유가 된다.

결국, 소승에서는 삶과 죽음을 둘로 본다. 인간의 삶을 일회적으로 보기에 죽음은 끝이고 삶과 죽음은 아무런 관계가 없다고 본다. 대승에서는 삶과 죽음을 하나로 본다. 죽음은 끝이 아니라 삶의 시작이요 삶과 죽음은 연기(緣起)에 의해서 끊임없이 이어지고 인과의 법칙에 의해서 영원토록 윤회의 삶을 살아간다.

죽으면 무엇이 가는가. 무정물인 색신(몸뚱이)은 인연이 다하면

버리게 되어있다 가는 것은 빛깔도 소리도 형체도 없는 마음(영혼)이 가는 것이다. 색신(色身)으로 있을 때 익힌 습성 그대로 가는 것이다. 불교의 연기(緣起)법과 현대물리학의 에너지와 파동, 물질의 변화 등에 관한 양자론은 너무나 유사한 점이 많다. 현대 과학의 탐구대상도 서로 상호관계를 갖고 작용하고 있는 그 무엇을 찾는 것으로 바뀌어가고 있다. 말하자면 무엇이든지 홀로 존재한다는 것은 있을 수 없고 어떤 것이 존재한다는 것은 바로 여러 가지 이유, 만물은 무엇이든지 필연적으로 상관관계를 갖고 작용하고 있다는 것이다. 그러므로 우주의 존재방식은 이것이 있으므로 저것이 있고 저것이 있으므로 이것이 있다고 설명되어진다. 이것이 연기(緣起)다.

한 생명이 살아가기 위해서는 끝없는 인연의 고리로 세상 끝까지 연결되어 있다는 사실을 우리는 오늘 배운다. 티베트인들은 죽음을 시작도 끝도 없이 돌아가는 삶의 연속이라는 관점에서 유수히 바라본다. 윤회를 가르치는 그들의 믿음에선 다음 생에 처한 어떠한 상황과 조건도 자신의 책임이라고 강조한다. 이것은 인과응보라는 대승적(大乘的) 씨앗이요 원죄라는 형이상학적 뿌리에 신앙적 근거를 이룬다. 그들의 이런 믿음과 확신은 현실을 보다 착하고 진실 되고 아름답게 살고자 하는 힘을 키우게 된다. 무거운 짐을 지고 저 언덕을 넘어가는 모든 사람과 위하여 살고자 하는 사람의 힘을 가르쳐 준다. 모든 인간은 모두가 연관을 갖고 있다는 그들의 종교철학에서 우리의 가슴이 뜨거워

짐을 새삼 느낀다.

연기 사상은 이 시대의 대안이다. 이 세상은 한 송이 꽃이요 (世界一花), 모든 생명은 나의 가족이다(萬生一家). 너와 나는 남이 아니다. 그러므로 동체대비다. 세상이 한 송이 꽃임을 아는 것이 지혜를 바로 배우는 것이요. 만생이 한 가족임을 아는 것이 자비를 바로 아는 길이다.

지구는 하루가 빠르게 엄청난 속도로 진화해 가고 있다. 이 쾌속으로 질주하는 첨단과학문명에 적응하려면 제법실유라는 과거 종교철학의 정신으로는 산소가 모자라 도저히 현실을 지탱해 낼 수가 없다. 허무와 갈증과 고통의 신음을 안고 황량한 사막을 걸어가야 한다. 저들을 돕기 위해 유신불교의 시대가 찾아온 것이다 새 술은 새 부대에, 새로운 문명은 새로운 사상에 의해 창조되어야 한다. 뜻있는 모든 사람들은 새 각시를 맞이할 새 신랑처럼 역사상 가장 위대한 석가모니 부처님의 연기와 중도사상으로 이 혼돈의 세상을 개척해 나가야 할 것이다.

10

우리는 오늘 이 장을 정리하면서 한국 불교의 참 모습을 들여다보려고 한다.

지금 이 시간 수천여 명의 벽안의 납자들이 불교의 혜명을 잇고 만 중생을 제도할 지혜를 얻기 위해 정신일여하고 있다. 이들 납자들은 권승(權僧)들의 다툼엔 눈길을 두지 않으며 오직 청정 무구의 각지(覺知)로 중생을 제도하기 위해 정진에만 몰두하고 있을 뿐이다. 그러나 국민들의 눈에는 벽안의 납자들이 보이지 않는다. 권력 앞에 몸을 베베 꼬며 수줍은 듯 얼굴을 붉히는 권승들만 눈에 보이고 이들을 통해서만 승가와 불교를 판단하려는 경향이 짙다는 것이다.

속세를 떠난 출세간 속에서도 몇몇의 미꾸라지가 강물을 망치는 것이다. 사실 권승들 중엔 도둑도 있고, 은처를 거느린 박쥐 같은 중들도 있었을 것이다.

서산대사는 선가구감에서 "부처님께서 이르시기를 어찌하여 도둑들이 나의 옷을 입어 거짓꾸미고 부처를 팔아서 온갖 악업을 짓는단 말이냐. 만법의 비구에게 여러 가지 이름이 있으니

290

박쥐 중, 머리 깎은 처사, 가사 입은 도둑이다. 중도 아닌 체 속인도 아닌 체 하는 것을 박쥐 중이라 하고, 중의 모양에 속인의 마음을 가진 것을 머리 깎은 처사라 하고, 부처님을 팔아서 살아가는 것을 가사 입은 도둑이라 했다."고 전하셨다.

법당에서 불이 났다. 그때 모두 기도를 하고 있었는데 불이야 하는 소리에 모든 사람들이 살겠다고 법당을 빠져 나가려고 한다. 이 사람들이 중생심이다. 그중에 한 사람은 미동도 하지 않는다. 이것이 나한심이다. 마지막으로 기도하던 한 사람이 일어나 중생들을 진정시키고 위무를 하여 질서정연하게 법당문을 빠져 나가게 보살펴준다. 이 사람은 보살심이다. 보살은 나를 버리고 남을 위해 사는 사람들이다.

중이 머리를 깎는 것은, 스님이 되고자 하는 이유는 보살이 되기 위해서이다. 나를 버리고 남을 위해 살려고 출가하는 것이다. 나의 욕망, 나의 배고픔, 나의 부귀영화 명예를 버리고 오직 남을 위해 사는 사람들이다.

한국의 스님들은 위와 같은 참 스님의 모습에 견주어 한 점 부끄러움이 없는가. 한국의 스님들은 오늘 부처님 제자로서의 사명을 다하고 있는가. 요즘처럼 선지식이 메마른 시대는 1600년 불교사에 일찍이 없었다 한다.

지금 제법을 다 깨친 청정무구의 각지(覺知)로 중생을 제도하고 큰 법좌에 올라 사자후를 토하는 법 높은 선지식이 몇이나 되는가, 불교를 찾은 민초들이 절문 앞에 왔다 힘없이 돌아서는 모습을 본적이 있는가. 한국 불교를 사랑하는 무언의 신도들이 하나둘씩 절 집을 떠나고 있지나 않은가. 혹여나 한국불교는 잠에 취해 몽롱하게 뒹굴며, 술에 취해 비틀거리고 있지나 않는가.

일찍이 성철스님은 산에서 목탁이나 치고 절 집 찾아오는 신도들에게 복이나 빌어주고 복전이나 받아 챙기며 그렇게 살겠다면 머지않아 산속에 갇혀 한국불교는 망해버릴 것이라고 말씀하시었다.

그동안 많은 세월을 거치며 권력에 아부하는 권승과 타락한 땡추가 국민에게 보여준 추태의 자국이 너무 선명하였기에 불교 신도뿐 아니라 많은 국민들의 뇌리에 한국 불교의 장엄한 모습을 각인시켜주지 못하고 있다.

이제 세간에 눈뜬 한국의 불교도들은 한통치고 깨어나 애잔한 교집을 대흥시키고 수많은 인천지사(人天之師)를 배출하여 독화살을 맞고 중환자실에 누워있는 대한민국의 불교를 크게 중흥시켜야 한다.

나는 그동안 부처님의 가르침을 만난 후 금강경, 반야심경, 법화경, 화엄경등을 공부하면서 세상에 이처럼 참된 이치가 있었구나, 경탄하며 내가 태어나 세상 쓴맛, 단맛, 다 보았지만 이 경전의 말씀을 알게 된 것이 내 생애 최고의 보람이 라고 생각하고 있다. 지면이 충분하다면 260자로 된 반야심경과, 5194자로 된 금강경의 진리를 대표하는 사구게(四句偈)만이라도 소개하고 싶지만 다음 기회를 기약하며 오늘은 티베트불교의 가르침대로 죽음을 삶의 연속으로 보느냐 하는 것에 대한 이야기를 전하는 것으로 대신하겠다.

본론으로 들어가기 전에 이 책을 읽는 사람에게 하고 싶은 말이 있다. 사람들이 불교를 만난 후 반야심경만이라도 제대로 설명해 줄 수 있는 경지에 이르렀다면 상당한 수준에 이르렀다고 인정할 수 있다. 금강경에 대해선 이론적으로만 따지고 들어가선 제대로 해석하기가 어렵다. 자기 자신이야 해독을 했다 하지만, 읽는 사람을 이해시켜야지, 서점에 나와 있는 수많은 금강경책 중 제대로 해설한 책이 몇 권 안 된다는 지적이 있다. 제대로 해석을 하려면 문자반야(文字般若)에만 얽매이지 말고 실상반야(實相般若)의 세계로 뛰어 들어가야 제대로 된 경전의 해독이 완성된다. 말하자면 경전을 제대로 해석을 하자면 오도수행을 하면서 섬광 같은 기지와, 폭포수 같은 지혜를 지득해야 심오한 철리를 발견하게 된다는 것이다.

하물며 여기저기서 몇 자 주워들은 알량한 지식 가지고, 혹은 어떻게 한 번이나, 대충 읽고서, 금강경 다 터득했다고 아는체 하는 사람들, 열 번을 읽어봐도, 무슨 말인지 잘 이해 못하겠다고, 고백하는 사람들이 솔직한 사람들인데 저렇게 아는 체하는 사람들에게 금강경 문자 중 서너 대목만 물어봐도 말문이꽉 막힐 텐데, 그러기에 불가에서는 그런 놈들은 몽둥이로 작살나게 두들겨 패줘도 죄가 되지 않는다고 사발문으로 전해 온다.

왜 이리 엄격하냐면 불교를 비웃고 다니는 사람들 중엔 그런 사람들이 많고 또한 놀랍게도 바닥의 거적을 들춰보면 냄새나고 구린내 나는 구석엔 불교공부 많이 한 지식인들 사이에도 그런 부류들이 적지만, 존재한다는 것이다. 이들은 공부를 해도, 제대로 하지 못해서 그렇다. 앞에서 지적한 바와 같이 불교 공부만은 문자 8만4천경을 외어도 번뇌를 끊는 증오수행, 교외별전을 섭취하지 않고서는 자양분이 부족해 정신이 말라버리고 마니, 남 흉이나 보고, 불교 비방만하다 결국 사람 크게 잘못되고 만다는 것이다. 그러기에 알지도 못하면서 잘난 체 하는 사람들, 공부를 했으면서도 제대로 못한 사람들에게 주는 약은 몽둥이밖에 없다는 것이다.

옛날 이승만·박정희 시대를 이어가며, 장관, 국회의원을 지내며 정치를 한 중진 정치인이 해인사를 들락거리며 하도 불교, 불교 하고 다니기에 성철스님이 앉혀놓고 몇 마디 물어보았더니 아무 것도 모르더란다. 화가 나 몇 대 쥐어박았더니 비서들이 우르르 몰려오더라, 큰스님 말씀이 "그래도 사람은 호인이래서 비서들에게 하는 말이 이놈들아, 신도가 잘못이 있으면 스님한테 두들겨도 맞는 것이지 장날 구경났느냐. 어서 가지 못하냐고 호통을 치더라."고 웃으며 말씀 하신다.

절집은 오갈 데 없는 사람이 찾아오는 곳이 아니요, 실연당하여 상처받은 사람이 오는 곳도 아니요, 빚지고 도망 갈 데가 없어서 찾아오는 데가 아니요, 큰 죄를 짓고 숨을 데가 없어서 찾아오는 곳도 아니다. 태어나 대장부다운 대장부, 출격 대장부가 되기 위해서, 하늘과 땅 사이에 두려움이 없고 공포로부터 해방된 자가 되기 위해서, 큰마음 먹고 죽을 각오를 하고 찾아 가야 큰 소식을 하나 얻어갈 수가 있다.

앞장에서 인공지능의 시대를 이야기하면서 사람은 죽지 않는다는 표현을 사용했다 이 문제에 대해 불교적 어휘로 설명을 좀 해야겠다.

다시 말하지만, 죽으면 사람의 몸이 떠날 뿐이지 정신 에너지는 죽지 않는다. 그러니 죽음을 사람의 육신으로 보느냐 정신으로 보느냐 어떤 관점으로 보느냐에 따라 해석이 달라질 수 있다. "곡식 같은 것이 다 자라서 시들면 종자(種子)만 남아 그로부터 싹이 돋아나듯이 마음(본래의 성품, 본래의 진면목)을 가진 살아있는 중생이 생멸할 때에 사람의 마음의 작용도 그래서 사람이 뇌신경세포가 끊어진 후에 일체의 종자식(種子識)이 남아 싹이 다시 돋아나듯이 윤회를 하게 된다.

불교에서는 사람의 육신을 색신(色身)이라고 하는데 뇌사 판정을 받으면 무정물인 색신은 버리게 되어 있다. 그러면 다음 생은 무엇이 받는가. 사람의 육신이 인연을 다하면 빛깔도 형체도 없는 마음(영혼)이 전생의 인연 따라 새로운 생을 받게 된다. 그가 뇌사판정을 받기 전을 전생이라고 지칭하면 전생에 익힌 습성 그대로 가는 것이다. 생사윤회의 근본이 되는 무명(無明: 마음의 참성품을 덮어서 모든 번뇌의 근원이 됨)을 갈지 않아서 어둠에서 벗어나지 못해 깜깜한 겨울밤이 되어 살아있을 때 익힌 습성 그대로 인연 따라 가는 것이다.

전생에 도박꾼은 돈만 생기면 도박장으로 달려가고 여자 좋아하는 사람은 돈만 생기면 유곽을 찾아간다. 평생을 거짓말로 먹고 산 사람은 다음 생애도 거짓말로 먹고 살며 사기꾼은 다음 생애도 사기치고 감옥에나 들락거린다. 사람으로 태어났으니 이정도지 변소에 똥 구더기도 똥 냄새가 그렇게 좋아서 가는 것이요 생전에 간사하고, 음탕하며 많은 선남선녀를 괴롭혔다면 뱀의 탈을 쓰고 태어나며 생쥐나 고슴도치나 승냥이로 태어나는 것들도 다 지은 업보로 인해 짐승의 탈을 쓰게 된다는 것이다.

뱀이나 생쥐나 고슴도치 승냥이라는 몸뚱이가 그들에게는 하늘 하고도 바꿀 수 없을 정도로 그렇게 좋을 수가 없는 것이다. 업(業)이란 이렇게 무서운 것이다.

그러기에 습성이 좋은 버릇이면 착한 곳에 태어나고 나쁜 습성을 익혔으면 자연히 나쁜 곳으로 가게 된다. 강조하지만 전생의 습성이라는 것 버릇이라는 것은 소름 끼치게 무서운 것이다. 오늘날 우리가 수양을 한다는 것 참선을 하든 기도를 하든 종국의 목표는 모두들 습성을 고치자는 것이며, 여습을 제거하여 무명의 떼를 벗기자는 것이다.

사람이 뇌신경 세포가 전부 파괴돼 뇌사 판정을 받아 사람의 육신이 수명(인연)을 다하게 되면 다음 생을 받게 되는데 그 과정은 어떻게 이루어지나 이점을 설명하지 않을 수 없다. 불교에선 심식(心識), 식(識)이라는 말이 자주 등장한다. 상당히 중요한

296

논제인데 식이란 과거세의 업에 의해 금세에 태어나고자 하는 일념, 곧 모태에 수태하는 마음이다. 이것은 참된 성품과 망령된 마음이 합하여 이루어진 마음이기 때문에 식이라고 부른다.

본체를 서술하면 불교에서 업장소멸 못한 혼령이 구천을 떠돌다 갑자기 정욕을 일으켜 인연 깊은 어미의 탯줄에 끼어들어 생명을 받는다고 한다. 모태에 태아가 들어가 않으니 임신이라, 10개월간 어미의 보호를 받고 세상에 얼굴을 내미니 그는 이미 업보를 받고 태어난 죄인이다.

살펴보면 수태가 되기 위해서는 정자와 난자가 결합하여 수정란을 이루어야 함은 상식이다. 그러나 불교에선 부모의 정자, 난자이외에 식(識), 식신(識神), 곧 영혼이라고 불리는 정신적 요소가 필요하다고 보는 경전이 많다.

종일 아함경에서 어미가 욕심이 있어 부부가 함께 자더라도 밖에서 식이 들어오지 않으면 수태하지 못한다고 하고 식신이 오고 어미가 아기 얻을 상을 갖추었으면 수태된다고 함으로써 부모의 육체적인 교합 이외에 식 또는 식신이라는 것이 필요하다고 설명한다.

또 잡아함경세에 중음 중생(죽어서 다음 생을 받기까지 49일 동안)이 모태에 든다고 한 것에서도 식이 만일 들어가지 않는다면 태가 자라서 커질 수 있겠는가 함으로써 식, 즉 심식이 수태의 주체로서 생명체의 성장을 주도하는 요소임을 나타낸다.

살펴본 바와 같이 심식(心識)이 수태의 주체 역할을 담당한다고 보는데 이 심식은 그 성질로 미루어 보아 정신적 요소(여기서 정신이란 물질로 구성된 뇌신경 세포가 아닌 정신에너지)로 간주된다. 즉 정자와 난자 체세포가 물질이라면 심식은 정신의 범주에 명백히 포섭된다.

더하여 복제 인간을 만들든, 체외수정이든, 냉동된 세포에 의한 부활이든, 자궁에 들어간 수정란이 자궁내막에 붙어 착상될 때 밖에서 식(識)이 들어오며 식이 들어오지 않으면 수태할 수 없다는 것이다.

11

나의 아버님이 세상을 떠나신 지 어언 20년이 가까워 온다. 그간 아버님 추도식 때 가까운 지인들께서 추모사를 띄워 보내 주셨지만 그중에도 내가 가장 존경하는 재야인사께서 아버님 영전에 바친 추도사를 지면에 소개하고자 한다.

가셨습니다. 그리도 애지중지 못 잊어하시던 억눌린 자, 가난한 자를 뒤로하고 다시 오마는 기약도 없이 선생님은 불귀의 세계로 떠나가셨습니다. 그것은 자연의 섭리요 하늘이 명한 운명에 속하는 일인지도 모릅니다. 그러나 우리는 이것을 현실로 받아들일 수 없습니다.

살아남은 자의 넋두리인지는 모르지만 그리도 가난한 자 억눌린 자를 챙기시더니 어찌 이 세상의 부조리를 그대로 두고 홀홀히 떠나셨습니까. 선생님은 우리의 곁을 떠나셨지만 우리는 결코 선생님을 떠날 수가 없습니다.

선생님은 우리에게 용기를 가르쳐주셨으며 가난한 자, 약한 자를 사랑하는 자애로움을 가르쳐 주셨으며 자기를 위하는 길이 남을 위하는 길이요 남을 위하는 길이 자기를 위함이라는 심오한 철학을 남기셨습니다. 남겨진 우리에게는 선생님이 베푸신 은혜가 너무 크게 각인되어 있기에 민족에 끼치신 족적이 너무나 현저하여 다시 되새김 하며 그리워합니다.

근세사 일백 년 우리의 역사는 인권유린의 세월이었습니다. 이조 봉건사회의 인권불모지대에 설상가상으로 일본제국주의의 기반이 가련한 백성을 옥죄었으며 8·15해방을 맞이했으나 우리의 인권상황은 조금도 개선될 기미를 보이지 않았습니다. 또 다른 외세가 우리를 남·북으로 갈라놓는가 하면, 이승만 독재가 인권유린을 확대 재생산하였습니다. 그 위에 외세가 맞붙고 동족이 상잔하는 처참한 전쟁은 반도를 아수라장으로 변모시키고 말았습니다. 이 같은 아비규환의 세월에 인권이 차지할 자리는 그 어디에도 없었습니다.

온 나라 산천초목이 괴괴한 적막에 휩싸여 있는 인권의 동토지대에서 선생님은 부르짖으셨습니다. "인권이 없는 곳에는 인생은 없다"고. 선생께서는 인권이야 말로 인간이 간직한 가장 소중한 자산이요 삶의 가치라는 것을 일찍이 깨달으시고 행동하셨습니다. 짓밟히고 억눌린 자를 위해 질풍노도와 같이 싸우셨고 소외된 사람의 권리를 찾아주기 위해 노심초사 하셨습니다.

1961년 한국인권옹호협회를 창설하시고 개발독재의 칼날 앞에 쓰러지는 민주화 운동가들을 무료변론을 통해 음양으로 지원하셨으며 노예노동자나 다름없이 천대받는 "어둠의 자식들" 청소년 노동자들의 보호를 위해 동분서주하셨습니다.

세칭 YTP사건으로 알려진 서울대생 송철원 군 중앙정보부 납치 린치 사건을 비롯한 학생 사건과 용화교 예수좌들에 대한 경찰관 인권유린사건, 진주여고 교감 아들 유인 살해 사건에 관한 검찰의 인권유린사건, 제주도 어승생에서 노동자들에 대한 집단인권유린사건, 송추에서 한국군이 야영 중인 학생 사살 사건 등과 이루 헤아릴 수 없이 많은 목사, 교수, 청년학생들의 집회시위와 근로조건 개선 투쟁과정에서 투옥된 노동자의 대변자로서 무료변론의 경지를 새롭게 개척 하시였습니다.

더욱이 1945년 이 민족의 해방자로 자처하면서 이 땅에 주둔한 미군들에 의한 범죄행위는 시비의 대상으로 삼을 수 없다는 것이 불문율로 되어 있어서 치외법권적 인권 사각 지대를 형성하고 있었습니다. 민족의 정의감에 충만한 선생은 이것을 매우 비통히 여기시고 미군범죄행위를 만천하에 고발하고 민족적 장거를 하셔서 민족의 존엄성을 되찾고 한미 간 불평등 관계를 개선하는 주둔군 지위협정(SOFA)를 체결하시는데 진력하셨습니다.

선생님께서 사건화하고 무료변론을 맡으신 미군에 관한 사건은 대표적인 것만 해도 왜관미군병사 한국 소년 린치 사건, 임진강 미군 병사 농민 사살 사건, 오산 미군 병사에 의한 미 군용견 이용 한국인 교살 사건, 파주 미군 병사 한국 여인 구타 낙태 사건, 가평 미군 병사 한국 소년 사살 사건, 옥구 미군 병사 한국인 올가미 폭행 사건, 임진강 미군 병사 한국 군인 사살 사건, 선산 미군 병사 한국 소년 사살 미수 사건 등 천인공노할 만행이 저질러질 때마다. 정부권력조차 자기 백성을 지키지 못하고 쥐구멍을 찾을 때 선생께서는 현장을 찾아 사자후를 토하시고 민족의 아픔을 어루만져주셨습니다.

이뿐만 아니라 선생님은 정치가로서도 혁혁한 공로를 남기셨습니다. 국회의원 6선인 정치인생 중에서 먼저 굴욕적인 한일협정을 반대하는 투쟁이 한창이던 당시 제1야당 민정당 대변인으로서 해박한 지식과 불굴의 용기로 대변인의 신경지를 개척하셨으며 인권유린의 원천으로 지목되는 국가보안법 및 반공법 개정투쟁을 선도하셨으며 독재 권력의 첨병인 중앙정보부법 폐지에 관한 법률안을 국회에 제출하여 투쟁하다가 백주 대낮에 종로 한복판에서 괴한에게 테러를 당하셨습니다.

또한 국가비상사태 해제 건의안, 대통령 긴급 조치에 관한 결의안, 그리고 박정희 대통력 3선 개헌 저지를 위한 의사진행 발언을 장장 10시간 동안 벌여 개헌안 상정을 봉쇄하고 국회 원내발언 최장기록을 세우기도 하셨습니다.

선생님! 21세기는 인권의 세기입니다. 짓밟히고 억눌린 사람이 소리 지르고 소외된 삶이 자기 권리를 주장하는 세상, 선생님께서 일깨워 주신 바로 그 길입니다. 선생님! 선생님께서 후대에 남기신 은혜 어찌 언설로서 표현할 수 있겠습니까.

선생님께서 개척하신 길, 선생님의 고고한 철학을 어떻게 지키고 발전시켜 나갈 것인가는 살아 남은 자의 몫입니다. 그 빛이 영원히 인류사회에 광휘로운 빛이 되리라 믿어 의심치 않습니다. 선생님, 고이 잠드소서……